U0678293

# 行至云起时

郎净—— 著

百花洲文艺出版社
BAIHUAZHOU LITERATURE AND ART PRESS

**图书在版编目（CIP）数据**

行至云起时 / 郎净著. -- 南昌：百花洲文艺出版社，2022.5（2022.10重印）
ISBN 978-7-5500-4698-6

Ⅰ.①行… Ⅱ.①郎… Ⅲ.①散文集 - 中国 - 当代Ⅳ.①I267

中国版本图书馆CIP数据核字（2022）第068800号

# 行至云起时
XING ZHI YUN QI SHI

郎净 著

| | |
|---|---|
| 出 版 人 | 章华荣 |
| 责任编辑 | 郝玮刚　蔡央扬 |
| 书籍装帧 | 黄敏俊 |
| 制　　作 | 何　丹 |
| 出版发行 | 百花洲文艺出版社 |
| 社　　址 | 南昌市红谷滩区世贸路898号博能中心一期A座20楼 |
| 邮　　编 | 330038 |
| 经　　销 | 全国新华书店 |
| 印　　刷 | 湖北金港彩印有限公司 |
| 开　　本 | 720mm×1000mm 1/32　印张 8.5 |
| 版　　次 | 2022年9月第1版第1次印刷 |
| | 2022年10月第1版第2次印刷 |
| 字　　数 | 180千字 |
| 书　　号 | ISBN 978-7-5500-4698-6 |
| 定　　价 | 42.00元 |

赣版权登字：05-2022-68

版权所有，盗版必究

邮购联系　0791-86895108
网　　址　http://www.bhzwy.com
图书若有印装错误，影响阅读，可向承印厂联系调换。

# 目录

# 与君细说杭州事，为我留心莫等闲

一千多年前，白居易送友人去杭州赴任。想起杭州的时候，他不由怦然心动，追忆往事。

于是，那一日，他絮絮叨叨对朋友说了好多好多：到杭州一定要去登临楼台，倾听笙歌。安静的时候呢，该去佛寺；悠闲的时候呢，则看采莲。最让人感怀的是，他让朋友一定要善待杭州的民众；他还很想知道自己的新诗，是否已及时流传到了杭州。

看来，白居易早已把杭州人当成故人了，而杭州呢，则早已是他的故乡了。最后，他兴致未尽，挥毫一首，起首两句就是："与君细说杭州事，为我留心莫等闲。"(《送姚杭州赴任因思旧游》)这两句诗里面有太多的意味，里面有着一个讲述的人，和一个倾听的人。讲述的那个人，曾经在杭州逗留，熟悉杭州、热爱杭州、一生一世牵念杭州；而倾听的那个人，尚未亲睹杭州之面，然而亦早已稔熟杭州、心系杭州、魂牵梦萦期待杭州。讲述的人，有千言万语要叮嘱倾听的人；倾听的人呢，多年之后又变成讲述的人。好像，所有关于杭州的故事，都是这么演绎着的吧。这种演绎，有着个体的生命在里面，一代又一代的个体，最终汇成时间的脉络；这种演绎，又是每一个体真实的穿行，他们就这么方方寸寸地行走着，慢慢地，就走遍了杭州的每一个角落。

而我们就在当下，继续着这种倾听和讲述；就在他们的印迹中，继续着这种行走。

我一直觉得，王安石在《题西太一宫壁》中回忆的江南，就是杭州，他说："柳叶鸣蜩绿暗，荷花落日红酣。三十六陂春水，白头想见江南。"这样的柳、这样的荷，杭州是最足以当之的了。他说的那些色彩，绿暗的柳叶、红酣的荷花，很美，但是完全可以仿写出来；而他说的那种时间和生命的感受、距离和空间的感受，却是独一无二，且打动人心的。确实，杭州一直在那里，西湖一直在那里。有的人很幸福，一辈子住在杭州；而有的人，也很幸福，因为曾经行杭州。然而在某种意义上都一样，所有的人，都是杭州的过客，但是所有的过客都会留下自己的痕迹，他们以及我们，所有人的色彩，都会融入苏堤和白堤上那些绿暗的柳叶、红酣的荷花中去，融入那春水江南中去。

所以，杭州的岁月，不仅仅是这座江南古城的岁月。

如果我们这样叙述：杭州，唐代的时候是钱塘，五代的时候是西府，南宋的时候是临安，明清的时候是仁和、钱塘，民国的时候是杭县……历史的风尘就会扑面而来，让人扑朔迷离，辨不清踪影。然而，如果我们这样叙述：初唐时骆宾王曾于此处看潮，于是有了"楼观沧海日，门对浙江潮"的壮观气象；中唐时白居易曾在此处题诗，于是有了"未能抛得杭州去，一半勾留是此湖"的缠绵情致；北宋时苏东坡曾在此赏雨，于是有了"欲把西湖比西子，淡妆浓抹总相宜"的灵动譬喻；南宋时陆游曾在此听春，于是就有了"小楼一夜听春雨，深巷明朝卖杏花"的清香袭人。杭州一下变得亲切起来、家常起来，唯美起来，相信所有的杭州人，乃至所有的中国人，听到或者看到这些句子，都会会心一笑，遐想联翩。

所以，杭州的地名，也不仅仅是一些抽象的表明方位的地名。

过往的岁月和现在的岁月，过往的情感和现在的情感，是相通的，并在某一方特定的空间演绎，而后人经行那方空间，感知的就不是陌生的地理名词，而是一种传递着的情感。这正如王国维所说的，"一切景语皆情语也！"

有一个与杭州有关的故事，最能传递出个体、空间、文字与情感之间的联系。

僧人圆泽圆寂前，与好友李源定下约定：十三年后再相逢。十三年后，李源如约来到杭州下天竺寺外，正当中秋月夜，有桂花暗发，清香若有若无、似断似续，渗透在天地之间。李源正茫然四望，无从寻觅之时，不远处的葛洪川畔，有清越的歌声传来："三生石上旧精魂，赏月吟风不要论。惭愧情人远相访，此身虽异性长存。"原来是一个牧童叩角而歌，那牧童就是圆泽的转世之身，这样隔着生死的相逢，真让人大欢喜。然而，片刻的相逢，终将别去，牧童又歌一曲："身前身后事茫茫，欲话因缘恐断肠。吴越山川寻已遍，却回烟棹上瞿塘。"唱罢，牧童离去，不知所之……

这个故事很美，令人回味无穷。前世今生，因缘相续。三生石畔，见证至情。其实，故事并不是想证实真的有轮回转世，而是想证实，真正的情感能超越生死。最后，牧童飘然而去，并非永别，而只是新因缘的开始罢了。而多年之后，我们借助文字，或者寻遍吴越山川，借助杭州的三生石，是否能感受到那一直在传递着的情感，是否能再续前缘呢？

如果我们想要再续前缘，那么，我们是否会欣然翻开书页，或唐或宋或明清或民国，或诗或词或文或赋，在每一点滴的岁月中想象杭州？我们是否会欣然出行，或春或夏或秋或冬，或晨或午或晚，或阴或晴或风或雨或晦或明，或孤山或葛岭或栖霞或吴山，或九溪或钱塘或西湖或西溪，在每一方空间中想象杭州？而有的时候，我们亦会用自己的方式记录与抒情——言之不足故嗟叹之，嗟叹之不足故咏歌之，咏歌之不足，不知手之舞之，足之蹈之也。而不知不觉地，杭州便又多了一些诗、一些文、一些画、一些曲、一些舞。而杭州的色彩，因着我们，越发丰富、越发有生命力了……

所以，杭州的一切色彩，并非单纯的自然色彩，是文字中的色彩、生命中的色彩，是空间中的色彩，亦是时间中的色彩。而赋予这些色彩的经行者，都会有亲切的叮嘱：与君细说杭州事，为我留心莫等闲。所以呢，叮嘱的人很细心，而倾听的人呢，自然也会很留心……

# 断桥·雪

断桥，总是与雪维系在一起。

秋日已至，断桥附近的梧桐便开始落叶，光线变得疏疏朗朗，天地明亮了，水面却不分明起来，好像陷入回忆一般。是回忆桃红柳绿的时光吗？还是不愿直面宿命的雪呢？

那么，还是回忆吧！

回忆那些热热闹闹的人群，乘舟漫咏的士子，光景殊绝的女子。油壁车、青骢马、桃花扇、杏花雨，回忆一切可能发生些故事的场景或者人物。

然而却没有发生什么。

只是一个不更事的孩子牵着大人的衣，哭着闹着要吃汤圆。五文钱一个的小汤圆，三文钱一个的大汤圆，他执着地要那个小的，其实也只有孩子，能跳脱世人的思维。围观的人在笑，他在哭，西湖边很响很嘈杂。其实西湖的水，每天都荡漾在俗世的吵闹声中。照例是父母拗不过孩子，买了一个，心满意足地吃入口，也毫不犹豫地吐出来，让它直接沉入水中。

西湖边，断桥边每天就是这般，游客与市民人来人往，一拨散了，一拨来了。

那么，还会有故事吗？还会有吧……

终于有桃红柳绿的时分，不论是游客还是市民，脱下厚厚的冬装，都显得清爽轻快，眉宇之间也就似有脱俗之气。就有那二位女子，一白一青，灵动宛转，在断桥边无限惊喜。她们竟不是看春天来的，而是看人来的。长人短人粗人细人大人小人男人女人，新鲜的枯萎的平头的带刺的，她们看得有滋有味，眼光直接，毫不退让，看得被看的人莫名惊诧。其实，人不过是万物中的一物，人要看物，物自然亦要看人的。她们不看那太机巧的，人再巧也巧不过那自然；也不看那太英武的，人再勇也勇不过那猛兽。她们单看那有人味的，在人里面住得久的，亲切随和的。

就是这样，在春天的断桥边，她们看到了许仙。他在大晴天里面，也拿着把伞，很周全地走着，是个最会过日子的人。她们认出来了，他就是那个吃汤圆的孩子。那汤圆，本是度人成仙的，可是世人都不懂得吃。许仙倒是吃了，可他又实在属于人间，所以又吐出来了。他吐了，白蛇吃了。断桥边就是这样，一段缘断了，一段缘又结了。断桥，就是个断断续续的地方。

白蛇、青蛇幻为人身，所以总得走些人的程序，起码要行个相见的礼。于是又下雨，又借伞的，西湖边每天这样的事也多，真是不太让人留得下深刻的印象。

幸好在人间，一见钟情的说法也是一直流传的，所以许仙犹豫了一下也就接受了，他犹豫是因为自己不大符合一见钟情的模板，一般要郎才女貌才可，自己实在有点勉强。但是他又是个真正的市民，那些一夜成名投机暴发天上掉馅饼的事情，自己虽是没有做过，听也是常听说的，所以想了想，也就欣然接受了和白娘子的婚姻。之后就是皆大欢喜，许仙照旧过自己周全的小日子，白蛇也遂了心愿，过从未领略过的，真正人过的小日子。西湖边，这样的小家庭太多，就等添上一个宝宝，一家三口再到湖边来耍子儿了，还会有什么故事呢？这就是最好的故事吧。

然而人的故事是生老病死，而妖的故事，就复杂多了。一般来说：人活得很短，几十年的时间；妖活得很长，几千年的时间。几十年的烦恼，结束了倒也容易；然而，几十年的人，却要让几千年的妖，烦恼上几千年。

故事的精彩部分终究发生了：让人很兴奋，让妖很烦恼的那部分。人兴奋是因为他们喜欢在短短的人生里面，见识些刺激；妖烦恼的是，她们本来好端端和人一样过日子，却一定要让她们回归本行。

妖活千年，所以日子会过得没心没肺，天真烂漫；而人就这么短短的一生，所以生出无穷的精怪来，钻营算计。所以人只消用一杯雄黄酒，就能化解妖的千年道行，就能现出它的原形来。许仙是吓死过去了，而围观的人们都觉得很过瘾。

于是白蛇去盗仙草，去水漫金山，拖着怀孕的身体，在世人面前一遍一遍地彻底坦白自己是妖，不是人。世人则一遍一遍看得津津有味，她在人的面前，是否会生出无穷的自惭形秽来？如果是的，那人的目的就达到了。

于是千年的妖，在几十年的人面前，竟然感到绝望透顶、万念俱灰、生不如死。她就这么飘飘荡荡无依无靠，妖也不是人也不是地回到断桥。

断桥再也不是桃红柳绿，而是漫天飞雪，这就是断桥的本来面目。桥的中间是木头的，雪水无尽融化，那木色变得深黑无底；而两边是石头的，和雪一般冷白延伸。远远一望，那桥竟然是断的。于是白蛇来到桥边，用人的语言，大喊一声："断桥！"这个时候，她觉得自己肝肠寸断，她，是真正知道那个"断"字的含义的。她索性化出原形，洁白晶莹的身躯，卧在断桥之上，于是一片皎洁美好，人的桥是断的，妖却把它续上了。可是她不知道，漫天风雪的时候，刚刚看完精彩折子戏的人们，一般都窝在家里面的火炉旁，暖暖和和的，回味那些自己喜欢的片段，没有人关心全本的结局，没有人关心断桥是否是断的，雪是否是残的。

后来，许仙也就从金山寺逃出来了，并一路从镇江跑到断桥，这是人做出的最惊天动地惊心动魄的决定，也是人做出的最超出本能与极限的事情。莫非许仙和白娘子待得久了，也染上了些妖气？在断桥边，许仙一反小市民的思前想后精明算计，他竟然接纳了白蛇。于是他刹那间就升华了，成为人类爱情的至高代言人。因为其他人做不到，他做到了。这也算难为他了，毕竟当初的那个汤团，在他的喉咙中还是过了一过的。许仙自己，很多年后，可能都会为自己感动。

然而人们想都没有想过的一件事实是，所谓的人，其实说到底，无论从能力上，从年限上，还是从情感的纯粹上来说，都是配不上妖的。

许仙接纳白蛇的刹那，断桥边桥续雪连。然而，续即意味着断。就为着冬日里这一瞬间的感动，白蛇毅然在雷峰塔待到天荒地老，用妖几千年的一辈子，去爱人几十年的一辈子。她在雷峰塔里面，一直想着的，就是断桥的桃红柳绿，断桥的雪。关于断桥断断续续的所有故事。

许仙老死了，白蛇不见了。断桥边，照旧是一拨一拨的市民和游客，或者说从来亦只是一拨一拨的市民和游客，他们游览一个叫"断桥残雪"的地方，而他们游览的时候，桥早变成水泥的了，人们偶尔会遗憾地说道："原来冬天的时候，桥看上去是断的，雪是残的。现在尽管下雪，桥却总是完整的。"

其实，他们不知道，续的时候，就是断。

# 西湖之雨

读郁达夫、读俞平伯，读他们经行杭州之作，一时之间自己游荡在西湖边的种种经历，也在记忆中鲜明起来。印象最深的是西湖之瓢泼大雨。

每次去杭州，都要拉上孟钟捷同游，不管天晴还是下雨，说起来我们算得上苏轼定义的江山风月的主人了，因为我们正是两个闲人。

闲人也马上要奔波了，那回去杭州，次日即将返沪，因为暑假即将结束，又要开始给学生上课了。

于是我们两人抓紧时间，一人一伞，冲入大雨，去西湖边闲逛。

断桥上零零落落还有几个人，我们在白堤上，看无边无际的雨水，散入西湖。晴时的一切色彩，浅青也好，酽绿也好，翠紫也好，这时都做了茫茫的白色，一直浸润到灰色而无尽的空中去。斜风声声萧飒，而漫天密雨入湖，却悄无声息。

一直喜欢又无法承受的是白娘子的一声"断桥"的呼唤，她苦战法海，从金山寺归来，断桥未断，肝肠寸断。纵使断桥如今已是水泥铺就，仅"断桥"此一名字，就足以让我心驰神摇；更何况有白素贞这一声看破世事人心的呼唤。此际雨中立于断桥之上，看天水之间，一切真实，都如烟如雾，就如同白素贞在人间所历之劫一般。她那时还能忆起三月桃红柳绿的色彩吗?

雨片斜飞,伞亦无用。一会儿工夫我的裤子和鞋子都已湿透。在平常我会觉得很污浊,然而在西湖边没有这种感觉,觉得打湿我的是天地间纯净之气。

我和捷捷沿着白堤漫步,虽则暴雨倾盆,我们却缓缓行来,神情悠然,不觉行至孤山。白堤一带,孤山算是汇聚灵气之处,里外西湖在此交会、青山秀水于此际遇。从中山公园的门进去,回身一望,则西湖如槛外世界,隐于雨中。往前则看见熟悉的"孤山"二字镌于石壁。如果说此刻槛外是泼墨写意,槛内则有青绿山水意味。雨中孤山,分外青翠。高处是百年之香樟,低处是遒劲之梅枝。正是夏末,枝叶繁茂,于是雨声就分外变化多端、厚重深远起来。此刻游人渐尽,我们拾级而上。虽则孤山不高,只有 38 米,但行往高处,四面雨声,却让人有出世之想。我甚至开始疑惑起来,那些素日的游人,西湖边的繁华都是真的吗?此刻最真实的应该是林和靖的隐居世界吧?

然而有袅袅娜娜的歌声打断了我的念头,我和捷捷来到高处,看到两个中年女子,在亭中自在唱歌。杭州人得湖山之便,每日都可登山游玩。她们二人见雨越下越大,反而不愿归去,又见无人经行,于是在雨中纵声唱歌。

我对捷捷说:"我老了定要住在西湖边上。"

捷捷说:"你不妨到杭州来教书吧。"

我向他笑笑。我有这个念头已经很久,其实相比杭州,我不太喜欢上海,上海离开杭州那么近,但两处在我心中却如同天上人间，那么远又那么悬殊，可惜我无缘归来。

我也很想在这亭子中唱些什么，于是"西湖山水还依旧，憔悴难对满眼秋。山边枫叶红如染，不堪回首忆旧游"的越剧曲调，就开始环绕在心中，并充盈了整个的我，一时别无他想，感觉自己如雨水一般，透明而且缠绵。于是我，就在风雨包围的亭子中，聆听外面的雨和心里的雨，并且自己也恍惚变作了雨。

而在这孤山之上，与水相关的还有西泠印社。喜欢"西泠"二字，让人联想常建的《江上琴兴》，"泠泠七弦遍，万木澄幽阴。"正因为此，西泠印社在我心中，总是和水和音乐和暗翠的树木和诗般的篆刻维系在一起的。而风雨之中的西泠印社，更是充满着水的气质。

我和捷捷会在西泠印社逗留很久。我每次去都要很执着地买一套小书签，看看吴昌硕、赵之谦的篆刻，简洁而又灵气如水。看看"听鹂深处""烟云供养"这样的字眼。我会执着地送一些给朋友，希望她们或者他们喜欢。我更会执着地告诉想去杭州，向我咨询的她们或者他们：

你应该沿着白堤走，即岸即风景。到了孤山，你一定要登高，一定要去西泠印社。

和捷捷在一起已经很多很多年了，他是我的表弟，小我五岁；我们真正地同行开始于同到华师大读书。于是，他谈他的史学，我谈我的文学。每隔几天相见，我们都会有许多的话要说；而有的时候，我们不需要交谈，却也很自然，很亲近。

俞平伯在写杭州的散文里说过这么一段话，深得我心：

"凡伴着我的都是熟人哩。非但不用我张罗，并且不用我说话，甚而至于不用我去想。其滋味有如开笼的飞鸟，脱网的游鱼，仰知天地的广大，俯觉吾身之自在。"

这正如我们风雨中的出游，我们不需要刻意说话，但却能得大自在。

我们在西泠印社待了很久，在湿黑点苔的树林中游弋，在满山苍翠的色彩中沉思。走下孤山的时候，一句诗歌萦绕在我心中："满天风雨下西泠。"我们要从这满天风雨的高处，重回人间了。

人间依旧是西湖。此刻雨柱横飞，风声大作。偌大个西湖，似乎只剩下我和捷捷二人了。我怕见到这么迷茫的西湖，因为担心日后我的回忆也会如梦境一般；我想，有多少过客经行西湖，留下的也是惘然的追忆吧？

从断桥行来，一路是景致，也一路是追忆。追忆白娘子、林和靖、吴昌硕、赵之谦……而现在又看到了慕才亭，遥念苏小小那并不分明的踪迹。

西陵下，风吹雨。油壁之车，若隐若现。

苏小小十九而亡，以最唯美的方式留在了后人心中。在我的心中，她是一淡淡水墨装束之女子，清亮眸子，转盼照人。但当我想要仔细描摹她时，她又如惊鸿一瞥，总也看不真切。何况此刻正值狂风吹雨，四顾茫茫，越发难以分明。

"我们去西线吧，杨公堤那里！"虽然我们已经走了半日，捷捷却很有兴致。

"好啊！"

这条线我们走得不多，很漫长的，漫长到又需一个半日。我正不忍离去，当然赞同。此刻痴人顿生痴念：风雨隔世，好像亦能隔断时间。明天归去之事，好像要到十年之后才会发生一般。如这般隔绝尘寰的西湖一日，也当得人间数年吧？

从曲院风荷穿荷而过，荷花万顷，正当盛时。花色浓郁，莲子青青，阔大的叶盘上水珠晶亮，随风圆转。青碧青碧的莲叶，浮于如烟如雾的水面，四周雨脚密侵，涟漪生灭往复。无论是盛荷还是枯荷，雨声都不会特别明亮，而是沉沉郁郁，撩拨人心。

看着这亦真亦幻的一湖荷花，真实有如屈原以碧叶为裳，虚幻有如五大虚空菩萨藏之座。

此时我们与荷花一般，浑身被天降之暴雨醍醐清洗一空，随风飘立无言。

穿过曲院风荷，我们漫步于杨公堤上。此刻风冷衣单，虽是夏日，却已蕴秋日气息。明亮灿烂的季节即将过去，在萧萧的雨中，不难联想萧萧的落叶。

记得某一个繁华夏日，我和捷捷骑车，沿西山路遍寻"燕北真好汉，江南活武松"盖叫天之墓。那时沉闷的空气和杭城特有的热量，蒸腾周身。在丁家山麓某一个不经意的上山路口，突然见一座石坊屹立，石坊两边楹联遒劲，"英名盖世三岔口，杰作惊天十字坡"，在夏日里，读这样的文字，想这样的为人，真的是淋漓酣畅，自己也似染英雄之气；而横幅上书"学到老"三字，又如此简单质朴，却震撼到人心的最深之处去了，令我一时顿生惭愧之感，不觉暑气亦消。

如今，在萧萧的雨中，我们来到了"燕南寄庐"，来到了盖叫天的故宅。青瓦白墙之外，是金沙流水，是毓秀古桥，是芦荻茅草、是菖蒲水葱，一派野趣盎然。"燕南寄庐"四字为马一浮所题，盖叫天在此庐中习武练功，养浩然之气，寄浮生岁月。院中青石凹陷，为先生习武所致；紫藤缠绕，是先生闲居伴侣。离此不远，为蒋庄。儒学大师马一浮先生曾居此十七载。再离此不远，为俞园。俞曲园的孙子俞平伯曾随李叔同探访一浮先生。再离此不远，为虎跑定慧寺。李叔同受一浮先生所化，飘然出家。一时之间，多少人物纷现：俞曲园、俞平伯、马一浮、李叔同、丰子恺……连同盖叫天，虽则历劫各异，但秉性同一：他们都具有天地之灵性与执着之人生。

燕南寄庐外，风吹芦荻，水草蔓生，仿南宋淳祐年间之景。我和捷捷渐行渐远，从人境入无人境。

无人之境最是杭州苗圃。说是苗圃，其实无杂花杂草，只兰花最盛。万盆兰花种在墨色罩网之下，笼于漫天飞雨之中，远望有烟生云起之感。近看兰花，茎叶似行书飘逸，中有白花暗生，色泽如玉。栽种兰草之盆，大多青苔滋长，暗色古旧。穿行其中，得春兰、建兰、蕙兰、墨兰相伴，不由诵念屈原之"余既滋兰之九畹兮，又树蕙之百亩"。

突然在这阴沉雨中记起幼时春日。离开杭州不远的湖州顾渚一带，向来是兰花盛开之处。小时候曾随父亲上山挖笋访兰。虽则日光明媚，有兰之处却清幽背阴。遍山兰草，欣然迎风摇曳。而林间鸟声断续，更添虚静。小心翼翼把兰花移植归家，清香满室。又有那迟迟不开的，要到夏天才串串吐蕙。如今当年兰草早已荡然无存，似乎也再无可能重返顾渚山中。我想，即便有机会回去，我也不会再去牵扯她们，让她们离开故地了。听说如今山民挖兰为生，终日遍山寻找名贵之品种。看来，那满山的宁静，已成旧日追忆了。

而杭州花圃之兰草，虽然不在山中，也还算身处妙境了。就让她们终老于斯吧，不要任人们大发所谓的雅兴，随意搬迁她们，破坏她们的生命；让人们理解张九龄的"草木有本心，何求美人折"吧。

出花圃，一路依旧有雨无语。知道要往回而走了，于是寒意愈浓。撑了这一日的伞，竟已习惯；身上早已透湿，业已习惯。觉得茫茫天地与茫茫风雨，挟卷我来，挟卷我去。

想到明日将坐火车而归，而后天就会出现在课堂之上讲课，恍如隔世。看来，西湖一日，人间数年，而纵使数年，也终将逝去。追念西湖边众多过客，苏轼、白居易、林和靖、苏小小、白娘子、俞曲园、郁达夫……不由心中释然。与他们相比，如我这样的行人，太过平庸，不劳湖水挂牵，而今日也居然能于风雨之中穿越无人之西湖，与灵秀之士心灵际会，此种大幸运，非常人所能企及。

于是和捷捷相视而笑，坦然归去。

# 上海与杭州

我和小西相遇于上海交大的校园，当时他在读研究生，而我在考研究生。每天傍晚，他把我送到自习教室，时间差不多了，来接我。我们就去交大的门口，去吃一位阿婆的茶叶蛋。阿婆的茶叶蛋很特别，剥开壳，不是酱油色，而是嫩白色的，但是却很入味。在寒冷的空气里面，我和小西，吃着茶叶蛋，心满意足。

有一次，小西陪我去自习，我在看书，他也在看书。后来，他在一张白纸上，画了一座两层楼的房子，我问他："这是什么地方？"小西说："是我们家。"我问："是你们家？"他说："不，是我们家。"我当时在上海漂泊，借住在交大，还不知道何去何从。听了这话，很感动，于是问他："你感觉我能考上吗？"他说："我不知道，我没有感觉。"

后来我考上了华师大的研究生，小西也要毕业了，他在北京联系好了工作。他问我："你愿意和我去北京吗？"我说："不，我不去北方，我要去杭州。"小西说："那就在上海好吗？杭州离得那么近，以后我们去杭州买个房子度假好吗？"我说："好。"

小西临时在上海找了一个公司。我住在华师大的宿舍里，他住在浦东的宿舍里。到了周末，小西都会来找我，借住在我表弟的宿舍。因为无处可去，我们不管是好天气，还是刮风下雨，都在华师大校园里面不停散步。

后来，表弟推荐了一个上海人家给我们，我们和他们合住在一起。一周七天，周一到周五，我下了课就回家买菜烧饭，周六周日小西烧。每天早上，我们吃着奥利奥的饼干，小西赶班车，我赶公共汽车，再见的时候检查一下对方，看是不是黑乎乎的嘴，然后说再见。

合租了一段时间，我们终于在华师大后门找到一个一室户的房子，是个毛坯房，里面只有一张床。于是到旧家具市场，买桌子买凳子，还买了一个可以当床的单人沙发。我们在墙上糊了好看的纸，用好看的布做窗帘、桌布。于是朋友们就会来聚餐，表弟也会来借住。他个子高，只能对角线睡在沙发上。大家都很快乐。

但是小西就开始忙起来了，他经常一周一周出差，我一个人睡在一室户的房子里，感觉四面八方都是风声，有点害怕。小西走路的声音很响，夜深的时候，听到大皮鞋重重的声音越来越近，我就很安心。

有一天，小西很高兴地对我说："告诉你，我们的钱可以买一个卫生间了！"我也很高兴。

我们的生活越来越好，又租了一个二室户的毛坯房，我把一个小房间收拾成书房。这个房子靠近高架，一天二十四个小时，都是很响的汽车来往的声音，晚上外面的灯光照进来，很亮很亮。小西照旧经常出差，不出差的时候回来也很晚，我对小西说："现在好了，睡在这里感觉很安全。"

我们终于在很远的闵行区买了个三房的房子，而且一住就是九年。刚刚住的时候，那里还很偏僻，只能听到飞机不断掠过上空。小区里的人去市中心，会说："我要去上海。"

小西和我去菜场的时候，看到一只彩龟很可怜，就把它称斤，装在黑塑料袋子里买了回来，以后我们又收留了好几只乌龟。我们开始种很多花、养很多鱼。我们大家住在一起。

小西很忙，我也很忙。小西只要不忙的时候，总会第一时间回家。

一忙就忘了岁月，我们都已经过而立之年了，该要个宝宝了。我们卖了那个房子，到更偏僻的地方，买了一个四房的排屋。离开老房子的时候，七宝那里已经很繁华了。小西说："我们又要开辟新农村去了。"于是把我的爸爸、妈妈，还有九十二岁的外婆接过来，加上新入伙的宝宝，我们大家住在一起。

我对小西提及当年的画，说："你终于兑现了当年的诺言。"小西说："不，我画的不是联排，是个独幢。"

住在上海那么多年，杭州就渐渐地变成了梦，加上房价这么高，我只是在心里想念着西湖。后来我发现，小西并没有忘记当年的承诺。我们在一个明媚的日子，去杭州看房子。看房子的时候，幸福如阳光一般多。我们没有买，就回来了。回来之后，我就不再牵挂杭州了。

因为，或者说其实，我早已心满意足，别无他求了。

# 江南古镇旧曾谙

正当春日，江南的核心地带，翠绿的杭嘉湖平原上，沟河交错，水港相通。太湖如镜、运河如练。绸缪如网的春水边，点缀着许多美好的古镇。酒旗迎风、市肆如织，千百船只穿越万家烟火。这是一片中国最美好的土地，也是一片中国人最心驰神往的土地。

说到江南古镇，可以先分开来说一下其中的两个关键词："江南"与"市镇"。

首先是江南，"江南好，风景旧曾谙"，这么美好的地方，到底指的是哪一个区域？其实对于"江南"的界定，每个时期都不太一样。我们主要聚焦于明清，来看一看江南的范围。周振鹤先生在《释江南》中对江南核心区域有一个界定，主要指长江下游南岸的太湖及其周边地区，包括明清时期的苏州、松江、常州、嘉兴、湖州五府与太仓直隶州的全部，以及镇江府的大部和杭州府的余杭、海宁县，以杭嘉湖平原为中心。[①] 江南之重中之重即杭嘉湖平原，所以，我们所说的江南古镇，主要是集中在杭嘉湖平原一带。

接下来说说什么是市镇。市是由农村交换剩余产品而形成

---

① 参见周振鹤：《释江南》，《中华文史论丛》第49辑。

的不定期集市演变而来的，后来慢慢固定拥有常住居民和店铺，而镇是在市的基础上发展起来，比市更高一级、介于城乡间的商业中心。[①] 所以，江南的古镇，都是重要的商业中心。中国集市的大规模发展是在明中叶以后，之后几经波折，最迟到清代乾隆至道光年间，全国大多数省区已经陆续形成一个运作自如的农村集市网，形成全国性商品流通网络体系。[②] 而明清，正是江南市镇蓬勃发展的时期。在明代的长江三角洲，到处是如珍珠般散落的市镇，而这些珍珠，是被如网的水系连缀在一起的。

"小桥流水人家""春水碧于天，画船听水眠"，说起江南古镇，很多人会生起如诗如画的联想，确实，江南古镇最打动人心的是水、市、桥、人家，所以，我就想用这些关键词，贯联起对于江南古镇的讲述。

## 水

首先是"水"，江南是柔婉的、优美的，她具备的是水一般的气质。

李伯重先生对江南八府一州的水系有过一个整体的勾勒：

"这八府一州在地理上还有一个极为重要的特点，即同属一个水系——太湖水系，因而在自然与经济方面，内部联系

---

① 参见樊树志：《明代浙江市镇分布与结构》，《历史地理》第五辑，第185页，上海人民出版社，1897年版。

② 参见樊树志：《江南市镇：传统的变革》，第86页。复旦大学出版社，2005年版。

极为紧密。太湖水系，古有三江五湖之称。实际上，严格地说，应当是一河二溪三江五湖。一河，即江南运河，北起镇江，南抵杭州，纵贯江南平原中心地域，是京杭大运河的南段。二溪，即太湖水系的上流和水源，在西北是荆溪，西南是苕溪。……荆溪、苕溪两水系，把太湖西部的宁、镇、常、湖、杭五府，与东部苏、松、嘉三府联系了起来。……一般都认为三江是介于长江与钱塘江之间、位于太湖东面的入海河流。这些河流情况变化很大，到了明代中叶以后，只有黄浦江成为太湖东部的主要河流和太湖水出海的主干。当然，中小河流仍然很多，形成了著名的江南平原水网，把太湖以东苏、松、嘉三府紧密地联系在一起。……太湖上纳二溪之水，下通三江出海，形成了太湖水系的中心。太湖水系的主要河流，都是东西流向。但江南运河则纵贯南北，将东流各河连贯起来，使江南水网更为完备。另外，应天（江宁）府的大部分地区本不属于太湖水系，但通过人工开挖的胥溪，亦与江南水网相接。说明这八府一州确实是一个由太湖水系紧密联结的整体。"[①]

所以，我有一个美好的遐想，现在的我们，是否可以开辟出江南水系游历的路线，打通分布于杭嘉湖平原的各个古镇游历的路线，其主体应为太湖和京杭大运河，利用运河水道，利用已有的航线，将杭州、苏州、嘉兴、湖州之游历沟通起来，

---

① 见李伯重：《多视角看江南经济史》，三联书店，2003年版，第448—449页。

连接各个古镇，设计多种水路游历路线。另外，对江南之水，应该做一个全方位的了解。不仅有李伯重先生提及的一河二溪三江五湖的主脉络，江南之水，还应该包括遍布各地的河、湖、潭、溪、泉、井、池、沟，由水系延伸的湿地地貌，也应该一并纳入江南之水系地图，我们知道杭州有著名的西溪湿地，其实还有位于湖州的下渚湖湿地，以及位于塘栖的丁山湖湿地，都是很好的湿地地貌，它们都是和附近的古镇遥相呼应的，例如丁山湖是挨着塘栖镇的，而下渚湖湿地则地近新市镇。这样——民众的游历，就不会只限于一两个镇的选择；民众心目中的江南，也因水而连成了整体；而江南的文化气质，也因各种形态的水而展示出来。

## 市

我们沿着水路，可以经行哪些市镇呢？这也就涉及我要说的第二个关键词"市"。

其实，我们现在旅游的一些热点古镇，例如"周庄""西塘"，未必是明清江南时期最热闹繁华的市镇。江南市镇到清中后期大约有 1293 个，我们如果按照人口进行界定，可以把江南市镇分为如下等级：1. 人口超万户；2. 居民在千户以上；3. 部分市镇的人口规模只有十几户至数十户。其中明清时期居民超万户的镇主要分布在苏州（包括太仓州）、松江、杭州、嘉兴、湖州等府：其中有盛泽镇、震泽镇、罗店镇、朱泾镇、法华镇、濮院镇、王店镇、王江泾镇、南浔镇、乌青镇、菱湖镇、双林镇、新市镇、新塍镇、唯亭镇、硖石镇、长安镇、塘栖镇等等。[①]
其中例如乌青镇、南浔镇是当下江南旅游的热点，塘栖镇也是
旅游的后起之秀，但是其他古镇对现代热爱古镇游的人来说，
好像就有点面生了。回到我们之前说的什么是市镇，大家大概
会有些明白了，真正的江南古镇是重要的商业聚落，而且具有
特定的专业功能，是在经济方面发挥着重大作用的，而不仅仅
是景色优美、休闲娱乐之处。

　　学界关于专业化市镇，已经有很深入的研究。刘石吉、樊
树志等学者都提出了自己的思路。认为江南市镇兼具一般性商
业聚落和特定专业市镇的特点。刘石吉认为江南市镇分为丝业、
丝织业、棉业、棉织业、米业等专业市镇；而樊树志先生更是
将江南之专业化市镇细化，认为江南市镇中数量最多的是丝绸
业、棉布业、粮食业市镇，除此而外还有盐业市镇、榨油业市
镇、笔业市镇、冶业市镇、窑业市镇、渔业市镇、编织业市镇、
竹木山货业市镇、刺绣业市镇、烟叶业市镇、制车业市镇、造
船业市镇、海业市镇等等。[②]

　　应该来说，每个古镇都兼具上述的一些经济格局，并各有
特色，例如：丝业市镇以南浔镇、乌青镇、菱湖镇、震泽镇为
代表；绸业市镇以濮院镇、盛泽镇、双林镇、王江泾镇为代表；
棉业市镇以新泾镇、鹤王市、七宝镇为代表。布业市镇以南翔

---

　　① 参见陈国灿：《江南农村城市化历史研究》，中国社会科学出版社，
2004年版，第187—189页。

　　② 参见樊树志：《江南市镇：传统的变革》，复旦大学出版社，2005年
版，第203—214页。

镇、罗店镇、朱家角镇、鹤王市、七宝镇为代表；粮食业市镇可以枫桥市、平望镇、长安镇、临平镇、硖石镇为代表。[1]

所以，我们现在只是以旅游的眼光来看待江南古镇，而其实江南古镇，它长久以来，承载的是重要的经济功能。很多游客可能并不知道，在明清，江南的生丝、丝绸、棉布等通过全球化贸易流向世界各地，中国一直处于贸易顺差的地位，通过丝－银环流，大量白银流入中国。江南市镇的早期工业化，尤其是在丝织、棉纺织行业中达到的水平，领先于工业革命前的欧洲，江南丝织业的工艺水平也领先于欧洲。[2]这是不是很让人骄傲的事情啊？所以，我们在旅游的时候，不妨去了解一下，接下来邂逅的这个古镇是怎样的经济格局，顺便也买一下当地的物产。

沿着水路，来到了许多江南古镇，有水的地方，一定要有桥，我们会被江南无尽之桥吸引。说到桥，就想先说说一般江南古镇的建筑格局。每个去古镇游玩的人，可能都会发现古镇的核心地带总是沿着水延伸的，水边一般会是廊檐建筑，靠河是酒肆商店，里面是人家。沿河望去，是绵延不尽的桥。

确实，江南古镇的建筑格局就是这样，它们一般有三类：一河二街型市镇、丁字型市镇、十字港型市镇。小型市镇一般是一河二街，中大型市镇一般是丁字形甚至是十字港型市镇。

---

① 参见樊树志：《江南市镇：传统的变革》，复旦大学出版社，2005年版，第203页。

② 参见邹振环：《明清江南史研究的全球史意义》，《历史研究》2020年第4期，第4—13页。

说到市镇的建筑格局和桥，我们以杭州市临平区的塘栖古镇为例，塘栖镇位于杭嘉湖平原南部，就在京杭大运河主干道边，是京杭大运河申遗中的重点古镇。大运河在镇中心和市河相交，也就形成了丁字形市镇。运河北岸是水北大街，南岸诸街，以及市河两岸东市街、西市街，有桥梁相连，构成塘栖最为繁华的商业区。运河南面街道为主要商业区，正因为临河大抵是廊檐建筑，所以有一句俗语叫作："塘栖街上落雨，淋（轮）不着。"还有一个有意思的概括："过街楼、美人靠、风火墙、园煞房。"过街楼指的就是廊檐建筑，其街道大多有重檐（廊檐），可以遮蔽风雨，下面是长廊走道，上面是过街楼。走道边是临河的美人靠（米床），美人靠是一种下设条凳，上连靠栏的建筑构件。行路人累了，大可以坐下，在美人靠上看看水、看看桥、看看过往的船只。当然，塘栖是重要的米粮业市镇，明清时候米粮从湖广江淮通过长江、运河南下，会经过塘栖，运往杭州，附近所产的米粮也会到此集散，地方政府在塘栖建仓储粮，镇上也开满了米粮店。所以优美的美人靠另有一俗称，叫作"米床"，运粮船只停靠河边，美人靠上会暂时搬卸粮食，美人靠也就摇身一变，变成米床了。从美人靠与米床的有趣变身，我们也可以发现江南就是这么一个雅俗共赏、雅俗兼备的地方。

　　至于风火墙，江南古镇一般是高墙窄巷小弄堂，以徽派建筑为主。塘栖镇的房屋是纵深型的，外面一般是商肆，看不出端倪。深宅大院建于店铺之后，进去以后才发现别有洞天，一般都有若干进，每进有各自墙门、厅房、正房、退堂。东西侧为厢房，厅屋前后为天井。有些深宅还建有僻弄，每进都有侧门与之相通。建筑之内会有弄，建筑与建筑之间更有悠长的弄堂。所以也被称为囵煞房。无数人家就隐于这里弄之间。而走出弄堂，就能看见美人靠和河，看见河面的桥。塘栖甚至号称有"七十二条半弄堂，三十六爿半桥"。

每条弄堂，都有自己的名字"郁家弄、沈家弄、太史第弄、油车弄、水沟弄、张百步弄、酱园弄、梅家土斗弄、印刷厂弄……"加上这些名字，每一条弄堂就和人家、和过往的故事联系在一起。说到弄堂——塘栖镇比较窄的弄堂仅仅只有 0.8 米，比较宽的呢就有将近 3 米的；比较短的只有 50 米，比较长的有100 多米。可见人家与建筑的规模高下了。所以，当走在幽深的弄堂里面，前面有女子撑一把油纸伞，弄堂有明有暗，光线是隐隐绰绰的，隐约勾勒出远处女子走路的娉婷形态，就会让人生出无限的遐想。而无数江南的大家族与江南美好的闺秀，也都隐于这样的弄堂之中。所以，待在江南古镇里，会觉得所有的人家和弄堂都是深深远远繁繁复复的，似乎要引人往更为幽深繁复的过往岁月中去。

## 桥

接下来说说桥。每座江南的桥都不仅只是风景，其实它们是沟通水、沟通人家、沟通岁月的江南之血脉，它们自身，也都是一个长长久久的故事。

一般人心目中，想到江南的桥，都是"小桥流水"，其实江南市镇有规模非常大的桥，主要也是因为它们跨越的河面较宽，需要沟通的地域也较为重要。现存京杭运河上唯一一座七孔长桥是通济桥，一名广济长桥、碧天长桥。它就位于前面我们提到过的塘栖镇。这座桥一定会颠覆你对江南古镇"桥"的想象。因为它全长有83米，宽大约6.1米，高13米，两端有169个台阶，中间最大的石拱跨度为15.6米。北南各有3个对应的石拱，跨度分别为11.8米、8米、5.4米。是不是很有规模啊？它的地理位置也非常重要，在明清时一桥沟通两府。水北属湖州府德清县，水南为杭州府仁和县。这座桥是明代建造的，游客一定会惊叹，明代时竟然能造出这么气势恢宏的七孔长桥！

碧天长桥是沟通湖州、杭州的血脉，不论其在经济交往方面发挥的作用，单论其建造和维护的过程，就是一个让人感动的故事。最早的桥，不知何时修成，早就已经倾圮，而两岸民众苦于交通，也已经很久了，大家都盼望着桥能造起来，但是造桥是太大的一笔费用，普通的百姓根本无法筹得。就有一个鄞县来的商人叫作陈守清，发愿造桥。他剪发为僧，奔走四方募金。后来他直走长安，曳数丈银铛，高呼燕市。他募金造桥的声音甚至惊动了深宫。于是太皇周后和明孝宗都遣官赐钱。大小臣工，也都捐了钱。陈守清一边募钱，一边将钱邮至杭州，等他回归的时候，桥已经造好了。《塘栖镇志》中这是多么传奇的故事啊，虽然有人考证下来认为此事存疑，但我们能相信的是，江南的任何一座桥能修建成功，后面一定有感人的故事、有不懈的坚持者。这座桥造好对塘栖镇的后来发展有着非同寻常的影响，光绪年间的《塘栖镇志》一语以概之："河开矣，桥筑矣，市聚矣……"

其实桥造好了并非万事大吉，还需要后人不断的维护。到了嘉靖庚寅（1530年）广济桥裂，这个时候就有塘栖吕氏家族的吕一素捐金修桥，丁酉（1537年）复修；万历癸未（1583年）、天启丁卯（1627年）、康熙乙巳（1665年）……代复一代，塘栖人都自觉地护桥修桥。吕一素对他的两个儿子说过这么一段话："镇之有桥，吾先君尚翁尝两助其役，今需更治，度费四百金，吾籍成业力可办也，若辈其相予必继先德。"这是一段感人的叮嘱，吕一素的父亲吕尚曾经两次帮助修桥，现在是吕一素来修桥，而以后他的两个儿子也需要继承这种传统。所以塘栖卓氏家族的卓天寅也曾说过："第思自嘉靖迄今百有余年，趋事维勤，鸠工如赴。吾里之人，轻利急公，始终如一日。"确实，江南的每一座桥，为过往的人们带来了便利，但也需要代代人的"轻利急公"，才能维护好。现在塘栖镇的古建筑大多都在岁月中陆续拆除，而碧天长桥却一直在，它成为江南最美的风景，成为时光最好的见证。

江南古镇这样的见证真是太多了，大大小小的桥数也数不清。周庄镇清代有三十多座桥，乌青镇明代就有七十多座，而塘栖镇则素以"三十六爿半"桥著称。桥的形态也各个不一，有梁桥（一些梁桥带有廊屋）、拱桥、浮桥、索桥等等。而江南古镇以石拱桥居多，石拱又有圆弧形、半圆形、抛物线形、悬链线形，江南一带的石拱桥大多采用奇数多孔形式。[1] 而不

① 参见童校青、邓超、陈斌：《江浙地区古桥的分类体系构建与应用》，《科技经济导刊》2020年第28期，第9—10页。

同形态的桥，又构成了不同的审美风格。例如位于苏州的甪直古镇，有一座明代的"东美桥"，是全环形桥洞的石拱桥。没有风的时候，桥体与倒影构成一轮圆月，美轮美奂。而每座桥都会有每座桥的美好，所以桥成为风景的重要部分，也成为诗词吟咏的对象。

# 人　家

"小桥流水人家"，说完"水""市""桥"，最后想说一下关键词"人家"。赋予江南气质与精神的无疑是代复一代的江南人。关于人家，最想说的是江南古镇的家族、园林，及民俗。

明清江南不仅是中国经济的重心，也是文化的重心。潘光旦先生曾经得出这样的结论："太湖的四围，长江以南，钱塘江以北，即以前苏、松、常、太、杭、嘉、湖六府一直隶州之地，整个的原是一个人才的自然区域。"[①]明清江南主要家族正是集中于环太湖的六府一州的，明清江南的世家大族主要是商贾巨族、官宦世家和文化世家。著名的有湖州的沈氏，杭州的洪氏、丁氏，海宁（清属杭州府）查氏、陈氏，苏州的沈氏、申氏，太仓的王氏等等。江南的世家大族很多都是分布在江南古镇之中的，所以你如果去古镇旅游，一定会邂逅这些家族的宅第、听闻这些家族的故事。

去古镇旅游的人们，很多应该都去过湖州的南浔古镇，

---

① 参见徐茂明：《明清江南家族史研究之回顾与展望》，王家范主编：《明清江南史研究三十年1978～2008》，上海古籍出版社，2010年版，第369页。

去过的人，有没有听说过刘镛家族呢？南浔在晚清是以丝商著称的，有所谓"四象"（财产在一千万两银子以上者）、"八牛"（财产在八百万两银子以上者）、七十二只黄金狗（财产在三百万两银子以上者），而刘镛家族则为"四象"之首。他本人是学徒出身，但后来却暴富发迹。他发财之后，用大量的家财进行捐纳、助饷，进行政治投资，后来他终于加到四品官衔，成为真正的"绅商"了，而他的四个儿子，人称南浔镇刘氏"四大金刚"，其中次子刘锦藻成就最高。刘锦藻一方面继续家族生丝的出口贸易、经营扬州的盐业、上海的典当和房地产业，在武汉、长沙、南京、杭州、湖州等地投资电力、茶叶、船运、铁路等实业；另一方面，他在学术方面也颇有成就，他完成了《皇朝续文献通考》三百六十卷的编辑工作，后来陆续增订为四百卷，另外还撰有《南浔备志》《南浔刘氏支谱》《坚匏盦集》等。刘氏家族的后人在当代也颇多贤俊，各方面人才都有。①

说起江南古镇的家族，可以说的实在太多了，除了商业奇才、政治家，这些家族里还走出了太多的文学家、历史学家、藏书家。每一个江南古镇，都是一个人才荟萃的场域。最让人怦然心动的应该是江南古镇的文化世家。这些文化世家，秉持自己的家风，延续自己的家学，并构建自己的文学艺术群体。

位于杭州府与嘉兴府交界处的海宁硖石镇，明清时有藏书

---

① 参见吴仁安：《明清江南著姓望族史》，上海人民出版社，2009年版，第533—534页。

之风。其中的蒋氏家族，就是藏书的世家。到了清代同光之际，蒋光煦更是积书至十万卷，他的藏书楼叫作别下斋。他的从弟蒋光埴，藏书楼名衍芳草堂，藏书亦至十万卷。他们并不仅仅只是藏书家。蒋氏一族有著述者为蒋仁光、蒋光埴、蒋学勤、蒋学溥、蒋学培、蒋学炳、蒋学慈、蒋方骏、蒋佐尧。光蒋氏一族，就培养了如此多的人才。而且蒋氏颇多诗家，其传统始自蒋星柄、蒋星标、蒋星槎、蒋楷一代。蒋楷有息喧草堂，他在自己的小院里种花拜石，招待过往的文士，留下很多唱和的作品，他的儿子蒋士燮继续在息喧草堂雅集。不仅仅是蒋楷、蒋士燮的草堂，蒋氏家族的馆舍一直是家庭与文士的雅集唱和场所。所以有人评价蒋氏家族名流辈出，可以与嘉兴梅里镇的朱彝尊家族和李复孙家族相比。而一家诗学的传衍，又融入一地诗学的流变之中，也就造就了硖川的诗歌传统。[①]

　　硖石镇其实只是江南的一个小镇，就有这样的家族和文化传统，更不用说一些规模较大的古镇。江苏的同里镇是所有古镇中最有文化传统的，历来科举不绝、儒风不衰。宋代有进士5人，元代有进士2人、举人3人，明代有进士18人、举人46人，清代（嘉庆以前）有进士11人、举人31人。镇上有宋建状元坊，明建步蟾坊、进士坊、登科坊、毓贤坊、登云坊、侍御坊等。明清以来，人文荟萃，令人叹为观止。[②]江苏的甪直镇也是如此，宋代有3名进士，明代有38名进士、78名举人，

---

①　参见徐雁平：《清代世家与文学传承》，三联书店2012年版，第114页。

②　参见樊树志：《江南市镇：传统的变革》，第516页。

清代有9名进士、38名举人；黎里镇明代有进士10人、举人17人，清代有进士5人，举人36人。现代文学史上的革命家、文学家柳亚子，就是黎里人呢。所以漫步于古镇之中，你是否能闻到阵阵书香，感受到浓厚的人文气息呢？以后探访古镇还可以多一项深度的考察，就是去了解古镇上的家族故事和文化传统。正如清代王毂祥写的一首诗："浙中今古多才彦，喜见名家有后人。温润襟怀同白玉，清修眉宇照青春。"江南的文化气质，正是由这代代的才彦铸就的。

提及江南古镇之人、之家族，一定要说江南之私家园第了。每个江南古镇，都会有一个甚或几个让人赏心悦目的园第向公众开放，例如南翔镇的古猗园，同里镇的退思园、环翠山庄、耕乐堂，南浔镇的小莲庄，朱家角镇的课植园，周庄镇的沈厅，西塘镇的醉园、西园，乌镇的张同仁宅等。

我们现在所见的古镇旅游，好像一个镇上只有一至两个园第，实际上明清江南市镇的园第规模要大得多。巫仁恕先生有一个统计："明清时期松江府法华镇私家园第较多，有29处；苏州府吴江县同里镇明代24处，清代10处；湖州府南浔镇明代25处，清代160处。"[1] 这个对比是否让人很震撼？原来明清的时候江南古镇上处处都是私家园第，也处处都是风景啊！

其实所谓园第，是第宅与园林两个概念。第宅是居住的场所，以建筑为主体；而园林，则是山、水、植物、建筑四个要

---

[1] 见巫仁恕：《明清江南市镇志的园第书写与文化建构》，《全球化下明史研究之新视野论文集（二）》，第89页。

素构成的有机的整体，而且是经过主人有意识构建的。所以光看园第之名以及园中各处题名，就能让人感受到园第主人想要表达的人生理想与审美理想。

我们如果全面来把握江南古镇的园第，会发现，所有的园第发展并非简单的建筑史，实为人事变动史。园第的发展直接维系着地方人事的变动及家族的发展。而主人与过客在园第之中的生活意象，也向我们展示了明清士人的生活及交游方式。明清的园第，通常会载入当地的方志之中，一方面是彰显园第自身，另一方面，主要是为了彰显人物。所以园第和家族、人事之间的关系是非常密切的。

我们以塘栖镇（曾名唐栖、塘西、塘栖、棠栖等）的东园为例，东园的变迁，就是塘栖家族此消彼长的历史。

东园为塘栖卓氏家族第七世卓明卿所建，中有大空楼、癖茶轩、梅花楼等胜景。明代塘栖园第之中心最初在吕水山之吕园，当时唐伯虎、仇十洲、祝枝山、文衡山、沈石田、王弇洲诸公，皆与吕水山唱和于吕园；卓明卿崛起之后，重心发生了转移，他的芳杜园、东园、崧斋，成为名士遨游之所，明卿在他的园林中大会天下名士；至第九世明卿之孙卓回时，家道中落，卓回把东园卖给了邻居吴宏文。当时，卓人月、沈椒羽等都为此事赋诗，安慰卓回。

吴宏文本籍徽州，为督学使吴邦相侄子，他从杭州迁至塘栖，购葺了吴园。吴园主要兼并了两个园第：卓回之东园，沈巽吾之且适园。经过吴宏文的构葺有加，吴园成为一时之名胜。后来吴宏文宦游闽中，陨于任，子姓凋落，吴园遂荒废。至清代,吴园故址上建起栖溪讲舍。后来栖溪讲舍又改成塘栖二中,无论如何,那文化的氛围,还是一直在传承着的。

东园诸景,方志中有线索追踪的有两处:一为梅花楼,卓回提到此楼后来复回卓氏;一为大空楼,该旧址至清时被"一曲园"取代,易为他姓,"一曲园,即前明卓氏大空楼故址,北达市河,面临翠紫湖。为汪竹坡上舍课子处。有小于舟、容月轩诸胜。庭前古柏一株,数百年物也。"① 格局已经发生了彻底的改变,唯一依旧的可能只是庭前的那株古柏了。

而在《塘栖志》之人物栏,提到了清末的姚湘,姚氏家族是从余姚迁徙至塘栖的,至五世姚振麟时崛起,以卖药为业,终成清代塘栖巨族。在清末姚湘之小传中提及:"尝购卓氏废圃为宗祠,园昔为张氏别业,传而归之卓,卓卒不能有,而宝田得之以为祠。"②

这段文字也为我们提供了卓氏园第的一些线索,读之令人感慨。

正如卓人月诗歌中所说的:"且休问此径谁开,万古谁非过客哉?吾不必将吾室爱,后当复有后人哀。"③

所以一部园第史,也是一部家族兴衰史。而园第,并不仅仅属于园第主人,它是由主人、经行者、寓居者共同打造的。其实园第还有一个重要的功能,就是会客,园第是吟咏雅集的

---

① 见《唐栖志》卷五,志遗迹。

② 见《唐栖志》卷十二,志人物,耆旧。

③ 明卓人月,《卓珂月先生全集》卷六,《读方水弟别东园诗以慰之》,明传经堂藏版。

重要场所。上面说到的塘栖镇的芳杜洲，仅此一地点，就有专集出版，有无数过客经行题咏：稚登、皇甫汸、张士瀹、杜大中、黄姬水、周天球、袁士龙、袁尊尼、张凤翼、程大伦、陈芹、顾云龙、朱希儒、张文柱、吕需、释大香、卓明卿、卓发之、沈朝焕、文徵明、沈异、朱邦、吴九达、张献翼、沈廷训、周梗、范大超、邬佐卿、金梧、皇甫濂、朱麟、王绍曾、程大伦、卓宗懋、卓天寅、查慎行……而其曾经的主人卓明卿，不但招待四方来客，自己也是烟波一艇，到处结交访客。所以，江南古镇的人们其实是如水般流动的，他们借助水路、陆路，四处切磋拜访，江南的各个文化家族，也是在不断的交流之中的。

有人曾经风趣地说，江南的这些园第，好像是顶级的会所呢！它们展示的，是最高境界的文学与艺术。我们可以总结一下江南古镇园第内的生活方式：读书、著书、藏书；赏景——欣赏山水、动物、植物、晨昏变化、季候更替；饮酒、品茗、清谈、结社、诗歌酬唱、观剧、观歌舞、坐禅、诵经、弹琴、绘画、题写、弈棋、种植、钓鱼、寄居、凭吊等等。

这样的生活方式非常写意，非常唯美，意味着人与自然的契合、人与艺术的邂逅，让后人无限向往。所以后来的凭吊者，纵使园第早已荒凉，也会反复在文本中渲染与想象当年的那种美好："群贤多逸兴，寄托在林泉。佳句堪留景，荒园遂此传……"[①]

所以呈现在我们面前的江南古镇的园第，提供给我们无限

---

① 《吴园小集》之范寄庵诗，《塘栖志》卷五，志遗迹。

遐想的空间，遐想之前的过客、遐想明清的文化家族、遐想传统的文学与艺术。当然，我们现在也能在一些古镇中感受到过往的场景，融入文学艺术的氛围中去，例如我们可以去朱家角镇的"课植园"看一场园林版的昆曲《牡丹亭》，也可以去乌镇参加一次戏剧节。

最后想说说与"人家"相关的民俗。中国曾经是（现在也还是）农业大国，所谓"一张一弛，文武之道"，国人传统的节日与节令，都是繁忙的农业生活中适时的放松。而一些重大的节日是全国共通的，我就不多说了，我们可以说说和江南古镇特质相关的民俗。

之前说到江南古镇很多为丝织业古镇，古镇和"蚕桑"相关的民俗活动不少。旧时余杭一代在养春蚕前，每家都要买泥猫放在灶台上，在蚕室的窗上，要用红纸剪猫形窗花贴上，对家养的猫看管得很好。猫的作用很重大，因为它可以吃老鼠、保护蚕宝宝。每年蚕农都要祭祀蚕神，蚕神又被称为"马头娘、马面娘娘"。清明节，蚕农到庙宇祭祀蚕花娘娘，自晨及暮，男女来往挤来挤去，谓之"轧蚕花"。到了农历十二月十二日，是蚕的生日。养蚕人家均备酒菜香烛祭祀蚕神，乞丐捧着"马面王菩萨"印单，唱《唱蚕花》民歌，到蚕房走一圈，主人一定要给他大米和年糕。这些和蚕桑有关的民俗都很有趣。祭祀蚕神的民俗在江南一带普及。东部沿海的海盐、海宁一带，还有"接蚕花"的仪式。

江南古镇也有与其特别的物产相关的民俗活动，例如塘栖盛产枇杷，到现在每年五月都会举行枇杷节。所以去江南古镇旅游的时候,也不妨了解一下当地民众的日常生活和民俗活动,甚至可以参与到当地的民俗活动中去。

江南古镇可以说的太多了,当然,比听我讲更重要的,还是你自己去慢慢行走、慢慢发现……

# 我的塘栖

## 事如春梦若有痕

2002年6月，江南草长，梅雨霏霏……

人潮与雨丝拥挤着古镇周庄、西塘、同里、乌镇……新筑的粉墙一带，古木散出油漆鲜艳的气息，人声溢满青石板悠长的小巷，千万种方言重复着"江南古镇"这些字眼，此地此刻，幸或不幸，历史及文化被一种轻快的方式还原或解释着。

2002年6月，江南雨湿，漫天凭吊……

当最后一堵意味着过去的高墙颓然倒下，整个小镇与这个时代真正地和谐了。除了远处的碧天古桥与桥下沉沉的运河，塘栖——昔日的江南十镇之首①，彻底地消失了。河岸边新近立起的"江南佳丽地——塘栖"的牌子，用显眼的文字提示着过往之人过往之事；而当无数游历过周庄、乌镇的塘栖人回到故土，总不禁黯然神伤："它们怎能与以前的塘栖相比？"这一方水土的人们，在记忆中，拥有着一个永远的塘栖。这些回忆，承载了几十年甚至几百年的风风雨雨，照理会因浸透岁月而凝重，因历经风尘而黯淡，但从塘栖人的口中心里出来，却是那

---

① 清乾隆时期的塘栖，已雄居江南十镇之首。

么鲜活而明丽，它们甚至照亮了整个昏黄的梅雨季节。

"塘栖者，仁和一大镇也。距杭州六十里而近。"[1]

"其南属仁和，而其北属德清。"[2]

"而唐栖以官道所由，风帆梭织，其自杭而往者，至此得少休。自嘉禾而来者，亦至此而泊宿。水陆辐辏，商货鳞集。"[3]

塘栖人记忆中的古镇，是一支繁忙的晨曲：运河水穿行于翠绿的杭嘉湖平原，至塘栖地界，如笛声由悠扬顿入明亮境界：水面的阳光突然摇曳不定，抬头刹那，只见酒旗迎风、市肆如织，千百船只穿越万家烟火……

是啊，阳光下、清晨中是塘栖最好的时光：

那时候——所有的房屋散发出暖暖的气息，似乎构筑房屋的百年古木都仍旧在生长着，绿草穿越高宅大院的屋脊，在麟瓦之中随风蔓延；房屋与房屋之间，流动着"七十二条半"小巷与数不清的河流，阳光在其间变幻身影，洒下一首首灵动的诗歌；河流与河流之间，是最具江南多情气质的"三十六爿半"小桥，渡熙熙攘攘人群，看船来船往；沿河的廊檐与美人靠亲切依人，把清亮的小河变成了内家风景。

那时候——镇上的人们起早迎接新的一天与新的过客，皎洁的晨曦被万户机杼织入洁白的新丝；气势恢宏的船队穿梭在如虹的七孔碧天长桥；笑语声声盈满二十六家依水靠岸的茶店；

---

① 见《塘栖志》之俞樾序。

② 同上。

③ 见《塘栖志》之《图说》。

糯米白酒的香味满溢出酒楼酒坊；而过往的客商未到杭州，先已醉矣！

那时候，离镇子不远的郊外交替盛开着大片的色彩，是江南少见的泼墨写意：冬日的十里香雪海，梅花卷漫天大雪斜飞怒绽；三月是遍地桑林，嫩叶如烟笼罩清风白日；到六月枇杷收获，万点金色跳动于墨绿的叶海之中；霜降后甘蔗清甜，成片紫色酝酿着秋日成熟的气息。

河水渐渐沉郁凝固，凝固成真正供人行走的水泥道路；顾影的美人靠已难觅斜斜的身姿；断墙残垣仅存于硕大的工地之中；运河冷落，只剩下碧天长桥孤影自吊……二十年光阴，故人若归，应觉身处异境，无复故乡，无复江南。

塘栖人追忆塘栖——他们心中绘满的是旧时院落旧时山水；他们使得昔日塘栖如画，如一本置放老相片的影集。

但若走远一些、再站得高一些，就会发现仍有郁郁之气从全新的土地之中蒸腾而出，掩抑不住、蔚蔚然充盈于天地之间。江南，本非仅仅是如诗如画、小桥流水，她有着自己醇厚的文化生命，她有着千年凝结而成的神情。

## 陌上花开又花谢

"五月临平山下路，藕花无数满汀州。"这两句诗是宋代诗僧道潜所写，写的就是临平，而塘栖的故事，也要从临平说起了……

临平的映日荷花盛开于吴越国（公元 907—978 年）与后来的天水宋朝。

吴越国镇将曹圭、曹仲达父子经营杭嘉湖平原的水利，造圩围堰，梳理乱丝般缠结的河网，使得这一带的农业开始兴盛。临平为运河原来的经行之处，故随势繁荣。

南宋时因地理之要，临平成了杭州门户。宋高宗屡次亲征视师泊于临平，宋金聘使往来，亦先入驻设于临平赤岸之"班荆馆"。

此时，三十里之外的塘栖，并无田田莲叶、显达过客。仅为一小小渔村，且风波险恶。

"运河正出临平下塘西入苏秀，若失障御。恐他日数十里膏腴平陆，皆溃于江。下塘田庐，莫能自保。运河中绝，有害漕运。诏亟修筑之。"①

"盖南宋以前，南北来往取道临平。而塘栖为下塘僻处复里，鲜问津者。……其时自五林港而上至北新桥数十里中，有三里漾、十二里漾。风波之险而浅狭处几不通舟楫，则水路阻矣。大河之旁，港歧出，既无沿河之堤岸，又无支渡之桥梁，则陆路阻矣。水陆交阻，盗贼出没，商贾畏焉，谁复由此间涂哉？"②

运河，对于隋之后的近世中国来说，是那么重要，她北起涿郡（北京）、南至余杭，沟通海河、黄河、淮河、长江、钱塘江五大水系，成为从北至南的经济通道甚至军事命脉。而塘栖，则在这风云手笔之中，孕育着自己的生命。

这一带江南灵秀之水，原是脱胎于乱草险流、兵戈动荡

---

① 见《宋史》，政和二年（1112年）兵部尚书张阁奏修钱塘江岸。

② 见《塘栖志》卷一，《图说》。

之中!

元至正十九年（1359年），为便于军士往来、军事调度，新从泰州（今属江苏）起兵的张士诚发二十万军民，开挖武林港至江涨桥运河河道，历十载方成，名新开运河。自此，运河舍道临平，取道塘栖。而塘栖兴起之后，临平就慢慢衰落了。其实，千年的岁月里，塘栖和临平总是如此休戚相关，此起彼伏。

在张士诚疏浚运河的十年中，元室衰微，诸雄纷起。新开河艰难地向前延伸，一个新的朝代也在暗蕴生机。张士诚、朱元璋、刘福通、韩林儿……风起云涌的人物们，最终改写了历史。

而塘栖，一直见证的，就是宋元所有的风雨飘摇，所有的悲欢离合……

她一定记得，南宋德佑二年（1276年），她曾有幸见到文天祥，见到他与众官相会①，自后登舟赴北。自此之后，她再也没能见到这位正气充塞天地的一代忠臣。只听说他最终被俘于临平驿。

她一定记得，诸王四散亡命。福王〔德佑元年（1275年），宋度宗赵禥之弟即恭宗赵显之父，被封为福王〕为避兵祸，在塘栖建造离宫。元军攻破临安，福王与六岁恭帝被俘北迁，芮妃及其余众妃殉难离宫。她看到福王的洗马池荒草骊生，而红粉沟流淌的胭脂余腻触目如血！如今这一切均已化为云烟、不可复识，真的是"花园遗址佃为墓，如今墓又踏成路"②。

---

① 参见严光大《行程纪》："十一日，天祥自北栅登舟，同众官会于塘栖。"

② 清人咏福王庄。

她一定记得，在自己"蔚然成镇"之后，有多少人推测塘栖之名的由来。是出自霜天下南宋塘栖古寺的钟声，是宋末壮士唐珏避难栖于此地，还是因为元初居民负塘而居得名？实际上，栖水早已默默流淌了许多个年头，连她也记不清何时被人唤作塘栖了。

但是她是否能想到，草长莺飞，日替月换，以后又将经历多少岁月？

明正统七年（1442年），巡抚周忱兴筑运河塘岸，自北新桥至崇德界，绵延一万三千二百七十二丈，修桥七十二，此地注定是日后漕运中转之重地。

明代弘治二年（1489年），邑人陈守清为修建长桥，弃家剪发，奔走四方募金，碧天长桥重又飞架南北，沟通杭州府、湖州府，两岸居民携手同袍，兴建市镇。

到了隆庆年间，徽杭沪甬商贾纷纷来此，开典囤米、贸丝开车。富户聚居、众贤毕至，形成了塘栖独特的建筑格局：沿河商肆、深院人家、比比墩阜、非桥莫通。

清代的塘栖，"骎骎乎成一大都会"，康熙二度南巡，驾临塘栖。塘栖名噪一时，雄居江南十镇之首。

这样的地方令人联想到扬州，繁华与灾难通常相依并行。杨柳春风、流水人家，只是那瞬息的安静。

数百年间，倭寇湖盗，掠夺无度。加之江南淫雨，夏秋水灾泛滥。

清咸丰十年（1860年），清兵与太平天国之兵战于塘栖。

民国二十六年（1937年）十一月六日，日机滥炸镇土。

是年十二月二十四日，塘栖沦陷。战乱不仅使镇民流离失所，还使得四郊绿野失色——日军几乎伐尽了塘栖的桑林梅海。

…………

在这兴衰交替中，只有一件事是肯定的，河水会因沧桑盛衰越显碧沉，那不是浅浅的、一抹即逝的粉绿，而是沉着积淀的色彩，灿烂时不张扬，萧瑟时不消沉。这种色泽是历史倾注的，也是那一代代人的气质陶染的。

## 河开桥成市聚矣①

碧天长桥是一座七孔古桥，建于明弘治二年（1489年）。明代的书画家吕需登桥，留下了"碧天秋水渺，红树夕阳多"之句。现在人们仍旧能在夕阳时分，登桥远眺，家离桥并不远，所以无须匆忙归去，可以直看到"清月融古镇，凌霄②落长桥③"之时。因为天长日久，桥头石缝中老树枝叶苍劲，总有火红的或干枯的石榴挂在枝头，暮色沉沉之时远望长桥，是浑然一幅浓淡灵性的写意画卷。

桥，是中国画或画中国时不可缺少的景致，但它更为重要的作用在于沟通，它沟通的不但是人群，还是心灵。

水之南是仁和县，水之北属德清县。杭嘉湖平原的两大地区——杭州与湖州在此交界。水阔二十丈，深九尺④。明清兴起

---

① "河开矣，桥筑矣，市聚矣"，《塘栖志》卷一，志图说。

② 凌霄为花名，旧日镇上人家喜植。高墙屋檐，往往花红似火。

③ 碧天桥又名长桥、广济桥、通济桥。

④ 《塘栖志》卷二，《塘栖漕运河考》：塘栖镇河阔二十丈，水深九尺。

的地方志中，每每以大篇幅录修桥造祠之人，修桥被视为大功德之举，确实，此事真如大乘境界——渡己渡人！

碧天桥初修何时，已漫漫无考。"通济之有桥古矣，岁久倾废，莫究遗迹。"照民间的说法，是唐代宝历年间大匠尉迟恭督修。而这个石匠尉迟恭，竟也被人们自然地联想成唐代开国功臣鄂国公尉迟恭了，碧天桥也因此平添神采。可惜古桥到了后来真的成了传说，经历了时间的侵蚀，桥颓然而废，两岸的士民只能靠渡船往返，直到明朝，才改变这样的状况……

"明朝弘治间，有僧守清，本四明陈氏子。偶有所激，遂发是愿，直走长安，曳数丈银铛，高呼燕市，惊动深宫。首蒙皇太后赐赉，因而诸王宫主以下暨大小臣工，罔不施给。其金皆邮至杭州，僧归而桥成之。"[1]

读此文字，令人激扬。守清的举动带着吴越一脉而承的侠气：陈守清甚至不是塘栖人，偶有所激便发愿造桥，发愿便剪发为僧、直走长安，走长安便高呼燕市、惊动深宫，从皇太后到大小臣工，均施给金银。得赉便悉数邮寄，待到僧归，则桥终于建成！真是一气呵成，痛快淋漓！但其间又凝聚多少艰辛——守清千里奔赴京师，以铁索自缚自身，终日坐于棋盘街头，被一太监留意，入语宫中，才募得巨资。而其归后，历时九年，方建成长桥。

此后东西交通，市镇兴盛。本来，江南就是明清中国最发达的地方，而杭嘉湖平原又是江南之核心，陈守清所建之长桥，

---

① 《塘栖志》卷三，《徐士俊撰重修长桥碑记》。

沟通的直接是杭州府与湖州府。

桥建起来了，需要有人护桥修桥，而陈守清之后，碧天长桥又凝聚了代代塘栖人的慷慨之气与闾里之情。

明嘉靖庚寅（1530年），桥洞几裂，崩溃在即。"（吕塘）慨谓二子坤与需曰：'是桥吾先人两助其役，度费金约四百金，吾籍成业，力可办也。'遂集土改构工料，经营悉独任。"①

丁酉（1537年），吕塘复舍金重修。

万历癸未（1583年）、天启丁卯（1627年），及清康熙乙巳（1665年）屡圮屡葺。

辛卯（1711年）北堍又圮，甲午（1714年）十月复建竣工。

…………

明代的卓天寅有一段精彩的解释："第思自嘉靖迄今，百有余年。趋事维勤，鸠工如赴，吾里之人轻利急公，始终如一。"②

是啊，正是靠着这代代轻利急公之人，才让江南有此繁华胜地。

而今碧天桥依旧，运河水依旧，江南人之精神尚存否？

## 万古谁非过客哉？③

塘栖人稍稍回忆，一定能忆起卓家巷、冯家巷来，这一带就是明代卓明卿（卓氏家族第七世）的东园所在的位置。

---

① 《塘栖镇志》，202页。
② 《塘栖志》卷三，《卓天寅重修长桥碑铭》。
③ 同上，《卓人月读方水弟别东园诗》。

明清塘栖园林蔚为大观，粗略统计一下，不下 57 处园林。最初吕水山之吕园为文士云集之处，当时唐伯虎、仇十洲、祝枝山、文衡山、沈石田、王弇洲诸公，皆与吕水山唱和于吕园；卓明卿崛起之后，重心发生了转移，他的芳杜园、东园、崧斋，成为名士遨游之所。

　　园子正对着皋亭黄鹤诸峰，中有大空楼、癖茶轩、梅花楼等胜景。从东至西穿越东园，犹如傍晚最明亮的时分——从夕阳明半楼到月波楼，再至楼侧的灵籁馆、白云堂、静心堂的时候，能听到临水的笛音断续渡过东园的日月云彩。

　　在东园中，我们甚至能邂逅晚明文坛之两大领袖，"后七子"领袖王世贞和"新安诗派"领袖汪道昆。明卿当时，真欲结交尽天下之名士。他不仅在自己的名园宴客，还经常烟波一艇，在山水间潇洒访友。也正是在卓明卿时，塘栖卓氏，声誉大振，终成望族。

　　一部园第史，其实是一部家族兴衰史。至第九世明卿之孙卓回时，家道中落，卓回把东园卖给了邻居吴宏文。当时，卓人月、沈椒羽等都为此事赋诗，安慰卓回。

　　吴宏文本籍徽州，为督学使吴邦相侄子，他从杭州迁至塘栖，购葺了吴园。吴园主要兼并了两个园第：卓回之东园，沈巽吾之且适园。经过吴宏文的修葺有加，吴园成为一时之名胜。后来吴宏文宦游闽中，限于任，子姓凋落，吴园遂荒废。至清代，吴园故址上建起栖溪讲舍，而栖溪讲舍之碑，就立于现在的塘栖二中之内。

　　东园诸景中，方志中还有两处可以追踪：一为梅花楼，卓回提到此楼后来复回卓氏；一为大空楼，该旧址至清时被"一曲园"取代，易为他姓。

"一曲园，即前明卓氏大空楼故址，北达市河，面临翠紫湖。为汪竹坡上舍课子处。有小于舟、容月轩诸胜。庭前古柏一株，数百年物也。"[1]

园林的格局已经发生了彻底的改变，唯一依旧的可能只是庭前的那株古柏了。

而在《塘栖志》之人物栏，提到了清末的姚湘，姚氏家族是从余姚迁徙至塘栖的，至五世姚振麟时崛起，以卖药为业，终成清代塘栖巨族。在清末姚湘之小传中提及："尝购卓氏废圃为宗祠，园昔为张氏别业，传而归之卓，卓卒不能有，而宝田得之以为祠。"[2]

这段文字也为我们提供了卓氏园第的一些线索，读之令人感慨。

正如晚明塘栖人卓人月诗歌中所说的："且休问此径谁开，万古谁非过客哉？吾不必将吾室爱，后当复有后人哀。"[3]

而我们能否追随卓人月之好友徐士俊的文字，想象当时的塘栖？彼时，远处有山，近处为水。夕阳欲下，诗兴渐起：

"每当夕阳初下，山色欲沉，霞影烟光，紫翠交集。于斯际也，思披鹤氅，乘兰舟，采芙蓉，搴芳杜，呼黄鹤仙人，呜呜铁笛，

① 《唐栖志》卷五，志遗迹。

② 《唐栖志》卷十二，志人物，耆旧。

③ 明卓人月，《卓珂月先生全集》卷六，《读方水弟别东园诗诗以慰之》，明传经堂藏版。

歌竹枝于中，了不知其邻于尘郭也。"[1]

## 十年生死两茫茫

正如我们所见，晚明的塘栖，园林蔚然，过客云集。

然而，不是所有的宅院，都那么奢华铺排。一些让人亲切向往，却再也无法追随的小小空间，反而更打动人心。

如果我们来到晚明的塘栖，我们会认识两位才子——徐士俊（字野君）和卓人月（字珂月）。野君的雁楼正在横潭之北，虽临水，却无高斋画阁、花径竹垣，仅容膝小楼一间。窗户亦很小。光线会斜斜地从窗户或者屋顶的明瓦安静地落下，在下落的某一瞬间，阳光有时会突然很有兴致地照亮墙上的古琴，琴面上的徽位跳跃出微光，似乎马上会有泛音跳动；有的时候，阳光会把水波投射至暗色的屋顶，亦似有琴声波动。没有阳光的时候，雁楼只余壁上素琴一张、紫箫一支，山水画一幅，屋内桌一床一书橱若干凳若干。野君曾言"雁楼之外无他地，读书之外无他事"。

而我们会看见，雁楼整夜浸染于烛光之中，是野君与珂月在校订《古今词统》，是野君与珂月在谈论杂剧，还是野君与珂月在编辑他们的《徐卓晤歌》？

徐野君和卓珂月订交于明天启五年（1625 年），他们一见如故，才一订交，便在卓氏家族的相于阁秉烛夜谈，搜句怀古，

---

[1] 何琪：《唐栖志略稿》卷上。

哪管楼外漫天风雨，而"风雨楼中夜，诗文醉里禅"①的场景，也反复出现在他们交往的十年之中，成为刻骨铭心的追忆。

他们一起编选参评的《古今词统》，是词学史上重要的词选；他们一起创作剧本，卓人月之《花舫缘》、徐士俊之《春波影》，都被编入《盛明杂剧》；他们互相酬唱，成就了见证友谊的《徐卓晤歌》。如果给他们更多的时间，文学史一定还会发生改变……

可惜的是，崇祯九年（1636年），珂月因赶考奔波，一年驱车历八千余里，回到塘栖后疟疾发作，因用药过猛而身亡，死时只有三十一岁。野君听说噩耗，不愿意相信；最终接受事实后，他痛断肝肠，匍匐而行，前去凭吊珂月。珂月死后，浙江各府文士六十余人，联名上书恳请为其建祠立碑。

逝者虽逝，然而其才若龙光，直接辉映天地古今。珂月之人生虽如悲剧，然而解读其在中国戏曲理论中独树一帜的悲剧观，就会知道何谓生死，何谓文学——

天下欢之日短而悲之日长，生之日短而死之日长，此定局也。且也欢必居悲前，死必在生后。今演剧者必始于穷愁泣别而终于团圆宴笑，似乎悲极得欢，而欢后更无悲也，死中得生，而生后更无死也，岂不大谬耶？

夫剧以风世，风莫大乎。使人超然于悲欢而泊然于生死，生与欢，天之所以鸠人也，悲与死，天之所以玉人也。弟如世之所演，当悲而犹不忘欢处，死而犹不忘生，是悲与死亦不足

---

① 见徐士俊：《雁楼集》卷五。

以玉人矣，又何风焉，又何风焉？①

人生本就有悲有欢，有生有死。而最终欢之日短、悲之日长；生之日短、死之日长。生与欢，让人痴迷于人生，而悲与死，则对人生有所警醒帮助。作为真正的文学家，用戏剧去表现"悲与死"，并非让受众绝望，而是有所升华与超越，是让人在坦然接受命定结局时，对生命有一定程度的反思。

那么，珂月之文，珂月之人生，有否打动后来之人呢？而野君与珂月的十年交往，有否打动后来之人呢？

## 我以我心铸江南

就是这样，有许多名字，藏在柔和的暗黄色书页之中。静静的、抽象的。当我们反复低吟时，会忍不住心潮起伏，遐思神往。远眺四时塘栖，依然能感受到他们流动的气韵；近看风吹百草，似乎是故人旧日的飘飘衣襟。对于杨柳岸，对于小桥流水，我们已经说得太多了；而那些曾经的岸边之人，才是真正筑就江南、筑就古镇塘栖的人。

我们的塘栖——有卓人月、徐士俊、平显、丁澎、深谦等文学家；有劳经元、劳格、朱学勤这样的史学家和藏书家；也有夏时正、邵锐、钟华民、沈近思这样的政治之才。

正因为此，塘栖以其地利、人和，吸引了大批情与貌、略相似的来客们，他们的不断到来，使得这片土地、这方空间，变得越来越厚实，越来越灵秀。

---

① 《蟾台集》卷二。

我们随便翻开卷页，就会邂逅种种惊喜——

文天祥会晤众官，赵子昂寓界河村，王世贞客居塘栖，文徵明吴中来访，王稚登经行此处，屠隆访客卓明卿，冯梦祯泊舟屡过，俞樾栖镇访亲戚，丰子恺上岸饮酒，郁达夫超山赏梅，吴昌硕墓归超山……而最盛大的经行，莫过于康熙、乾隆之两下塘栖了！

清代的王毂祥曾经送给塘栖人肖野一首诗："浙中今古多才彦，喜见名家有后人。温润襟怀同白玉，清修眉宇照青春。"

好个"温润襟怀同白玉，清修眉宇照青春"！不知现在的塘栖人会喜欢这两句诗吗？如果读到了，你们会感慨、会意气风发吗？一个地方的气质、一个地方的文化，正是靠着古今传承，靠着每一个经行者铸就的。那么，你愿意做这样的经行者，用自己的青春照亮塘栖、照亮江南吗？

如果问我，我会说，我愿意！即便在历史与文化的传承之中，个体显得如此微不足道，但足以令一生欣喜。

我以我心铸江南！

最后，谨以一首多年以前所写的小诗，献给我的塘栖——

二十年前下雪的声音

沙沙至今

逝去的言语与色泽

飞舞在寂静恍惚之刻


我不想回忆人群

他们的气息
弥漫在深深的院落
青草的坟头

江南
水从沉沉的桥下流过
临河的美人靠
凝视清冷的石阶

清晨的阳光
散落井沿新鲜的井水
檐上的枯草
橘黄色的香味

正是他们遥远的交谈
惊醒了我
清明的山野
杜鹃花闪烁露水

那是我的童年
还有我的来生
如三月飞絮
穿越漫天风雪

# 悠悠太史第弄，悠悠卓氏

你站在塘栖镇市新街太史第弄口，眺望明明灭灭的弄堂，两边是高高深深的宅第。若是你一直站着，会有一种错觉，仿佛一些声音响起来了，仿佛深宅大院中的生活继续起来了，仿佛一帧帧老照片洗却了岁月，重新粉白青翠。然而，那些声音、那些场景，是什么时候的呢？那些人，又是谁呢？

## 卓　　敬

你不可能在塘栖邂逅卓敬（？—1402 年），他是塘栖卓氏的第一代。卓敬永远也不会知道，自己的后裔漂泊至浙江栖里；也永远不会知道，自己的身后，还会香火延续，还会继续悲欢离合……

你只可能在明初的宝香山（浙江温州瑞安）中邂逅卓敬，他当年只有十五岁。

卓敬行走于山中，夜遇暴风雨，归路茫茫，不知何去何从。终于见得林中有温暖安顿的灯光透出。他走进小院，见到一位老翁。欲向他借灯一用。老翁让他在炉火边烤干衣服，然后说"我有一牛，可送你归去"，他喜而拜揖。老者又从一黯淡旧笼中，取出一顶僧帽相赠。他脱口而出："吾志欲匡济天下，翁安得以此相戏？"老者曰："我昔日亦有志于世，然事有不可为。

你但收此帽，他日当自理会。"他再三摆手推却，而老者亦再三叹息而已。他不取一物，转身离开木门，跨上牛背，青牛突然腾空而起，漫天风雨都不及沾染衣襟，已经回到家中。他试图牵牛入门，突然听得一声咆哮，青牛化为黑虎，腾跃风行而去。

你会觉得卓敬的这个故事很传奇，但更让你反复沉吟的，是卓敬所说的"吾志欲匡济天下"。

你看到岁月流转，卓敬终于实现自己的理想，可以有机会匡济天下。

明洪武二十一年（1388 年），卓敬中进士，授户科给事中。他向明太祖建议，诸王子服色类同，嫡庶尊卑无法体现出来，应该加以区别，太祖笑而纳之。后卓敬升至户部侍郎。建文帝即位之后，卓敬发现燕王势力过重，恐有异心。于是上密疏，提醒建文帝燕王朱棣雄才大略，智虑绝伦，封地北平又是形胜之地，不如将其徙封南昌。然而密疏未被采纳。建文元年（1399 年），燕王朱棣举兵谋反，四年（1402 年）六月入京师，自立为帝。

你可以看见卓敬的最后时光。

卓敬被逮捕之后，立于朱棣之前，毫无惧色。朱棣斥责他上密疏离间骨肉，卓敬厉声道："惜先帝不用敬言！"朱棣惜其才，希望免其一死。卓敬只是不屈拒绝，帝遂下令灭其三族。卓敬死前，从容言曰："国家养兵三十年，一旦变生，略无措置。敬死有余罪，但恨不为兵官，得行其志尔！"而朱棣亦叹曰："国家养士三十年，不负其君唯卓敬尔！"

知其不可为而为之，你会久久震撼于卓敬之气节，同时，又有无限的失落。中国儒家士之精神，现在还有留存吗？也许，你会欣慰而笑，因为你看到卓氏一门，并未被斩草除根。尚有卓敬中子理，闻难流亡，后该支辗转迁往扬州定居；又有卓敬之从弟敦，一骑白衣，跳脱于天罗地网之外，又飘零于千山万水之中，如风吹蓬草般流落至江南，流落至塘栖，一息尚存，薪火相传。

## 卓　明　卿

岁月辗转，卓氏隐姓埋名，以宋为姓。在江南仁和之塘栖，先事农桑，后兼商贾。至第六世卓贤时，已积累颇丰，成为江南大贾。于是开始由商入绅。第七世卓明卿（约1538—1597年）为重振该家族之关键人物。明卿确实适逢其时，卓敬之声望在此时渐渐恢复，隆庆年间朝廷下诏，于南京建祠，祭祀卓敬等名臣，"忠贞"成为卓敬谥号，仁和卓氏遂恢复卓姓。

卓明卿为了振兴家声，广交名士，唯恐疏漏一人。所以当时曾有士子互相打趣，如不为明卿所知，即非名士。明卿就这样，用自己家族的财富，打造自己的声誉，也为卓氏家族建造了一张巨大的关系网。

如果你在万历十四年（1586年）八月的傍晚，路过西湖边上的净慈寺，那时会有丝竹之声，和着月亮的清辉，飘洒于空中。你隔墙聆听，可以听见笑语盈盈，融于一寺。你可能不知道，自己邂逅的竟是晚明文坛最大的一次聚会——南屏诗社。当时的文坛领袖王世贞、汪道昆都参加了此次诗社，此次社集几乎囊括当时文学宗派"后七子"的所有精英，当然，令人惆怅的是，这也是"后七子"派的最后一次大型社集。而此次社集的东道主之一，即卓明卿。他神采飞扬地总结道："华藻麟集，佳冶属行。彩笔竞秀，皓齿齐发……"

如果你在集会之后追随卓明卿而去，你就会随他沿运河慢慢摇曳，直至塘栖。你会惊讶，原来明代的塘栖竟然如此美好：整个镇为大借景的写意格局，镇之南七八里，为超拔俊逸之超山；镇上河网密布，除了有运河穿过市镇，另有市河、北小河、西小河、东小河构成镇中水网脉络，而水景独胜之处为横潭、翠紫湖。你站在任意水边，能听见远远渡来的菱歌、渔歌、涛声、雁鸣，能看见野水、渔火、渔舟、鸥鹭、芙蕖、芦荻。而塘栖各个家族之园第，则依水望山，遍布镇上……

你会进入卓明卿的东园、芳杜洲、崧斋，你会在那里邂逅无数过客，明卿交往的对象，一为以"后七子"为核心的复古诗派，一为以汪道昆为核心的新安诗派，你甚至能看见，抗倭名将戚继光，亦为其座上之客。

你最喜欢的是他的芳杜洲，仅此园之名，就让你生欢喜之心。而走进去，你竟然又邂逅了"夕阳明半楼""月波楼""白雪堂"这样诗意的名字，你感觉在这样的园第里走一遭，好像穿越了时光、穿越了季节，人世的一切喧嚣远去，只余日光或者月光慢慢渲染开来。

你是否会像后来的沈椒羽那样，无限惆怅地记录当年的东园："曾闻卓光禄公之盛也，歌筵舞席，坐榻裀褥，樽垒器皿之物，无不毕设。……当时视同兔园。雅论高言，诗文酬倡，咸为一时之佳事，而今如逝波矣！"

其实逝去的不止园第，还有那种生活方式：读书、著书、藏书、饮酒、品茗、清谈、结社、观剧、坐禅、诵经、弹琴、绘画、弈棋、钓鱼、酬唱……

是啊，明中期前后，是塘栖园第最盛之时。明卿逝后，塘栖的园第在清代还一度延续，但太平天国之后，就基本凋零了。到了当代，你只能在那条由市河填埋而成的市新街上，寻到三条半孤单的弄堂，其中一条弄堂口，挂着"太史第弄"的牌子，而那弄堂当年的主人，正是已成过客的卓明卿啊。

## 卓 人 月

卓氏所有的过客中 —— 想必你最爱的，会是卓人月（1606—1636 年）；你最想凭吊的，也会是他。

卓人月，是卓氏家族的第九世，到他这里，塘栖卓氏才算真正实现了自己的文学理想。他和徐士俊合编的《古今词统》，是晚明重要的词选；他所著的杂剧《花舫缘》，是唐伯虎与秋香故事的重要曲本之一；他的杂剧《新西厢》虽然散佚，但是序却留存下来，亦留存下中国曲论史上独特的悲剧论。除此之外，他还或著或编了大量的作品。如果你想要手抚一卷，在发黄的册页中，追寻人月的才气，那你可以去北京的国家图书馆，在那里，存有他的《蕊渊集》十二卷《蟾台集》四卷。

然而如果你来到晚明的塘栖，去拜访他，你会既心酸又慨然。他和自己生病的母亲住在一起，他的父亲卓发之远走金陵，很少回家。他会告诉你他很痛苦，不能同时侍奉二老，让自己残缺的小家圆满；科举考试又六度失利，无法实现自己的济世理想。

然而你又会觉得他充满豪气。他在自己的小楼里面"闭户自为娱，落笔风雨疾"，除了科举入仕，他把文字视为自己的生命；他一定会告诉你，他是卓敬之后，先祖之事功理想，亦即所有卓氏人之事功理想；他还会告诉你，虽然他的父亲卓发之远在南京，但父亲对自己的影响是如此之大，是父亲，带他走上了文学之路，他和父亲，甚至亦亲亦友。他说，他完全理解父亲的远走他乡，只恨自己不能有所成就，让父母都能解颐开怀。

你看到他在自己小小的半月斋，疾笔狂书；你看到他的好朋友徐士俊时时来访，二人切磋诗文，编选文集；你看到他在月光下拔剑起舞，有击楫之志。但是此时天上乌云渐聚，明月不能朗照，正如他的字珂月一般（卓人月，字珂月），正如他的半月斋，许多器物都制成半月之形，这是否也意味着他的人生，虽然如月亮般俊逸高远，然而却是那不能朗照之月。

你最不能忘却的，是他在父亲的金陵祴园，挥笔写《山中晚烟赋》的场景，时近黄昏，山中渐有晚烟弥漫，不辨前路，正如人月此时之心境。你看到他凝神书写，而那纸上，明明是清晰的墨色，怎么却似罩上一层烟雾？你不由叹息摇头，人月真才子也！你随珂月之文字感慨：

无水无山无尘无虹，高低枯盛、远近空实，整个世界是号物为万，还是万物一齐；缥缥纱纱亭亭云云落落莫莫熊熊魂魂，此为一时之云遮雾掩，还是纷繁之本质？混沌清朗，其实并不知道何时而往、何时而复。

而最能打动你、打动所有的世人的，就是他独特之悲剧曲论。中国的戏曲模式大抵为大团圆式，只有他，在戏曲史上提出了悲剧曲论：

"天下欢之日短而悲之日长，生之日短而死之日长，此定局也。且也欢必居悲前，死必在生后。今演剧者必始于穷愁泣别而终于团圞宴笑，似乎悲极得欢，而欢后更无悲也，死中得生，而生后更无死也，岂不大谬耶？

"夫剧以风世，风莫大乎。使人超然于悲欢而泊然于生死，生与欢，天之所以鸠人也，悲与死，天之所以玉人也。弟如世之所演，当悲而犹不忘欢处，死而犹不忘生，是悲与死亦不足以玉人矣，又何风焉，又何风焉？"

是啊，人生就是有悲有欢，有生有死。而最终欢之日短、悲之日长；生之日短、死之日长。生与欢，让人痴迷于人生，而悲与死，则对人生有所警醒帮助。那么，我们的文学作品，为什么只是让人轻快，而不是让人反思，甚至在反思中完成生命的超越呢？

你不忍心多读人月的悲剧曲论，因为你知道崇祯九年，他应举下第，心情沉重。又南北奔波，驱车历八千余里，最终身染疟疾，他为了快些痊愈，用药过猛，竟致暴亡，而那年，他只有三十一岁！

但是你一定会认为——他的生命虽然短暂，但并不意味着他的人生最终是个悲剧；他短短一生留下的丰厚文字，已经足以证明他人生之精彩！

就这样，你站在塘栖太史第弄中，望着那明明灭灭的弄堂，一直聆听着、怦然心动着……你想，真正的江南古镇，并不仅仅是供人到此一游的建筑，而是那些过往留存下来的印迹，以及永远薪尽火传的文化气质……

# 旧时院落

有的时候，穿行如梦境。曾经走过的路，不知哪一段落是真实的，哪一段落是梦境。就算停伫在同一处，也会沧海桑田，恍如隔世。

小的时候，寄养在塘栖外婆的家里，我喜欢在市新街四号里的院落中坐着发呆。我坐在一把小竹椅上，竹椅斑驳油亮，我爱前俯后仰，竹椅上了年纪了，会发出些吱吱嘎嘎类似叮咛的声音。而我面前的重重门洞也会忽高忽低，往上看，是衬着蓝天的稳稳的马头墙，是错落的瓦以及瓦间随意的草。而当小竹椅四足落地，我会安静下来，这时视线穿过两个天井，可以直接看到廊檐下陈旧的美人靠，木色清冷。越过美人靠再向前看，又是人家了，然而我心里很清楚，中间其实隔着一条市河。

那条河，一直在那里。冬天日头很好的时候，我会陪着外婆去洗衣服。看着外婆把衣服泼洒出去，小碎花的棉布就在鹅绿色的水中荡漾出去、荡漾出去，我的心也会荡漾出去，这个时候太阳暖暖的，晒着晒着，自己的小棉袄，就像是要融化了一样。有的时候，有小船驶过，我就会慢悠悠地从船来一直看到船往，看着它们一爿桥一爿桥、一家店一家店地渡过去。更多的时候，我喜欢看河的对面，对面是一家卖花圈的店，那时小，没有恐惧，喜欢看他们把各种色彩的纸花，晒在地上，颜色是渐变的，像是落满了一地的蝴蝶，随风簌簌动着。

一切似乎都是那么稔熟，所以我可以坐在我的小竹椅上，想象河水。想象它们从京杭大运河的主干道一路过来，一不留神拐了一个弯，就到了一条小小的市河，有点着急地向南觅路，没想到等待它们的是更小的两条河，干脆就叫作西小河和东小河，当然如果它们运气好的话，可以一直流到翠紫湖里面去。翠紫湖是个好听的名字，但有大名必然有小名，小名却是"菜籽湖"，意思很清楚，是个很小的湖；就像是河边的美人靠一样，还有个名字叫米床，雅的俗的全是她。

坐得久了，我会一下子跃起来，一路穿过天井，一直冲到美人靠前，一阵风坐下，满眼看到的就是清清的水了。当然这是需要技巧的，要对距离有充分的把握，才可以看似潇洒一路狂奔，然后准确落座。我的一个表弟过年来时，曾经一路冲过去，一个筋斗直接就栽到河里去了，还好下面有一条船候着。

坐在小竹椅上，我一般都是往河的方向张望。在我的背后，则是一进一进的院落，我们家是在第二进，里面应该还有两进，有深深的复弄连接，复弄是黑暗的，我一般不敢再往里去，偶尔去一趟，竟如冒险一般。每当里面的人出来，我望着他们，就好像他们已经走了非常遥远的路。当然，我也会经受不住某种诱惑，悄悄地进去一下。因为里面的一户人家，木头的花门上面竟然嵌着几块小小的彩色玻璃，有太阳的时候，地上会有淡淡的绿色、蓝色和红色，有一种亦真亦幻的感觉。

大部分时间，我迷恋门洞外面的廊檐、美人靠、桥和水的色彩，并且这种色彩变得越来越复杂，越来越迷离。某日清晨，外婆把我从被窝中拖起来，我迷迷糊糊闭着眼睛，任凭她给我穿好衣服。她拉着我的手，走出院落，来到河边，在晨光中，一下一下帮我梳头发，收拾齐整，然后我就被她拉着，去排了一个长长的队，买到了两张电影票。后来电影中的音乐和色彩就在小镇的空气中一点一点渗透开来，那漫天的花落花飞，那无尽的潇湘碧竹，那从古到今最称心如意的事，那一弯冷月葬尽的花魂。于是小镇上就有灵巧的女子开始唱《红楼梦》，而我，如有宿缘，外婆一直给我戴着一个银锁，那锁很像宝玉的玉，于是就有人来借，说是要演《红楼》，外婆后来还送了我一方手帕，手帕上是宝玉、黛玉在大观园中共读西厢。就是这样，所有的色彩，开始叠加，潇湘馆、大观园，塘栖镇无穷无尽的弄堂，幽幽深深的院门，而我的小镇，亦不再是单纯的廊檐、美人靠、桥和水。

于是开始有了各种梦境，抑或是早就有了各种梦境。梦中的自己，走出院落，穿行在镇上，镇上有许多院落，都上着锁，有些尘封了，然而隐隐约约有音乐，甚至有叹息声，隐隐约约能看见里面的色彩，灼灼的花或是森森的竹。我在梦中伸手去推，或者门闩颓然脱落，或者一切戛然而止。

渐渐地，过往的一切，到底是梦境还是现实，就不太分明了。一些刻骨铭心的情境，是真的吗？难道是真的吗？

过年的时候，爸爸妈妈会来看我。但某一天早上起来，他们就会消失。我就会冲出院落，眼前只是水，不知要流向何处去，我甚至连爸爸妈妈回去的方向都不知道，只是四顾茫然。那个水边找爸爸妈妈的小小身影，是真的吧？

总算就要离去了，离开这个小小的镇，去爸爸妈妈工作的地方上学。需要和这些廊檐、美人靠、桥、水告别。然而，我看到有许多人热火朝天地开始填河。我惊讶地看着水很快灰飞烟灭，原来一条河的消逝，可以这么快。到了第二天，它们又浅浅地泛了上来，那么熟悉，那么安静，让我惊喜，然而只是一天，它们又被重新填平。河的这边到那边，原本是需要桥维系的，桥是一段水路一座的，所以要走一些路，才能去往对面，现在只需随意一走即可过去，迅速得让人觉得荒谬。

　　水就这么不见了，真实地像个梦。我看见河床上一处淤泥，开出了一朵洁白的小花，在风中如水般荡漾，如那些纸花般簌簌地动。于是我想也不想，就冲过去摸她。但是我并没能碰到她，而是一下子陷入了深深的泥中，被大人硬是拔了出来。那么，那个深陷在河泥中的小小身影，是真的吧?

　　被拔出来的我，后来离开塘栖镇去读小学了。之后路就被填平成水泥路了，这下真实得毋庸置疑了，原来的市新河变成了市新街，街上摆满了小小的摊位，卖各种各样的小商品。每年回塘栖过年，我照旧坐在小竹椅上，晃动看一上一下的门洞，看高处的墙，瓦上的草。有的时候安静下来，往前眺望，是铁皮的小摊，是人来人往，遮住了对面的人家。水没有了之后，桥就没有了，而美人靠，应该没有人刻意去拆，然而它们也渐渐消逝了。

　　好像是沙漠中的海市蜃楼渐渐退去，先是水，然后是桥，然后是美人靠，然后呢，是市新街四号里的院落，是那个小竹椅，是坐在竹椅上的那个小小身影……

院落后来亦被拆掉了，我站在废墟之中，环视一片空空的地，那些墙、那些草、那些瓦、那些弄堂，是真实的，还是荒谬的？过往的人生，到底是存在还是梦境？

"物非人非"，我只能继续穿梭在梦境之中，我会在梦中看到那个沉沉的小镇、那些沉沉的院落，每每看到，我在梦中就会惊喜万分或者潸然泪下，我会说："还好还好！原来一直在的！"在梦中，我很少能推开那些门，门中照旧传来隐隐的音乐或者叹息声，门里应该有灼灼的花和森森的竹。

很多年后，我开始做塘栖园第的研究，翻开旧日的典籍，那数不清的院落名字，如春天的桃花般次第绽放在我眼前：东园、吴园、芳杜洲、雁楼、竹素堂、借竹楼、竹里馆、花林草堂、水一方、崧斋……这些名字如此美好，美好得让人无从想象。

我终于明白了，自己生命中的院落，以及梦中的院落，就是它们。而它们，静静地，蒙着尘土，隔着远远的时空，一直存在着……

# 丁山湖

好像是很久以前了，那时我一直在华东师大八楼的古籍阅览室读书。高处自有妙处，满屋古籍，一张大大的桌子洒满阳光，很安静、很安静。我正在抄光绪年间的《唐栖志》，感觉不像是在读故乡，而是在远远打量一个我从不认识的地方，但那些地名又分明如此熟悉。

于是就在高处和安静之处遐想，任凭几十米开外就是上海的高架，任凭车辆在高架上络绎不绝，任凭到处是凝固的水泥建筑，任凭几百公里之外的家乡也早就风景不复，我只在古籍阅览室，那个高处和安静之处遐想……

"十里丁山胜地偏，藕花零落白鸥边"，这样的诗句令人沉醉。

塘栖的边上就是茫茫水村的丁山湖。丁山湖之人不种谷物，而是栽种梅树李树，花开时候弥望如雪；丁山湖人以山水为傍，站在湖边眺望，近处是丁山超山，远处是皋亭诸峰。如屏如障、蔚然生秀的，都是些多梅、多兰之山；丁山湖之中，有万顷荷花，清菱碧茭，有白鸥掠水，鸬鹚晚日。

翠堂森禅师吟咏丁山湖水居诗最美：

茫茫西浙水村多，结个茅庵依绿波。出脚路唯船一只，放生池有茨千科。秋风不倦推雄浪，暮雨偏能响败荷。莫是要津渠把断，篱荆虽启没人过。

结庵绿水，朝闻风吹篱笆；系舟白波，暮听雨打荷叶。真是个读书隐居的好地方。据说确实曾有高士丁乐善在此读书，筑一读书堂。绕丁湖而居者，远近十许村，如环如玦。隐居于此，如有人来访——定要摇一叶小舟，绕过芦苇莲花，方能到得；也一定是人未得见，逸兴已生。

　　遐想未毕，不由遗憾。身为塘栖人，却没有去过丁山湖，从此心里念念不忘。

　　终于到了今年（本文作于2007年）的大年初一，见大家闲来无事，发一倡议："我们去丁湖玩可好？这么近，却从未去走走。"想不到大家齐声响应，于是一家大小扶老携幼，全都出发了。

　　但是我却隐约惴惴不安起来，因为我心里一直珍藏着一轴曲水通幽、绿水茅庵的图景，万一大失所望怎么办？况且结果大抵是会那样吧。算了！我又安慰自己，从小到大，多少想象都已破灭，再少一幅小小的写意图画又如何呢？

　　镇外的田野倒也秀丽，在这冬季，枇杷林还是墨绿色的。每经过一个稍大的水塘，就有人发问："到了吗，丁山湖不会这么小吧？"然后就有人反驳："不会的，这不过是个养鱼的池塘罢了，丁山湖一定很大。"

　　经过许多亩方塘，问了两次路，我们终于选择了一条不算正确的小径。这条路是通往一个村子的，据说村子的尽头就是丁山湖。我不由想，那么以前隐居的人一定就是住在这样的村子里了？

　　远望村子，村子的白墙似隐似现，掩映在明亮的水光和暗绿的树丛之中，倒也宁静。

　　一路走去，房子渐渐多了起来。村里人家一律敞开着大门，厅堂很大，两侧堆着许多杂物，中间是一张八仙桌，围坐着打牌、聊天的人，是一种过年时分的热闹。许多老人却喜欢坐在屋外说话，见到我们这一行人都很惊讶。

村子里面有一条狭窄的河道，有一座歪歪扭扭的石桥。令我不堪的"风景"终于出现：石桥边是那种很简易的茅厕，茅厕临水而立；无数个垃圾袋随意丢弃在河中，低处的半掩半沉，高处的挂在芦苇之上，那水也是一种死寂而凝滞的绿色。我不恰当地想起了范缜的比喻，风起花瓣飘零之时，有的花落于茵席之中，有的落于粪池之侧。现在亦有落于水中，落于茅厕之边的，可惜满眼竟是红色白色污浊的塑料袋！不用说人生的联想，更不要提自然的情景了。

好容易穿过了脏乱的人家聚集之处，我们终于在村子的尽处，看到了一片茫茫的湖面。湖应该不算很大，但此时冬日的阳光渗入空气与湖水之中，天地之间似乎蒙着一层淡淡的雾气，而水面又是一种暖色的明亮，就有些看不分明了，只看到远处隐约似有人家，再远处则是浅蓝色的山影。

要看远方还并不容易，此处并非很好的"观景点"。岸边是长得随意而茂密的大树，虽然叶已落尽，但枝条纵横遒劲，我们需要隔着缝隙眺望；靠近我们十几米的湖面，有一排高高密密的水中栅栏，栅栏边上是村民支的网。一无障碍的水面，竟要隔着三层障碍才能看到，且又笼罩在雾气之中。不过我们已经很开心了，毕竟在那边，在远方，真的有一片明亮的水。

近处的景致也不错，横亘几十米的栅栏有一个出口处，就在出口处，在太阳的倒影边，半沉着一只破破的木船，兜着一蚱蜢舟的水，似乎在沉思默想。而一大群鸭子却不管它的落寞，扯着波纹，热闹而自由地在水中滑翔。我想起了丰子恺画的《护生画集》，不由心里很伤感，它们现在如此自在，但是以后呢？再也没有弘一法师这样的人，路遇它们，把它们买回寺中颐养天年；也没有善良如历史学家吕思勉般的人，买回鱼虾，要养到自然寿终才吃它们。我也只能在这一刻，看着它们享受现在的快乐了！

突然，小西大叫："这个就是木头鸭吗？！"

妈妈说："是啊，这就是你最爱吃的木头鸭了。"

只见小西望着岸边的一只黑白相间，毛色漂亮又有些憨态可掬的鸭子（我们那里俗称"木头鸭"）发呆。小西最爱吃我外婆烧的红烧木头鸭，大家都知道，只要他一到塘栖，那天全塘栖镇最大的一只木头鸭，就一定会被我家买走的。

小西喃喃自语："原来它这么可爱，原来它这么可爱！"那天他和木头鸭相看两不厌了很久，口里一直在嘟囔着。真不知这么可爱，我见犹怜的鸭子，以后他还忍心下口否？

我们在水边站了一会，慢慢往回走。离得越远，那一片水越发不分明了。越过了现实的村庄，我的心里没有刚才的失望了，很平静。

我想，我到过真正的丁山湖了，虽然不尽如人意，但如果抛开那个肮脏的村庄，不去想那些真实而有些不堪的角落，那里有水、有船、有暗绿的大树、有自由的鸭群、有远处村庄和群山写意的轮廓，春天一定会有李花，夏天一定会有菱藕，还是有其可爱之处的。更妙的是，它并没有让我一览无余，而是似隔非隔,似真非真。这就好,我心里还会有一片遐想的空间的。

至于那个书中的丁山湖,那些文人的吟咏,一定也是如我一般,无奈地抛开一些东西,却把心中最美的图景描画出来吧!

# 三过朱家角

　　朱家角是一个小小的古镇，就在上海的青浦。我起先并不以它为意，因为我的家乡塘栖，是清代江南的巨镇，规模远过于它。我从小穿梭于镇上的七十二条半弄堂和三十六爿半小桥，相比之下，朱家角的桥太少，弄堂不幽深，院落不够高，水也太少。但是我的家乡——塘栖，在 2000 年彻底消失了，该拆的不该拆的，全部夷为平地。现在，她已经与时俱进成全国一统的模式了。而我，也终日穿梭在上海的地铁高楼之中，奔波来往。

　　慢慢地，青浦的这个小镇，竟也成了我牵挂的一个地方。她离我家不太远，一个小时的路程，乘兴而去，吃顿中饭，在小镇闲闲一逛，晚饭时即可归来。

　　就像苏东坡邀请张怀民去看月光一样，总得闲人兼默契者才能去得。

　　于是，第一次我是和妈妈一起出发的。

　　妈妈是特地到上海来陪伴我的。我那个时候正在无尽地备课和查资料之中，妈妈把所有的家务都包下来。我自从 1994 年离开家来到上海，十年余总是节假日匆匆回家，和父母相伴时日甚少。妈妈的到来，让我们重新达成了默契，好像竟是一种升华呢。对我来说，我似乎重回孩时，享受着她做的菜、她洗的衣服、她晒的被子，整个家中都有她暖暖的气息；对妈妈来说，她终于知道这么多年来，我是如何生活和读书的，我不再是当初那个顽皮不更事的孩子了。

在一个阳光洒落的时候，我和妈妈去了朱家角。

天气非常好，是早秋，有太阳的时候。我喜欢让妈妈穿得很鲜艳，她穿着我的一件桃红色的衣服，神情像个小孩子，欢天喜地去郊游的样子。

我们是从一个竹编的篱笆门进入古镇的，很快来到了放生桥边。这一天小镇特别鲜亮，在太阳底下，黑瓦白墙，绿树红灯笼，水里倒映着蓝天。

在放生桥上看风景是最好的，我喜欢透过桥上的树看小镇，树叶儿油亮油亮的，簇簇地映射着阳光。从枝叶间望过去的民居，那些梁柱木门，都是鲜艳的暗红色，与碧水相配，特别可人。

我和妈妈手拉手过桥，好像走在自家小镇上一样。

沿路是浓浓的扎肉香味、箬叶的清香，加上太阳的味道。我们走在青石板的小街上，东逛西看。

我和妈妈在一起，就是喜欢大买特买小玩意儿。我会买不少送给朋友，而妈妈，更是有过之而无不及。每次陪她出去玩，她都要不停唠叨且张罗：小萍萍、小琳琳、阿伟的女儿，要好的护士、护士长，维善舅舅一家、建功舅舅一家，隔壁邻居甲、隔壁邻居乙等等等等。凡是那个小镇上与我家点头微笑的人，好像每人都要送个小礼物似的。妈妈每次都很认真且执着地说："东西虽小，不过他们会很高兴的。"以至于我不得已发明了一个夸张的好办法，那就是到城隍庙批发市场去批发礼物。

到朱家角也不例外。妈妈看上了那些小蓝布包啊，藤编的杯套啊，竹拖鞋之类的。我看她很认真挑选且开心的样子，也没法埋怨什么了，只是站在一边欣赏她，感受她对别人的关爱，此时的感觉，就好像心里有一个小石子打在碧水之中，很舒服地泛着微微涟漪。

小街的一角，转出一条小河。小河两边是人家，小河上是远近相望的小桥。我和妈妈在小河边走着，走到一座我们认为最有味道的小桥旁，河边是一张简单的桌子。我们坐下来，随意喝茶吃饭。妈妈坐在太阳里，双手捧着一杯茶，笑着看我，我也看着她笑。

我喜欢妈妈这样的笑，我一直觉得她像个小孩子。她对人从来没有心机，总是纯然地替别人着想；工作那么多年，总是认认真真的；上好班，她就很乖地回家，很少出去。她当时从护士长升任护理部主任的时候，很多人大为困惑，因为照他们的思路，一个对人际关系一窍不通的人，怎么会当上领导呢？

好像时间一下就静止下来，让我看着我可爱的妈妈坐在小桥流水边，穿着桃红色的衣服，捧着碧绿的茶，眼神清亮清亮的，阳光也柔和地抚着她，不知不觉中还跑来了一只白底褐色斑点的猫，依偎在她的脚下。

我们的菜来了，红色的河虾、白色的蚬肉豆腐、绿色的香干马兰头、金色的塘鲤鱼。我们还开了一瓶啤酒小酌。其实这些菜是我们从来吃惯的，在运河边长大，小菜大多就是小鱼小虾小蚌壳了。

"阿净，这样真舒服啊。"

妈妈说的是我正在想的。我想，这样真好啊，日子就这样宁静，就这样在小镇上晒晒太阳，陪陪家人，何必要苦苦追求些什么呢？好像这样，时间也会流逝得慢一些，真的。

我们和猫咪一起吃完中饭，下午的日光越发浓郁，我和妈妈散步在小镇上。

小镇上有一户小小的院落。篱笆上长满的是橘红色的太阳花，很高很高的，一直灿烂到蓝天上去了。我和妈妈"乘人不备"，站在篱笆下，摘太阳花的籽。吹开褐色干枯的花萼，亮黑的花籽就露出来了。我把花籽放在我的小布包中，满心欢喜。

小镇上有一个耕植园，深深的院落。我和妈妈坐在碧树掩映的石凳上吃橘子。这时我的手机响了，商务印书馆的编辑告诉我，他们的选题会要推迟了，而我的书呢，当然也前途未卜了。我说："好啊，我知道了，没有关系啊。"

真的没有关系，在这样的一刻，我不会去想诸事成功与否，不会去想每日的奔波，不会去想深夜的笔耕。在这样的一刻，我还很感谢爸爸妈妈，因为他们让我天性乐观。再辛苦再劳累的时光，都像是尖锐的东西划过透明的玻璃一样，在我的心中都不留痕迹。就这样，毫无牵挂地、专心专意和妈妈一起在大树下吃橘子，多好。

和妈妈一直逛到太阳西斜，于是归去。于是我们都不约而同希望下次带上爸爸一起来。

第二次的朱家角之行，我没有那么纯然的欢喜。

爸爸前段时间颈椎不好，是来上海休养的，看着他痛苦，我真是毫无办法，好在最近好多了；妈妈呢，准备换半口假牙，所以把上面的牙齿都拔了——他们两个状态都不好啊。他们马上要回杭州了。所以我安排了一系列的活动：去体院听课，到朱家角喝茶。

我从未想象过这样的场景，我的爸爸和妈妈，他俩并排坐在教室的最后一排，就那样看着我，神情专注地听我上课。上午的大学语文课，我心跳得厉害，都有点儿语无伦次，发挥失常了。下午的基础写作课，"气沉丹田"，先深呼吸几次，调整状态，终于发挥正常了。

其实让父母听课，一直是我的心愿，也是他们的心愿。

有一度我曾经不理解父母，他们总是把我挂在嘴边，告诉所有的人女儿的近况，而我并不愿他们向别人夸奖些什么；现在，我不这么认为了，我应该努力让他们感到骄傲，让他们总是在喜悦之中。

我们仨出发了，还是很好的太阳，是中秋的太阳。我一会儿拉着爸爸的手走，一会儿拉着妈妈的手走。

在放生桥上，我给他们拍照。爸爸穿着黑色的夹克，头发是银白色的，很帅；妈妈还是桃红色的外套，不过这回她不敢咧嘴笑了，笑得很羞涩。他们两人的神情都特别宁静，站在桥头那棵枝繁叶茂的树下。

闲闲走走，我们又来到那座小桥边，坐在桌子边喝茶。

我说："昨天我太紧张了，我大学语文没有讲好。"

爸爸说："你讲得很好。我一直想象不出，我的女儿站在大学讲台上讲课的样子，现在终于知道了。我很骄傲。"

妈妈说："我也是。"

我不由笑了。看到随风微拂的碧水，我觉得神思摇漾。

我在想那个小女孩——她两年级的时候，就在家里摆好几个小椅子，在门背后用粉笔写字，然后用小竹鞭指着，模仿上课；上课的时候，她总是神往地看着和听着老师的粉笔，在黑板上吱吱呀呀变幻出彩色的数字。

我在想那个小姑娘，她大专毕业之后，满脸稚气，到农村的中学教书，每天满腔热情，在乡间泥径骑着自行车赶来赶去。但好像事与愿违，她看到的是不尽职的老师和下了课就打游戏的学生，她被别的老师封为"自命清高"。

我在想那个女子，在将近而立之年，她终于成为大学的老师，虽然那个学校和她的专业毫无关联，虽然大多数学生不喜欢文学与历史。但是快四年了，她看上去激情依旧，其实她心里一直在鼓励着自己："没有关系，没有关系，只要课堂里面有一个学生在听课，就要全力以赴呀。"

而后来，她感到非常幸福，她发现还是有学生在聆听的，她最在意正是学生的评价呀。这个秋天是最好的，爸爸妈妈也听了她的课，并为她骄傲。那么，她的人生还有什么不遂心遂愿的呢？

一会儿，桌上照例摆上了红色、白色、绿色和金色的菜肴；斑点猫也照例欢欢喜喜跑过来了。现在是爸爸妈妈一起坐在太阳里面，微笑地看着我……

妈妈只不经意地说了一句："我们阿净其实是很辛苦的。"

完了，一个一鼓作气的我，一下就泄气了，我傻傻坐在太阳里的凳子上，一言不发，百感交集。是啊，我一直给别人满不在乎的样子，好像我是最轻松的、最爱玩的，最没有心事的、最有效率的，而其实呢？爸爸妈妈真是给我"致命一击"呀。

心里很酸很酸，但却禁不住地傻笑：爸爸妈妈终于理解我了，也只有爸爸妈妈能够理解我呀。

我们四个开始喝酒吃菜——当然还包括斑点猫了。

河边一溜花盆，花开得很润泽；地上随意搁着大匾，里面晒着饱满的黄豆；稍远一点，几幅书法绘画从店铺中挑出一角；再远一点，一只小船暖暖地渡来……

妈妈总是闲不住，她很开心地站起来，说："我去倒茶。"

我和爸爸看着她手拿两杯茶，有点小跑地过来，像个孩子般的。突然，出乎我们的意料，她一下绊在高高低低的石路上，整个儿扑在地上，水杯也飞出去很远。我和爸爸一下站起来，冲过去。还好，只是手上擦破了点皮，膝盖上肯定也有大乌青了，我们把她扶起来。

爸爸很心疼生气地说："你小心一点呀！"

妈妈像做错了事情似的低着头。

我们重新坐下来，妈妈的摔跤让我心疼且忧虑。爸爸已是满头白发，妈妈呢，半口牙齿也没有了。想到暑假的时候，他们想去西安旅游，爸爸的病刚好些，妈妈心脏又早搏，几次三番在去和不去之间犹豫。每次想到这些，我就希望时间再慢一些、再慢一些。我宁可不要踌躇满志，什么与时俱进、开创未来之类的，去实现一些虚名，我也要留住现在，这些安静而平常的日子。

一时之间，我们似乎同时感觉到了此刻的静谧与美好，重新惬意地吃着，懒懒地坐着。

吃完饭，爸爸妈妈和我拍摄下了那天的色彩：褐色和白色相杂、吃饱犯困的斑点猫，一黑一白两只毛茸茸小狗的邂逅，人家院落里悬垂的翠绿的佛手，串串紫色花朵掠过碧水的瞬间，一朵鲜红神气的月季，满天橘红浪漫的太阳花，水上碧树掩映的民居，水里蓝天白墙的倒影……

爸爸妈妈回杭州了，我送走了我牵挂的人，却并不惆怅。因为如今我们真的很默契了，彼此思念着对方，理解着对方。想起的时候，就好像我们仍坐在小桥边、太阳里面随意聊天似的。

我恋上了朱家角。于是在冬日里，我约上了我的两个学生再去一次。

罗书杰考完研究生，就要回家了；而卢强，还在上海安顿着自己。有时候我竟萌生出这样的感觉：虽然他们应该算得上大人了，但我总是以小朋友目之；爸爸妈妈也一样，随着我渐入中年，我开始主动地去照料他们，有时竟也像对孩子似的。好像世界上就我一个成人了。

我非常想见到，又非常怕见到罗书杰。考研的这段时间我一直很牵挂他，想见他；他在短信里面告诉我他考得不好，所以我又怕见到他，怕他难过。加上这天气，刚刚下过冬日里的暴雨，阴阴沉沉的。

两个小家伙居然欢天喜地出现在我面前，唉，如果要如实记录的话，他们像是丐帮的两个小顽童。卢强在健身房打工，经济拮据。一件橘黄色的外套穿了半个冬天，目不忍睹；罗书杰考研以来一直穿着一件深蓝色的棉袄，也已经一塌糊涂。

我只好暂任丐帮净衣派帮主，带着他们挤上去朱家角的车。

我看着罗书杰，他很轻快的样子。

我只好先入为主："你有什么打算呢？"

又是很轻快的回答："最近两年暂时不会考了。"

我的心一沉，这并非我期望的答案，这也应该不是他真心实意的话，我想我了解他。

我在车上和他说了很久很久的话。

我经常希望我的学生们能够成熟一些，也经常会嘲笑自己像个幼儿园的阿姨，管着一大帮小朋友的生活细节。但是，一旦真让我面对一个成熟持重的孩子，我却又会很心疼。我不忍心看他明明心情不好，却不想让别人察觉，独自承受各种压力，做出很无所谓的样子。过两天，他就要回家了，所以我一定让他说出真实的感受，一定要得到他的承诺。而他一旦承诺了，我相信他一定会做到。这样真的有些残酷，但是我没有办法。我们终于达成一致，那就是他绝不能放弃，要继续考研。

到了朱家角，天气还是阴沉，但一种很美好的感觉，却如烟如雾般，慢慢在我们经过的每个地方氤氲开来。和学生一起，居然能找到这样的唯美，这是我远未料到的。

没有阳光，也没有过客。镇子是淡淡的墨色，最明亮的却是水面，明灰色的水往空中渲染渗透，就化成了一层霭霭的烟雾。烟雾中勾画着叶已落尽的枝条，千丝万缕细细地萧索着。

站在放生桥上，我很伤神。我突然嗅到了一种久远又亲近的气息。我想起了我的那个消逝的古镇，我想起了那个如轮回般出现在我梦境中的古镇。有的时候我觉得我生活在两个世界之中：一个如此现实热闹、奋发向上；一个如此荒凉凄美、寂无人烟。我想起了自己此生渺茫的心愿：用我的文字重铸那个逝去的世界，在我逝去之前。

罗书杰和卢强都没有到过江南小镇，卢强在桥上看风景，罗书杰在拍照。我回身看着他们，突然心有所动，他们的神情如此清澈，笑得如此纯然。一点不像是小镇的过客，倒像是从哪个悠长的弄堂里面，蹦跳出来的小朋友。倒像是孩提时代，和我一起在沈家弄踢毽子、跳绳子的英和伟。

是啊，他们确实还有着赤子之心啊。卢强是个内秀的孩子，他有着文字的天赋，不擅长说话，却总是在感悟生活；罗书杰也是个很有灵气的孩子，他一直在思考着生命意义。可贵的是，他是那么信守承诺，对人是那么温暖。最重要的是，他俩都没有沾染一丝儿世俗，眼睛都是那么清亮。

我看了罗书杰拍的第一张照片，是放生桥上的眺望，正是我看到的蒙蒙之中的景象。我没有想到的是，从这以后的每张照片都是那么纯美。

我们来到小桥边，罗书杰和卢强走过小桥，再走回来，他们笑得很自然。这一刻，我的心很轻快。我不再为卢强担心，担心他在上海少衣缺食；我不再为罗书杰担心，担心他前途漫漫，需要上下求索。

我们在小桥边拍了会儿萧索的枝条。把带着绿色叶子的金色小橘子放在桌上，等着开饭。我拿着相机拍卢强和罗书杰，他们坐在河边冲我笑。卢强是微微地笑，罗书杰则咧着嘴，满心欢喜地拿着一个很小的橘子。我看着我的相机，惊讶地发现，他们纯然的笑容笼罩在一层淡烟般的蓝色中，怎会是这样的呢？我不会也没有动用任何技巧啊。

这个时候似隐似现地传来了古琴声，穿越水那边的宅子，渡水而来。静静聆听，竟然是我最喜欢的《出水莲》。烟白色的莲花慢慢开放在青色的水中，又慢慢融化入萧萧的水中。船桨过处，好像把乐符流动成变幻的线与影。我按下了快门，原来是水中树的倒影啊。如此真实的树，竟也能如此美幻。后来，我把罗书杰也和倒影拍在了一起。

我们的茶和菜来了，远远地又看到一个过客来了，我不由会心而笑，原来就是那只斑点猫。白色的毛，褐色杂黑色的斑点，和小镇今天的色彩格外般配。

我们四个吃着小鱼小虾，我告诉小朋友们和斑点猫：以前我可以在河埠头的石板下，随手摸到螺蛳；以前我家的古镇，比这里大多了。反正他们总会认认真真地听着我。

吃完我们在小镇随意地走。

我们走到了太阳花的篱笆，可惜花已落尽，唯余枯枝，只能想象了。

我们走到了一个院落，在这样的天气中，天井是郁郁的青、墙是暗暗的白、瓦是沉沉的黑，却有一树金色的腊梅开放在墙根门边，一下照亮整个院子。我想起了我家的天井，想起了超山的唐梅。卢强和罗书杰也非常喜欢这里，我们在梅树下合影。

我翻看这些照片，忽然有一种感觉，这不是照片，好像是影片，类似《城南旧事》那样的影片，每一张都是一个淡淡的情节。

我们走到了北大街，各自买了自己欢喜的东西。卢强从没有见过蚕茧，他花五角钱买了两个，很高兴地收起来。罗书杰买个简单的手链，我买了两个书签。本是各买各的，经过罗书杰复杂而漫长的盘算设计，"胡搅蛮缠"，其结果变成了：手链是我送他的，书签成了他送给我的，竟然互相送了一份告别礼物了。要知道我平时不会轻易上当受骗的，"事发"后我忍不住数落他："你太无赖了！"其实我心中很感动，想到他要走了，又好伤感。我虽然经常理直气壮地称他为小朋友，其实在我心中，他实实在在是我的朋友啊。

我们走出了小镇，我只看着他们说着、笑着，沉浸在一整天的唯美之中，又生出惘然之心：好像我们每个人都在照片中笑得很开心，但在如烟如雾中却有一些淡淡的忧伤；我们经过的每个地方都是真实的，却有一种不真实的感觉。于是我只能想，那是因为如此的清澈和纯真，在这个世界上太少的缘故吧。

此刻，我一人在书房里面，结束我的《三过朱家角》，我从2006年1月19日一直写到了1月20日。爸爸妈妈正在杭州家中，等我回家过年；卢强和我暂时说了再见，过年以后再见；罗书杰已经到达广州，却不知何时才能见到了。

此刻，是凌晨两点，只是我一个人。但我心中，却满是感动。

# 新市镇

塘栖镇的周围有着许多镇。

在旁人看来，上面这句定然是废话了，可这恰恰是我的由衷之语，而且也是直到最近我才悟出来的。

2000 年我的家乡塘栖整个变成了工地，旧日的痕迹——无论是明代的、清代的，还是民国的，都被推土机彻底推去。我的心，也在那个时候，成了存放旧日废墟的一个地方。我把它们藏得很深很深，只有在梦中才能小心翼翼地张望一下。而每次的梦境，又是如此伤神：那些悠长幽怨的弄堂、沧桑苍老的高墙、曲折阒寂的河道、冷色冷清的小桥……每次去看望它们的时候，它们都在那空无人烟的地方荒凉着。

每次梦醒，我都觉得恍惚，真想如庄子般思维：希望梦醒的我是梦境，而我的梦境是真实的。恍惚之后是一种不堪重负的心痛，而心痛之后又是一种对重负的适应。我总是安慰自己：没关系，它们不是一直在吗？一直存在你的心中，在你的梦境之中，而那是永不会泯灭的。而你，不是也希望能够尽自己的心力，去勾勒古镇从元末到现在的历史吗？

最近这两年，我也曾很郑重地去乌镇、西塘、南浔、周庄游玩，但归来却总是一种平平淡淡的没精打采。我会和任何一个游客一样，在临河的地方吃上一顿，东张西望一番；和别人不同的是，我会对比一下当年的塘栖和眼前的古镇，觉得这些地方不过如此。此外没有任何激情，甚至很快淡忘它们。

直到今年（本文作于 2010 年）的大年初二。

正好闲来无事，我们一家决定随意出去走走。于是哥哥建议："去新市吧，很近的。那边有一条古街，保留得很好。"

新市是个很小的镇子，可以引用九十岁的外婆的一句评论："新市啊，毛小格地方，伊勿好跟塘栖比格。"

但是在我或者我们心目中，现在的江南古镇，除了作为旅游景点的，大抵都差不多了。反正过年，只要想出个地方，就随便去一趟吧！

从余杭往德清方向开——渐多的是小小的山丘和遍山的毛竹，绿意萧萧，渗透入没有太阳的冬日；间或还点缀着清清的水塘，里面一律养着串串珠蚌。望着窗外，我竟沉浸入周围的自然景色之中了，一点也没有存着要去一个古镇的心思。

新市很快就开到了，和塘栖差不多的街道，不过街道上摆着许多小摊，更多些过年的气氛罢了。我们穿梭在千篇一律的公房和店面之中。

不经意地，我们看到了河，还有桥。一切都是那么熟悉，却又是那么久违。

我的心猛然一震，好像里面的废墟都要呼之而出了，它们似乎找到地方安顿自己了！感觉自己走了很多年很多年，终于走回了当初……

河是绿色的，很小，像原先塘栖的东小河和西小河；窄窄的三座石桥，遥遥相望，简单的河道因之而错落有致起来；每隔不远就会有河埠头，层层石阶浅浅地伸入河水之中。

河边是人家。

或者是两层的房子，上面的一层过街而建；或者是单层的房子，屋檐却向外延伸出来，总之构筑出一排齐整的廊檐，行人穿行在一个个拱形的门洞之中。河边的埠头和石岸上，点缀着青苔；几十年或者几百年的木门、木柱、木头的美人靠，已是斑驳的褐色或者黑色了；高处的墙则是斑驳的灰色和白色；屋顶是整齐的黑瓦，瓦中随风飘动的是干黄色的草；人家的花格窗棂上糊着白色的窗纸；廊檐下挂着一排暗红色的纱灯笼。一切都和冬日的灰色默契着。

河边有一家光线黯淡却温暖的小杂货店；有一家盛开金色腊梅的书画店；还有几家没有开的店，木门板被齐整地上好，每块门板上都标好数字。房子与房子之间照例有里弄，不经意地停着自行车。

一位老者和一位年轻人在如家的店中闲聊；一个女子在河边漂洗衣服；小孩子在廊檐下奔跑，间或甩响零星的鞭炮声；也有人骑着自行车从河边一排门洞中一溜烟过去……

而我们，就这么慢慢走着。心里很亲近，一种失落的亲近；也很激动，一种久违了的激动！是啊，这不是旅游景点，而是真正的江南小镇，是还在生活着的江南小镇。历经几百年或者千年，为什么就不许它们这么安安静静地生活着？为什么不倾听它们的述说，追溯它们的过往？为什么要自毁家园，让它们灰飞烟灭？为什么要让它们改头换面，媚俗大众？

再往前走，走出廊檐。我们看到一个独立的院落，黑色高大的木门紧掩着。从屋檐往下是绸缪交织的古藤，上面缀着无数片枯黄的叶子。古藤甚至遮住了部分门楣，遮住了一块隐约的木牌，翘首辨认，上面竟然是"洪顺丝行"四个字！

突然，许多地名在我的心中连缀起来，并且是以一种不可遏制的激情连缀起来的。而那些地名原先只不过一些抽象的文字，是我查资料的时候一本正经写下来的罢了——

我想起了明清时期居民超万户的镇主要分布在苏州、松江、杭州、嘉兴、湖州等府；我想起了丝织业兴盛的杭嘉湖地区；我想起了那一个个地名：濮院镇、南浔镇、乌青镇、菱湖镇、双林镇、新市镇、硖石镇、长安镇、塘栖镇……

望着这座静静的院落，我抑制不住自己的欢喜，是啊，它们都还在呀！当年发达的农业、丝织业，优秀的经学研究、文学创作，灵秀的小桥流水，蕴藉的藏书文化……我们可以找寻得到它们的踪迹，并不仅仅在梦中，绝不仅仅在梦中！

几年来，我一直生活在痛心之中，似乎心中的古镇永劫不复。而现在，我终于彻悟了，它们并非虚妄，它们是真实的，一直在那里呀！只是需要我去尽心寻觅，而这种寻觅，也并不应该仅仅局限于自己的家乡呀！

因为，塘栖镇的周围有着许多镇……

# 夏日枫泾

写下这个题目，觉得很欢喜，因为亦可读成夏日风轻。我们是九月份依旧炎热的日子去的枫泾，但一切都很轻快随意，堪称一次美好的出游。

决定要去，也很随意。只是说周日要找个地方走走，就开始想周边如何如何。父亲就说了："去枫泾吧，我们故事家协会在那里开过会，没准我还能要到门票呢！"于是大家都欢天喜地的，小西终于忍不住要出来批评了："不就是有几张门票，你们就兴冲冲要去！"但是没办法，大家还是高兴，于是就去了。

小西一开始有事耽搁，我们就带着多多（我的女儿）先进了古镇里面。好像古镇和外面的街道没有很明确的分隔，车在外面也到处可停。随意的现代小街，走到底往里一拐弯就是旧日的建筑，沿河的廊檐，也就看见了沿河挑出的红灯笼，以及船上荡漾着的红灯笼。多多在廊檐下一站，就大喊："我要坐船！我要坐船！"

我们就去找船，父亲积极，一下子就问到了，带着郁闷回来告诉我们："船就在前面，不过很贵。""哦，要多少钱？""要三百元！""啊？！"这下大家傻眼了，原来门票是省的，消费竟是高的了。但多多不依不饶，我们也只好豁出去了。船码头也没有什么明确的售票处，几张桌子，几张条凳，一群略上了年纪的人随意坐在那边聊天。我们于是过去说要船，老者就说："一条船50元，可以坐6个人。"我们互相望了一眼，有点惊讶了，再环顾了一下周围，终于明白多多外公犯的错误，码头边上就是枫泾的一个旅游点——三百园，想起路人的指点："坐船在那边，三百园！"没错、没错。

于是又兴高采烈，好像省了一大笔钱似的，上了一条船。船就咿咿呀呀地摇起来，河道不算很宽，两岸都是生活中的人家，瓦罐花盆、竹篮竹匾，一切都很真实，除了那连绵不断的红色灯笼，和临水摆出的茶座饭桌，让人感觉到这是一个正在经营旅游业的江南古镇。船摇得很慢，水一晃一晃的，大家都慵懒起来，于是兰花豆也拿出来了，多多满嘴喷香地吃着。好像竟是旧日水乡的一家子，坐船要去串门的模样。一会儿远处景物参差错落起来，高树掩映着枫泾三桥。船工不由说："这里是景色最好的地方。"他说完，突然一阵骤雨，水面绽开了无数个透明的小灯笼，那无尽的树叶原本是阳光中的金绿色，一下暗沉起来。好像是儿童画变成了油画。当日色全然被雨色遮掩的时候，真正的中国画就在我们面前展现开来。就是这样，一切都湿湿的，含着水汽。不管是粉墙黛瓦、紫藤凌霄，还是石板小路、临河的美人靠，水也从青绿变成了深灰色。而天地之间，就是透明的斜斜的水，穿过一切暗色，到了河面，便闪闪烁烁起来……这一路雨开雨落，来来回回，竟然摇了半个小时之久。船工是不紧不慢的模样，坐船的人自然更加忘了时辰。

上岸和小西会合，什么园子也不进，一堆俗人，就先去吃饭了。船工推荐的是彭家酒楼，说是又好吃又便宜，于是就在临河的房间里面坐定，开始点菜。小西把菜单看来看去，大家都以为有什么问题，过了一会儿，只听他叹了一口气，说："怎么那么便宜，最贵的菜只要38元！"哦，原来如此。于是点了最有特色的枫泾豆腐干、丁蹄、白切鸡、咸菜蚌肉、葱油菱角、红烧昂刺鱼，点了黄酒，大家慢慢地喝起来。端菜的是彭家的女儿，烧菜的是彭家的老爸，收钱的是彭家的老妈。我们吃一个赞一个，这种赞美其实很有分量了，想我们出身江南古镇，又走遍江南古镇，各个地方的蹄髈、土鸡、昂刺鱼都吃过了，竟然还能打心眼里说好，可见确实不错了。一会儿，彭家在旁边摆上了一桌，自家人有说有笑慢慢吃；我们在临河的桌坐，也是有滋有味慢慢吃。多多早就满嘴是油了，有的时候她自己也受不了，就随便往旁边的爸爸、妈妈、外公、外婆身上一抹，小嘴就干净了。

就这么酒足饭饱，才开始进景点——不进真是对不起多多外公要来的免费票呢。彭家酒楼正对人民公社，于是就进了公社。又见到了久违的大标语大口号，村委会妇委会，每间办公室都很小，显得墙上的标语特别大。里面挂着黄军装，放着简单的桌子凳子。想想那个时候，所有人真是心无旁骛，只顾有激情有理想了。人民公社看似简单，但继续往里，竟然是很大的一个院落，里面赫然停着一架米格-15飞机和一辆坦克，这是当年枫泾人集资购买的，现在早就锈迹斑斑了，小西说："这种飞机有的国家还在用呢。"我只剩感叹了："谁知道这么平常的一个院落，里面既有飞机，还有防空洞！"

之后的一路，我的感觉竟是一样的，枫泾和别的江南古镇相比，商业气息淡化了很多，随意得多。然而看似平平常常，却总让人回味，让人惊喜。

出了人民公社，我们去了三百园，这个地方可能是枫泾最精心设计、最刻意的地方了。里面主要是百灯馆、百篮馆和百行馆。然而确实是真正民俗的展示，旧时江南的生活方式再现。这个园子是多多最有兴趣的地方，她兴致勃勃地看各种展品，听匡衡凿壁偷光的故事，看竹篮打水一场空的井。院子的墙上挂着很多铁环，这下小西来劲了，他可是此间高手。于是他带领着多多，满场乱飞地滚铁环。我和父母就坐在边上傻笑着看，好像回到了二十世纪七八十年代一样。

到了百行馆，我们开始考多多了："多多，这是在干什么？""这是在放牛！""对，那这边呢？""这是在拉胡琴。""对！"小西决定问一个有难度的问题了，他指着一个纳鞋底的女子雕塑问多多，多多很自然地回答："这是做鞋子呗！""哦，这也知道？"小西又追问，"那她手里拿的是什么？""是鞋底！"这下大家都折服了，回答好专业啊。于是又指着下象棋的人问，多多竟然回答是搓麻将，看来雅俗本无界限啊。旁边看到了一个补缸的场景，一个老头抱着个大缸在忙活，我们不由大喜，这下多多要被考倒了，"多多，这是在干什么？"多多终于说出了今天最石破天惊的回答："这个啊，这是在造炮弹！"

出了百行馆，我们去了丁聪的纪念馆。枫泾真是江南古镇，上承明清的遗泽，这么小的地方，竟然三五步就能出一个画家，丁聪、程十发，各个都让人追思无限。就算是枫泾的庄稼人，也都是得地方之灵气，随手就能画出色彩纷飞的农民画来。连带着我们也由俗入雅，境界渐渐提升，从混门票到大吃大喝到了解民俗，终于欣赏起画作来了。

从丁聪的展览馆出来，我们去了农民画村。农民画村里面有一座座农家小院，院子外面到处种着丝瓜豇豆之类，里面就是画家的工作室了。虽然农民画看起来都是色彩浓烈，但细细看去，每个人打量自然天地的眼光都不同，似乎要用尽最明亮的颜色组合，把自己生活中的点滴都画出来，就是这么家常，但就是这么理想化。

可惜多多已睡倒在车里，小西陪伴着她。我和父亲、母亲和两个农民画家——曹秀文、陈惠芳聊了好久，买了她们的画——桃花下吹蒲公英的宝宝、一窝猪和一只挤不进去的猪，约好了等多多大些去学画画——30 元 3 小时，好便宜。觉得收获颇丰，准备要满意而归了。

我们找到小西，他竟然也很得意的样子，让我们上了车，车子在田野间左兜右转，于是在我们面前，一大片夕阳下的池塘水波荡漾，成群的白鹅在塘边嬉戏，更美好的是，就在我们的眼前，是无边碧绿的莲叶，叶子都很阔大，有莲花袅娜点缀其间，更更美好的是，到处都是金红色的、饱含莲子的大莲蓬！

我不由要对着荷花狂喜了，一切都那么随意，不经意，我爱这夏日风轻的枫泾！

# 北大一角游

　　未曾想过，我会在大雪天拜访北大。一直以来，心里都有一个奢望——到北大中文系或者历史系，抛却诸事，安安静静地再读两三年书。其实也只能这么痴想一下，或者说就让我这么痴想一下吧！

　　我是从北大东门进去的，进去之后，只能看见高高下下的树，炳炳烺烺挂满了雪，而房屋则是掩映在树中雪中。我有个习惯：如果是自己稔熟的地方，我会用陌生人的眼光重新打量；如果是素未谋面之处，我倒喜欢混在里面，好像自己已经在此生活了很久。北大当然需要此种想象：想象自己只是回西南角的宿舍，深一脚浅一脚地抱怨；想象自己此刻是去图书馆的路上……想到这个，就见到图书馆了，很开阔的楼，很大的玻璃窗，有学生在里面温暖地阅读。如若自己在那个楼上，定会开始自己最喜欢的阅读方式——找到属于自己的分类，然后从架子的第一本看到最后一本，看着看着，浮想联翩——于是就开始大胆假设、小心求证；于是就开始众里寻他，蓦然回首了。

　　这么想着、走着，突然看到北大的剧院，让我惊讶的是海报之多，种类之多。我大致看了一下，竟有京剧、河北梆子、话剧、芭蕾舞剧、前卫电影等等。还有吆喝充手机卡、送话剧票的。原来白天可在图书馆看书，晚上即可随兴去欣赏各种艺术。想起王国维当年，"国家图书馆"工作之余，也是沉溺于戏曲之中，于是三十而立，即能钩沉史事，著作《宋元戏曲史》。其实我一直在想，学生并非排斥什么，只是他们并没有机会去领略罢了。而在北大，却有的是机会。

剧院旁边是步行广场，步行广场其实是最难步行之处，雪已成冰，我小心翼翼地走着。说起来自己毕竟还是个游客，方向很明确——看到北大礼品专卖的商店了。从前如果有人购买印着华师大字样的杯子、衣服，我会觉得很傻，现在只好自嘲了。难得来北大一趟，留点纪念吧。在店里挑了一个樟木的笔筒，然后满心眼就是要给女儿多多买个小东西。搜来搜去，买了个刻着"北京大学"字样的竹校徽，这下多多惨了，我一回去就要给她戴上——父母大抵如此，自己做不到的事情就危机转嫁给孩子。

在店里询问店员，其实到北大，说到底是奔着西南角去的。在网上已经查好了三家书店：风入松、汉学、博雅。在店员的指导下，拐了两个弯，路过一排热闹的水果店、麻辣烫之类的，终于找到了"物美超市"，在地下一层，并排着三个书店、野草、博雅与汉学。野草卖的书较杂，价格是五折的样子。我看了一下架上的书，和杭州、南京，以及上海的一些特价书店差不多。但是如果去杭州松木场的南华书屋买，那些半折的书可能只标价八元、十元。所以我只在那里挑了一本小小的《明代词史》。博雅，我亦只是浏览了一下，它靠墙的一排是按照出版社分类的，如果要买商务印书馆的系列书籍，可以在这里挑选，不过这些书到处都能看到，所以我就不是很有兴趣。我主要是逛了汉学书店。汉学书店的文学、史学类书籍较全——确切来说，是最近出版的书较全，打七五折。不知为何，上海复旦边上的学术类书店，就很难打到七五折，鹿鸣书屋我记得是八五折，所以既来之，则买之。架上明清史研究的书真是不少，不乏大家之作。我一口气就挑选了八本——其实疯狂买书是有苦衷的，有了多多，我都不忍出门。除非是古籍类图书，一定要兴师动众去图书馆，其他的最好能在家里窝着看。除了明清的史学著作，顺便挑了苏轼和红楼梦研究的两本图书，在路上打发一下时光吧。我把买的书全都在结账处打包，让他们帮我发了个快递，就轻松辞别。不过，如果让我最终论定一下，买书的天堂不在北大，还是在南京大学附近啊，南大周围的书店，新书旧书，一概皆有。种类丰富，价格低廉。呼吁大家都去南京买书，那才是淋漓尽致、便宜到底啊，买一大箱子书，运费甚至只要十元！

步出物美超市，天色已晚。风入松就不去了，虽然听说那书店很大很好，但是我有一个原则，不打折的书坚决不买！或者，留待以后再来吧。

于是至艺园，点了一菜一汤，享受在北大吃晚饭的感觉。并很得意扬扬地发短消息给小西："我在北大吃晚饭！"亦不管小西会如何嘲笑于我了……

# 南京暴走淘书记

"暴走"一词是从我学生那里学来的。记得那次我带他们探访老上海,从上午到下午,走了十几个地点,走得学生个个"面无人色",然后有一个小姑娘很认真地问我:"老师,你平时经常这么暴走吗?"我不由发笑,从此心下念念不忘此词。

转眼即到南京开会。我来南京之前曾听别人介绍过,南京属淘书胜地,大有"此处书多价傻,速来速来"的感觉。于是在网上一番搜索,得到十几个店名,打印出来,这些店名竟然个个像煞有介事:尚文、品雨斋、唯楚、唐人、学人……口念心诵,无限神往。加之个人觉得如今开会,纯属形式,于是决定在南京独立行动,旷会查资料兼淘书——想来别人是不会跟我这么混法的。

到东南大学榴园宾馆已是 6 月 29 日傍晚了,临时宿舍为410,室友是安徽大学中文系的杨小红。我俩互报家门,然后随意闲聊。交谈不到十五句话的样子,双方竟然就志同道合,达成默契兼协议,决定共同在南京淘书。

于是吃晚饭,晚饭之时,东南大学的王步高教授非常热情,介绍东南大学大学语文的情况。我没有想到王教授如此激情,介绍得如此详细,且有问必答。不觉"时日迁延",一晃已近八点,想必书店已纷纷关门,不由心下着急。才吃完,就和小红疾走出门，叫车直奔第一个目标——青岛路南大校门，这也标志着我们的南京大规模淘书行动正式开始。以下按"编日体"形式记录每天淘书情况，以供我俩忆苦思甜，并供后继者参考。

6月29日，青岛路广州路处，得尚文书店。尚文乃新书打折店，会员卡七五折。我在上海复旦边上的鹿鸣、左岸等店，买书最多八五折，看来南京新书折扣还是多些。尚文很大，我们在文学与历史类流连。没有直接淘到我目标中的书籍——此次主要搜罗明清史学及文学方面论著。最近一段时间颇为惶恐，自2006年以来，我一直打着上书"多多"二字的幌子（以生孩子为借口），晃来晃去。现在终于颇感惭愧了，其实人生苦短，一晃已经到了但丁所谓的中途，应该沉静下来，想做什么的，也都应该做了。我的江南古镇，以前一直在梦中出现的，现在大概对我失望了，竟然不复梦见了。我一定要开始了！

在尚文书店买了《汉字王国》，准备以后给多多看着玩；买了《说扬州》，送给我的一个学生，就为他能够拍摄出古镇的灵魂；买了两本年谱，现在是见到明清人的年谱就买；买了《戏曲与演剧图像及其他》；还买了几本杂书。由于回来之后没有及时登记，此次所买图书上架之后已经书入大海，无法追忆了，只能记得一些自己主动从我脑袋中跳出来的书了。和小红一起付款，竟然得到一张七五折的卡，看来以后终将要杀回来的。

尚文出来，夜色已晚。向东数步，看见了传说中的"品雨斋"，此时门已紧闭。在小红的建议下，我们步行大约两站路，回到了东南大学榴园宾馆。路上在超市买了一些用品：拖鞋、牙刷、杯子之类的，突然感觉这种买法，是要在南京长驻的样子。

6月30日，我们的学习开始了！！！之所以这么激动，是因为第一堂课，竟然是久仰的莫砺峰先生所授，而且先生讲的是学术研究的方法！看来这次研修班很有内容啊，这次讲课基本奠定了我们此次南京之行的格局：课是绝对不逃了，饭也是来不及在外面吃的，只好把人家睡觉或逛街的时间都用在淘书上面了——13：00至13：50之间；19：00至21：30之间。

履行第一步吧，中午时分，我们就逛到了东南大学东南处的雅文书店。南京确是藏龙卧虎之地，这么小一个地方，就差点让我们流连到迟到。我和小红在买书方面惊人相似：不管文史哲艺术类，只要是好书和有趣的书，都要买。所以我们都买了佛教图像类书，和一本《庭院设计》的小书。另外，我买了《书目答问补正》《明清稀见史籍叙录》《先民的歌唱——诗经》《失乐园图录》等书。

看来我们买书非常顺利，一时有点得意并志在千里的样子。

到了晚上，我们的自信心就被大大打击了。网上提供给我们一个错误的信息，说是在中山路300号上有唐人书店——当然很有可能我引用的是过期的网页。我和小红商量了一下，因为据说中山北路上有三源、荷园、琅缳三个书店，但貌似路途遥远，我们就准备先去唐人。我们在东南大学随意出发，等到了一条比较大的路，准备查找路牌——强烈需要指出的是，南京的路牌很难找，门牌号也很难找，最不幸的是往往步行很久，经过长长的一幢楼或者是很大一个院子，会发现竟然只走了一个号码，一见之下，让人恨不得马上不走坐下或者打车。

这么大的省会城市，何必那么节约门牌号啊！我们一口气没找到路牌之后，又连走了三口气，终于忍不住问人了："你好，请问这条路是中山路吗？"南京市民不太热情地回答说："是的，这条就是中山路！"让我们暂且放了心，事后才知道那时我们其实是在太平路上。结果那天晚上，我和小红就像在绕东南大学的拉磨之驴，足足兜了一大圈，把天完全兜黑了，又回到了进香河路。在进香河路处我们重整河山，好不容易发现了中山路，结果竟然没有找到300号，或者300号处竟是工地！补注：据说唐人书店已经搬迁至长三角出版市场。

眼见得毫无成效，只好去找我们最熟悉的书店——位于广州路上的品雨斋。狂走了两个小时之后，于21：00到达品雨斋，终于不虚此行，因为这是南京最值得一逛的书店之一！我在这个店里找到了不少明清研究的书，还找到了姜亮夫的《屈原赋今译》、车锡伦的《中国宝卷总目》《山西戏曲碑刻辑考》《中国大运河史》，而定价116元的《中国通俗小说总目》竟然只要35元钱！店员非常客气，等我们淘书，一直等到将近22：00，还答应说，让我把前面的书一起拿到她这里，帮我运走。第二天她收了我40元运费，这里要好好注明一下，这个运费事后发现显然是贵了，在南京快递书到江浙沪范围内的价格，应该是很大很大一包书只需10元钱！无论如何，品雨斋还是给我留下了很不错的印象。

如果只是淘书也就罢了，问题是我和小红"一见倾心"，"彻夜"长谈至凌晨2：00左右，以后就一直是这样的作息，白天拼命上课，晚上拼命淘书和交谈。

7月1日，中午至品雨斋，又补了一些书，一并寄出。晚上去南京大学附近的青岛路，我们觅到了万象书店。说实话，万象的书和尚文大致类同，但价格却高一折——全场八五折，所以去尚文足矣。当然，我和小红在万象也买了一些书，例如我买了《为权力祈祷——佛教与晚明中国士绅社会的形成》一书。但是买完一直有些后顾之忧——我知道江苏人民出版社的这套海外中国研究丛书，质量当然不错，但是一直出现在各类打折书店之中的，以后很可能会邂逅打折版的，算了，不想这么多了！逛完万象，往东走了几步，就看到了学人书店，可惜亦已关门。

7月2日，其他学员都去游李白墓了，我和小红旷课是不旷的，旅游还是可以旷的。我们一起到南京图书馆泡了一天。17：30的样子，雄心壮志向中山北路进发，因为据说那边有一串三个店：琅嬛、荷园、三源。所谓的欲速则不达，我们提前下了一个站，导致了严重的后果——因为直接从图书馆查资料出发，所以背了一个沉沉的装电脑的大包。事实证明这么玩命暴走也是不值得的，建议要买学术类书的同学们以后不要去这三家店了。首先琅嬛已经关掉了；其次三源有一些学术类的书，但不精彩；再次，荷园就没有什么可淘的。无论如何，我还是在一架流行畅销书中，发现了一套《四库全书总目提要》，花了160元买下。这样一来，感觉自己简直负重成为骆驼了，但是历史证明我的决定是错误的，因为后来我们才知道，其实这套书在乐甸120元就能淘到。

将玩命进行到底，靠在图书馆附近买的两个鸭油饼打底，我和小红继续向南师大进发，因为据网上说在汉口西路88号有复兴书店，于是新一轮围南师大兜圈行动开始了。汉口西路只看见无数饮食小店，羊肉串和小龙虾的香味铺天盖地；却找不到任何关于88号和书店的印记。问了无数个人，不要说复兴书店，听见书店二字均很茫然。我和小红甚至展开竞争，看谁能先问到学生，两人东拉西扯的，均未果。我俩只好这么解释：学生应该知道的，可惜现在放暑假了，问的都不是学生。于是走到南师大的校园中，校园的灯光很昏暗，一切旧日的楼隐约在夜色之中。先是很有礼貌地截住学生问："同学，请问……"结果学生们纷纷回避——可能觉得新一起诈骗案即将开始。一连问了几个人，终于有一个答案了：据说北门处有一些书店，应该会有复兴书店。在夜色中转弯抹角了很久，走出了南师大，站在一些看似有些璀璨的店铺灯光之前。我们仍旧没有看见复兴，但是很快"乐甸"二字跳跃出来。

乐甸书店是继品雨轩之后，另外一个不错的书店。它相当于一个小小的古籍书店，经营的内容较为专一，也比较符合我和小红的专业。在乐甸看见了《剑桥中国明代史》和《剑桥中国晚清史》，以六五折出售，看见《缀白裘》，亦为六五折。买吧买吧！起码剑桥的那套除了原来的红色版本之外，新出的版本我没有见过这么便宜的。在这里很后悔地看到了价值120元的《四库全书总目提要》，小红一见，马上下手了。

乐甸的老板不错，告诉我们他这里寄书只需要10元，并愿意把我们原有的书打包在一起寄掉。在乐甸，听老板谈南京的打折书店，他的意见如下：其实南京主要淘书的地方是五家，品雨斋很不错；复兴比较大，各种书都有；复兴旁边有一家唯楚，可以一去；乐匋当然算一家；学人也不错，就是定价高了一些。如果再想跑一下，太平南路那边的古籍书店可以去一下，其他的地方就不用去了。并且老板告诉我们，复兴是在汉口路而非汉口西路上面，这下恍然大悟！

由于太饿太辛苦，淘完书和小红两人大吃了一顿小龙虾，点了烧烤，觉得生活真是美好。

7月3日，今天小红要回安徽，所以中午一定要出动。我们直奔学人，学人就在南大万象的旁边。学人的旧书收得较多，也就是说，在此处可以淘到80年代（20世纪）甚至更早的书，不过定价确实不菲。在此处小红买了一本《中国剧目辞典》，我淘了一本12元的《洪升年谱》。不过老板不算太厚道，他竟然告诉我们，复兴书店已经关掉了，不用去了。

晚上，最亲密的淘书战友杨小红要回安徽了。我把她送到东南大学校门口。她已经快递一包书了，但是还有很多书。一个大登山包，塞得满满的。还好抓到了一个"壮丁"，有一位男老师也回安徽，他帮着背了那个可怕的大包。南京傍晚很难叫车，他们只好去坐地铁，就这样，他俩渐行渐远了。想想自己真是幸运，不过开一次会，竟然能结识一位好友！

7月4日，一个人，继续淘书。中午我直接叫车到上海路汉口路。汉口路是很小的一条路，很快就看到了很大的复兴书店。店有两层，大部分书在下面，楼上是艺术类的。南京的特价书都是在书的最后一页上，盖一个小小的数字章，表明价格。在复兴我买了《哲学史思路——穿越两千年的欧洲思想史》《刘戴山哲学研究》《清代学术思想的变迁与文学》《文言尺牍汇编》、余嘉锡的《目录学发微》等书，还给多多买了一套《中国民间童谣》，小书色彩鲜艳，很精美的样子，一套只要15元。

复兴的旁边就是唯楚，小小的店面，塞得满满。唯楚和学人一样，卖的是旧书，很多80年代（20世纪）的本子。在唯楚我也买了《中国剧目辞典》，对了，竟然还有《中国曲学大辞典》。这次买书好像辞典类的买得较多，买辞典最是一劳永逸了，想起我的师兄孙鸿亮，他当年在上海成天跑书店，号称要把唐代文学研究的书籍买全，然后在家里做学问，原来也是有道理的啊。对了，需要声明的是，原来复兴和唯楚离万象非常近，如果那天我们从万象朝西走的话，不下五分钟我们就能找到这两个店了！

7月5日，培训结束了，我在南图查资料，结束后在南京淘了最后一天书。

首先到了太平南路的古籍书店，古籍书店分上下两层，下面是新书，书较多，但是一点折扣也没有。坚决不买没有折扣的书！上面是打折书，品种也不少，仔细淘也会有收获，不过由于我已经淘过很多家了，所以没有见到特别想要的书，只是买了一本《西湖古代白话小说选》。

从古籍出来，又去了一趟雅文。给多多买了一堆色彩鲜艳的小书，最后回到乐匋，买了《国朝典汇》《全明词》两部大部头的书，还买了《诗经名物新证》等小零碎的书。老板帮我把最近所买的书打了两个大包。我的淘书之行终于宣告结束了，结束时已经是7月5日晚21：30了。

尾声：淘完所有的书，所有的感觉只有一个字：饿！我用最后的力气奔到汉口西路的一圈小吃店处，找了一家"老母鸡鸡汤面店"，点了一大碗鸡翅汤和一份干捞面，猛一阵落花流水，干捞面就见底了，我颇为不满地把服务员叫过来："你们的分量怎么这么少啊？这么一点面，谁吃得饱啊？"服务员很委屈的样子："大家都是这么吃的。""那帮我再来一份！"于是，在服务员的诧异之中，我硬是把两份面、一大碗汤吃得一干二净！

# 庆云书店

　　拿起报纸，随意一瞥，我竟然有魂飞魄散的感觉：复旦庆云书店要关门了！！！前两天我还美美地策划，这个学期的最后一天，我一定要到复旦那条生活街上吃一顿午饭，然后到学人和庆云书店去淘书。确切来说：去学人其实是搜索新书，心下暗暗记住书名，然后或买上一两本，或另觅途径购买——学人一般是八五折的，应该可以找到更便宜的；而庆云呢，每次都在里面淘上一堆——需要的不需要的，现在看的未来看的，每次沉沉的一堆，许多都是三折的，一算钱，只要几十元，让人一天都心情舒畅。回到家倒在床上，精读疏读随意翻页读，真是惬意人生啊！

　　上个学期每周一次在复旦古籍所查资料，一个上午，集中精力，拼命输入资料，因为我每周就只有这么一个半天可以利用，到复旦的时候往往都九点半了，到十一点半结束，只有两个小时。一个月算四次，一个学期其实也就十九次可以查，不拼命是不行的，所以往往连水也顾不上多喝。古籍所是好不容易"托关系"才能去查资料的，在里面感觉很温暖。像我这样的外来人员，都受到了很好的照顾。周春东老师她们烧水的时候，都会特意给我的杯子里面倒上一杯。一直都希冀，如果能一直泡在里面就好了。然后，又有点野心扩张，如果复旦所有的文科资料室，都能任我随意出入就好了。

上午的两个小时很紧张，但是两个小时之后却很惬意。我会步行到南区生活街，有的时候还没想好吃什么，就随着嗅觉直接进了某家店，那一排店，我基本都吃了个遍。吃完之后正好散步买书。先去学人踩点，最后才到庆云，因为去庆云是必定要买的，所以留到最后。

庆云的门总是敞开着，刚进门右手有一排书柜，都是大部头的书——各种辞典类的，一直下不了决心买一些植物图鉴啊，少儿百科全书之类的大书，唉，遗憾啊，再也没有机会了。庆云有一个小阁楼，阁楼下一圈都是书柜，里面大致按分类放着史学、中国文学、经济学、外国文学方面的书。中间是两张很大的桌子——由小桌子拼起来的吧，也堆满了书。一般走进门，我喜欢围着书桌看一圈——那上面的书较多新进的。然后再围着书柜看一圈。有的时候逛书店，倒不是纯粹买书，光揣摩那些书名，都是一种收获。我心里会有一个大的学科分类，每看到一个新的书名——相当于一个新的视角——我就会把那书名在心里面"学术综述"一下。

然后就"咯吱咯吱"上阁楼，在小阁楼上转一圈，不过要当心脑袋，在较低的地方，庆云都会用海绵包一下。很喜欢这种小阁楼的感觉，有的时候就在想，是否自己的家也应该这么设计：楼梯两侧都可以做成渐行渐高的放书的格子，坐在楼梯上随时也能看书；再把家里用一排排书架隔开，在书架旁边甚至可以放个小桌子——终于只是心中想想，不能实现。但是每每到了这种小小的堆满书的空间，让你只能心无旁骛看书的地方，还是喜欢。庆云书店的阁楼上面，就这么一小圈，但每次都走得很漫长。

在庆云买书，因为便宜，往往不需要盘算什么，见到喜欢的就搁在手上，后来越来越沉，就随意找个地方一搁，然后继续前行。等到整个书店都巡视了一遍，再回去把那一堆一堆书重新找回来，捧着去付账。每每付账，我说："帮我开张发票！"我总是说不大出口，因为已经如此便宜了啊！但是再便宜，庆云的阿姨都会很利索地开出正式的发票。不像有些小书店，一听开发票，就跑到某个角落里面去描描画画，一会儿才能拿出一张来。

写到这里，心里无限失落。当年在华东师范大学的时候，喜欢在心中书社买书，喜欢这个名字，喜欢里面的书，后来又去后门的博师淘书，现在听说两家店都没有了；后来到了体院，就会去邻近复旦的左岸、庆云淘书，现在这两家店也没有了。

下个学期开始，我要去复旦大学做博士后，真的成为复旦的一员了。我可以去泡复旦历史系、中文系的资料室了，但是我再也不能吃完午饭在庆云淘书了——这本来是正式列入我的复旦读书计划的。许多美好的东西，在的时候，一直温暖着自己；一旦逝去，就让人如此失魂落魄，再细细回想，竟然不真实起来——是啊，这个时代，本来就不太容得下这么纯粹看书，又有着怀旧气息的地方吧！

# 上图与国图

图书馆是我时常穿梭的场所，可是每每想到国家图书馆，还是肃然起敬，甚至有点不敢想象。

去之前，我曾经打电话给国图善本阅览室咨询，接电话的声音也是那么高高在上，不容置疑："我们这里看缩微胶卷的人很多，您要来晚了就没位了！"我一下就紧张了："我是从上海来北京查资料的，如果晚到一会，能不能想办法安排啊？""我们这儿全国各地来的人多了！"我一时语塞，说了句"好的谢谢"，就挂了电话。于是心里面就很紧张：怕我到迟了没看胶片的机器；怕有机器而刚好书被别人调走了；甚至竟然惶恐起办证手续麻烦，会耽误时间。就这么担心着、担心着，早上七点四十分，一下火车我就拽着个拉杆箱暴走——这次最大的失策是：竟然想到送书给学生和同学，结果拉杆箱奇重无比。偏偏北京地铁还要过安检，一眼望去人海茫茫；偏偏北京地铁站都是楼梯，很少电梯。感觉是一个很不好的开头，真怕自己精心策划的查找资料方案实行起来会阻碍重重。所有的阴云在出了国家图书馆的地铁站之后渐渐散去……

出了地铁，我一眼就看到了让我朝思暮想的国图，她就这么静静地铺展在面前，蓝色的顶、灰色的墙，很开阔很大方，甚至很随和的感觉，让我的心一下安静下来；而更让我欣喜的是，我在网上订的宾馆，就在国图的正对面，只要过一座天桥即可。于是一切都慢慢步入正轨，在很顺利地狂查两天资料之后，我现在甚至能够很从容地坐在这里写国图，甚至对比国图和上图了。

## 对比之一：查资料之方便度

国图办证显然比上图要方便。上图需要排队填表格，办最基本的证也要交 65 元年费；国图有个办证的机器，这台机器的最高权限是办普通外借的图书证，可以直接在上面把钱存入，像我这种最基本的查阅型，只需要点击一下按钮，刷一下身份证即可，当几秒钟时间图书证就从出卡口跳出时，我还愣愣站在那里，这样就好了？

上图（以及其他许多图书馆）会把善本阅览室放于高处，起码是三层以上，国图竟然从总馆南区大门直接进去，正对的阅览室就是善本阅览室。

上图的善本阅览室，看胶片的机器不多；说到这个，南图更可怜，依稀记得只有两三台；而国图有十几台，所以我一去就找到了空机器，并且当天看不完，胶片可以放在机器上，第二天再去。

说到方便，国图有一个细节，我觉得非常好，上图可以借鉴。每次去上图查资料，我都要背个电脑包，但是包是不能进阅览室的，要寄存起来，于是很狼狈，总是电脑、电源、杯子、笔记本、笔，一大堆东西捧着。国图的寄存室，提供他们专门的电脑包——是网状镂空的，足够大，于是所有东西都能收拾进去，相当方便。电脑包上有号码，到时候凭号码换回自己的包。

## 对比之二：服务态度

上图的工作人员显然说话温柔多了，进去之后，基本不加干预，有什么违规的事情，也是小声提醒；国图的音量就比较大，而且比较爱管理。今天（本文作于 2012 年）我坐在那里，一会儿就有工作人员来说："您这衣服不要放这里，挂衣架去！"我问："衣架在哪里？"她回答："不就那儿吗！"——感觉我不知道衣架方位是不应该的。一会儿又有工作人员来说："您这电脑包里贵重物品都取出来了吗？"我说："是的。"她说："那您别搁这儿，挂到那衣架上去！"我有点恼火，还有完没完了，但还是又配合了一次。不过，过了一会儿，工作人员又跑来附近干预，倒是让我觉得很有道理。我旁边坐了个学生，他一会儿招呼同学过来，一会儿问这问那。那工作人员跑过来很干脆大声地说："您搬那头去吧，您看您都影响别人了！"我后来总结，其实北京人的说话方式如此，所以即便他们在做替人着想的事，听起来也总有指手画脚盛气凌人之感。

## 对比之三：饮食及其他

上图和国图饮食方面真有一拼，做的饭菜都既贵且难吃。相比之下国图稍便宜一些，八元全素、十元一荤二素，十二元才是二荤。我买的十元的，里面的荤菜，肉片"未数数然也"。上图虽然贵些，但品种貌似很多。它们都具备天下食堂的共性——最多只能纯粹吃一顿，不能去管味道，只是填饱肚子。但是这样也有好处，本来查资料就要争分夺秒，它们这么做也有苦心所在——就是怕读者浪费时间在吃饭上面，只是收费以后可以再斟酌一下。说到吃，国图外面，早上总有卖饼的摊子——那个真是人间美味：是两片面饼中夹上现烤的里脊肉和现摊的鸡蛋，加上辣酱，非常好吃！建议老外都来尝尝，对比他们的汉堡包——味酸而不正，肉木而不鲜，好好羞愧一下吧。不过北京人恐怕要嘲笑我了，这样的饼估计北京满大街都是，我严重承认，在面食方面，北方人到底技高一筹啊。

要说说别的细节了，国图虽然也是较新落成的，但显然朴素多了，这个在餐厅和洗手间就能看出来，感觉竟像是80年代（20世纪）的风格了，不是朴素而是简陋了。上图这方面做得就好些，洗手间很干净，还会放上一块红色的药皂，手纸也总是随时添加。上图的饮水机很方便，还有卖西点的地方，可以小饮一杯茶，和书友聊聊天；国图就显得冷冰冰了，大冬天的倒杯水，都很难找到地方。

## 对比之四：读者

我说的读者是善本阅览室的读者，从他们身上，显然可以看出高校教育方式和学风的不同。我在上图古籍阅览室，看到的是长者多而学生少；国图则多的是年轻学生。更让我羡慕的是，这两天连续看到的是导师带着学生一起来查资料，导师还会指导学生放胶片，学生和学生之间也互相交流。在上图，从来没有看到导师带学生的，只见到单兵作战、奋战论文的学生个体。我的硕士导师，第一次课就是带我们去学校的古籍阅览室，这个在海派人里面其实是比较少见的。我有的时候痴心梦想，我要是能够到北京来再读一回书，跟着一个真正优秀的大师，体会一下京派的严谨就好了。

## 对比之五（亦为结尾）：国图下雪，上图不下雪。

今天国图银装素裹，我趁着吃午饭，小小地享受了一下国图小公园的景色，看着满地满树枝的雪，亦满心欢喜……

# 做一次纯粹的旅行

写下这个题目，已知是奢侈。纯粹的旅行，需要人是纯粹的，景是纯粹的。

到内蒙古，只是为了胡晓明老师邀请函上的一句话："让我们在草原的篝火边，放飞思维的灵感。"看到的时候，我觉得无须思考，直待出发。尽管，这只是个会议邀请。

然而，当我带着我的大箱子，到达呼和浩特的时候，迎面而来的却是铺天盖地的昏黄。空气是沉闷而黏稠的，出租车慢慢开，看全国类同的建筑慢慢在两旁搅动着，我心中并没有远游的兴奋。到了宾馆，开始下很大的雨，在一个陌生的地方，一个人听雨。

打开随身带的电脑，听赵良山的埙《楚商》，从漫天的雨中慢慢渗透呜咽开去。似乎这是一个足够安静的时刻——可以想自己，但又不敢多想；想被打动，又怕被打动。就像近在眼前，却显得分外遥远的草原一般。其实，我并没有准备好，到一个完全自然的地方去。

好长好长时间了，我用繁忙装饰自己的日子，尽管和别人相比，我已经显得非常愚钝、不善经营了。我已经四十岁，四十岁了！四十而不惑，照理应该是豁然开朗清爽简单的感觉，应该是自信而充满喜悦的时刻，然而，为了固守这个不惑，我却感到非常艰辛。有的时候，甚至怀疑自己。自己所做的一切，自以为是的一切，在现实的炫亮的光芒面前，飘忽渺茫，天地之间，并无归依之处。从很远很远的呼和浩特，打量在上海的我，竟然让人哑然失笑。我看见自己如此较真，如此傻气，如此与世人格格不入；我看见自己渐渐懈怠，远离自己的书籍与文字；我看见自己慢慢也开始自欺欺人；最糟糕的是，我看见自己渐渐麻木，不再理会自己；我看见自己穿行在茫茫人海之间，渐渐就要消失了……

我不敢打量自己，人群中是最安全的，还是开会吧；还是开完会，混迹在大家中间组团游吧。

而自己已经快生锈的心弦，却慢慢被拨动，发出虽然愚钝却久违的声音。

我和田淑晶老师旷会，到了席力图召寺，那是藏传佛教的寺庙。我们坐在石凳上，听远远传来的诵经声，看佛寺中鲜艳的色彩。

然后，我到了大召寺。和淑晶闲逛到一个小院子里。那里种了许多蔬菜，是佛寺的生活区。我看到一些年轻的喇嘛，低头在写些什么。这时，有一个孩子，十一二岁的样子，他拿着一卷经文，斜倚着墙，认真地看着。我们走过去，他也走到桌子前去，他看了我们一眼，很远很远的眼神。他坐下，开始抄经文。喇嘛们用尺子很细致地打好线，书写的经文就如同印刷出来的一般。有一个二十多岁的喇嘛拿着经书向孩子请教，他解答。我走过去，拿起相机，他用手拒绝，看着我，又是很远很远的眼神。然后，他低下头，沉浸在经文的抄写之中。我过去，说：“你们抄的经文，能否送我一张？”我得到一个非常清楚，也非常令人满意的回答：“经文是不能送人的！”他们不再理睬我们，而我们凝视他们认真的背影。我突然心有所动，并非参悟了什么，而是有些许感动，些许羡慕。

我们走出寺院，远远的诵经声，如潮水一般袭来，又慢慢远去。

后来，我们的团队开始向草原出发。出了呼和浩特，不久就是阴山的大青山段。不知为何，只是阴山二字，就让我怵然心动。我想起了自己硕士研究生的唐代文学专业，古代文学是我最热爱的，然而我不会想到，自己和它，只有三年之缘，就像自己千里迢迢来到阴山，来到这个边塞诗人经常提及的地方，然而亦只是惊鸿一瞥。我只能遥远地打量着它，并遥远地想象那个风云翻卷的时代。眼前的阴山植被很少，乱石裸露。而阴山下的原野，也没有那么苍茫。是不是所有的东西，都只能远远打量呢？我曾经安慰自己，有距离才会产生美，才会令人一生向往。而我的人生，确也如此。总是在距离之外，打量我的心爱之物，无论是古典文学、江南还是戏曲。

后来，沿路就有了大片大片的麦子，大片大片的向日葵。我真想停留下来，在金色阳光下的金色向日葵中呼吸一番，然而，旅途会给人一种荒谬的感觉，仿佛车外的一切，只是银幕上的镜头切换，很真实却无法接触，很近却又如此遥远。

我们奔波了许久，到了希拉穆仁草原。草虽然不高，但我终于真实地站在开阔之中。看巨幅的云阴晴不定，看阳光从云中有力度地直接射下。大片的云、大片的光线、大片的阴影，还有穿梭在光影之中的牧马，马鬃变幻着光亮。遥远的视线无所归依的地方，有乱石垒起的敖包，只是寻常的褐色石头，却反射出金色的光彩，敖包上扎满鲜蓝和雪白的哈达，远远飘拂着，仿佛是空空荡荡草原的灵魂所在。原来，再空旷，再苍茫，再辽远的地方，也需要一个视线可及、灵魂可及的安顿之处。

我们在草原上，没有别的事情需要做，一切变得那么简单，只是散步，唯一需要决定的是散步的方向，又荒谬，又真实。那么，我们回到自己的所在，成天忙碌奔波，会不会又真实，又荒谬的事情呢？突然想起《古诗十九首》里的两句"四顾何茫茫，东风摇百草"。其实，在草原上，有远方的敖包安顿人心，而在人世间，可能却真的是四顾茫茫的吧！

就这么散步、散步、散步、散步……看晚霞燃起，看天地渐渐明亮着暗下去。

我就这么苍苍茫茫走着，想着，原来不敢想的东西，在这里，却可以肆意地想，其实，也早该想了。

人生就是如此，一大半的岁月已经过去了，却还在惶惑之中，进退维谷，不知何去何从。有的时候，好像已经认定了自己的生活方式，却很容易地被茫茫人潮裹挟而去，日子过得虽然壮阔奔涌，其实却是身不由己。于是索性随着人群而去，慵懒懈怠而飘移不定。在飘移的时候，遇见自己的无数岁月，如无数锋利的刀带过，刺痛自己的心。然而马上自嘲或被人嘲笑，你其实没有心啊，怎么会心痛呢？于是渐渐地，也就麻木了……

还是回到人群中，看那热热闹闹的烤全羊仪式，听那热热闹闹的歌声。大家评价着菜的滋味，埋怨着蒙古包的简陋，对比着不同价位旅行团的服务，要投诉要维护自己的权利，而我，还是麻木地听着。

天色浓黑，晚餐结束了，离开了喧哗的蒙古包，我抬起头来，于是我所有的感觉都复苏了，我整个人都变得新鲜起来，我竟然看到了，真正久违的满天星斗！

无数星星，灿烂了整个夜空。我不相信自己的眼睛，看了很多遍，我终于确信，是满天繁星！很久很久了，在很小的时候，我见过这样的星空，我见过萤火虫穿梭在这样的星空。那个时候，我的心中，清清凉凉晶晶亮亮安安静静，那个时候，浑身是一种无法言说的美好与对未来的期许。那个时候，我在群山中看星星。而我在群山中看星星的一幕，早已被生命扬起之沙掩埋至深处。然而，星星并未消失，它们一直在那里。只不过我们没有去回忆，没有去寻觅罢了；或者我们害怕去回忆，害怕去寻觅罢了。

我想，这些片段就够了。这些感觉让我变成一个新新鲜鲜的人回来了。

我在写这些文字的时候，旁边放着我最喜欢的江南的旋律——越剧，过门响起的时候，我潸然泪下，很久很久，我都不会或不敢或觉得不配为我爱的一切落泪了。而现在，我终于找回了，这种久违的感动和热爱！

# 长江与磁湖

有的时候，我们将去的地方，并非现实……

## 长　江

将去黄石，我随意搜索，发现这样的关键词：荆楚、赤壁、西塞山、长江、苏轼……看着这些词语，我就已如遇神明，不敢多想。

绿皮慢车暂时阻止我所有的想象，在上铺小小的空间里，我感受着火车单调的晃动，本周上课的疲劳汇成眩晕袭来，将我昏天黑地地卷进去，当我醒来之时，火车已经进入湖北——我从未到过的省份。

下了火车，时间才早上六点多，车站小小的广场，挤满了揽客拼车的出租车，似乎任何一个小城的火车站都是这样的，而车站边的建筑也是全国皆同。虽是陌生，一切倒也都在意料之中。我能做的，只是选一辆看上去正规一点的车罢了。

就在这个时候，有人叫我，我回头，见到交大的朱兴和老师，我们竟然坐的是同一班火车，而他竟然就是湖北人，于是陌生的行程变得亲切而温暖。

今天是报到，第二天才开会，我们有一天的时间，可以在这片土地走一走。报到后，下午兴和对我说："我想去兰溪镇看看。"兰溪！这么美的地名？他接着说："我想去看看闻一多、黄侃、熊十力、徐复观当年走过的路，杜牧也曾经过那里，写下'兰溪春尽碧泱泱，映水兰花雨后香'的诗句。"好吧，足够了！我们就出发。

我们找了辆出租车，刚出发不久，便发现旁边突然变得很热闹，有很多摩托车挤在一起，还有草帽连成一片，许多人挤坐在一起。我们不由好奇下车，看到的是一个在田野空地里搭起的戏台，戏台上方高悬着横幅："热烈庆祝姜公寺大殿落成庆典"。我听了一下，好像是京剧。虽则是在田间搭起的台，老生却站在很大的电子屏幕前表演，屏幕上配的背景是一座现代旅游业中的古城，颇有今古、新旧结合的意味。好久没有看到搭台唱戏了，当年屈原在楚地看见的祭祀，所改写的《九歌》，其实应该就是戏曲的雏形。只可惜楚国最终被秦国所灭，也因此切断了中国的神话、戏曲发展的脉络……

因为叫的是出租车，不能久留，我们继续行走。

令人怦然心动的是，从黄石边的散花到兰溪，车子竟然一直沿着长江开……我们和长江隔着的，只是一片防护的树林。视野中看见的，是最自然的水，开阔地流淌着。上午我们也曾在长江边散步，但是无论到哪里，总过滤不去远处的斜拉桥、近处的厂房。而现在，这些现代的痕迹杳无踪迹，我们可以随意设定时间段，可以回归到屈原的时光、杜牧的时光、苏轼的时光，再近一些，起码也能回归到近代的张之洞、闻一多、徐复观、黄侃……我们和他们看到的，都只是浩浩汤汤、流逝不断的长江水罢了……

就这么沿着长江，不久到了其支流浠水，我们到了兰溪镇，兰溪镇的网页上显示了八个景点，名字都很好听：问了几个人，穿过兰溪的街道和新开发的商业区，我们去寻找据说是清代或者民国的桥，以及天下第三泉。

桥横跨浠水，看不出过往的痕迹，感觉最多是二十世纪八九十年代所造。这其实并不重要。我们到的时候正是暮春，所以可以在桥上看着兰溪春尽碧泱泱，两边是恣意生长的杂花与树，也有零星菜地，而浠水直接流淌向不远处的长江。于是就可以想象当年，可能是闻一多，可能是黄侃，可能是他们中的任意一人，他们从家乡出发，乘舟去向长江，去向自己心中更开阔的境地时，就经过这里。经过的时候，他们一定也会想起杜牧的诗，想起苏轼在兰溪西望的词："山下兰芽短浸溪，松间沙路净无泥，潇潇暮雨子规啼。谁道人生无再少？门前流水尚能西，休将白发唱黄鸡。"苏轼贬任黄州时尚如此振奋，而那时的闻一多们，正当年少，天赋异禀。沿浠水而下，将入长江，将入自己人生的全新境界，他们是否会回首，回望一下他们自己的楚地兰泽？而如今，那种白发的振奋也罢，少年的振奋也罢，满陂兰草的幽香也罢，似乎都无觅处，在桥上望着一江春水，只是无限的惆怅……

桥上驻足片刻，我们便去寻找陆羽品评过的天下第三泉，第三泉已归自来水厂所有，爬上水塔，泉水踪迹全无，可能都化为自来水了吧！从自来水厂出来，到处可见坟墓。这一带似乎还是土葬，田边、屋边随处散落坟墓，墓上是色彩艳丽的塑料或者绢花，花很高大很热闹，远远就能看见。而走过人家低矮的屋子，屋子外用两个木头的长凳很稳地搁着一口棺材，棺材还没有上漆，颜色很自然，上面落满了灰。棺材再过去一点，是随意堆砌的木板和油漆桶，里面有一窝新生的小狗，眼睛黑亮，小鼻子潮湿；再过去一点，是一间红砖砌成的无人居住的房子，墙壁上开着如瀑布般流淌的小白花。坟墓、塑料花、棺材、新生小狗、废弃的房子、蔓生的野花，这些零碎的色块，随意散落在田间街边。让我生出一种复杂然而倍感宁静的心态。

我们所居住的城市，似乎越来越成为一方隔开生死的地方。我们所见到的，永远是年轻的、正在建筑中的、繁华的意象。我们不愿意长大，所以永远是宝宝和孩子；我们不愿意死，所以到处都是虚假的美颜和养生的广告。我们陷入自己的幻觉之中。而我们所爱的故去的人，被我们搁置在遥远的地方，一年一度，去看望一下他们，生命中的大部分时光，我们不太有机会和时间去想他们。我们只想着生，很少想死；只想着现世，不去想上一代和祖先。而这里，人们的房屋和坟墓杂处，生始终陪伴着死。过了世的亲人一直在身边，每天可以走过他们，仿佛一直笼罩在他们的目光中，似乎还可以交谈，这种感觉，才是完整人生的感觉吧。

就这么穿越了时空，穿越了生死，在一个很普通的小镇，被过客与来者、生与死感动着……

我们从兰溪归来，没有坐车经过长江，而是从黄石大桥的这一头走到那一头，我们走在长江上面，慢慢地渡过长江。兴和说："孤帆远影碧空尽，唯见长江天际流。应该就是这样的地方，目送着很小的帆船，慢慢消失在碧空的尽头……"是的，走在长江上，我能理解一切这样的诗句。

而第三天，我、兴和、许丹又到了西塞山。高处，可以俯瞰长江，视野极为开阔，可以看到张之洞当年筚路蓝缕在此处兴修的冶炼厂；低处，是非常安静的山林，里面遍地是蒲儿根的黄花和二月兰的紫花。我们见到一处开满蒲儿根的小坡，觉得很美，近前细看，却原来又是一个坟墓，光绪年间的。看多了坟墓，便觉得亲切起来。我们下到桃花洞，直接到了江边的峭壁边，看长江水拍打着崖壁。想象青箬笠、绿蓑衣的渔翁，就这么随意穿越山林、小花、坟墓，来到惊涛骇浪的崖壁边，独钓春江，白鹭在远处翱飞，鱼儿跃出水面；若有倾盆大雨忽来，亦不须匆忙归去，信步便可至桃花洞暂避风雨……

我想，这次我真的是到了楚地，到了长江……

归去，我们都写了诗歌，好喜欢兴和与许丹的文字。在当下，一路走，一路谈论文学，一路写，竟然可以是如此真实的情境……

许丹：

塞下寻春春已尽
登临目断楚江天
当年谁唱渔歌子
留得桃花洞里仙

我：

兰溪碧色只绸缪
将入长江且暂留

此去虽游天地远
难离九畹楚山幽

兴和：
阳光普照
佛光普照


竹笋儿合十诵般若
蒲儿根坐化在山坡


山坳深处有座坟墓
一群得道的花儿陪着


面壁的狗眸子清亮
蒲儿根的笑容意味深长


般若般若
看我看我


我为见你而发出蓝光
你为见我而在壁前显露真相


我的灵府风暴平息
我的钵里盛满般若波罗蜜

# 磁　湖

开江南论坛的会，经常谈及的就是大江南、小江南。在春秋战国时期，长江中游以南，是真正的江南，我到的黄石，即为那时候的江南；而到了明清，我的家乡杭嘉湖平原，就成了现在的江南的核心地带。

我从现在的江南，来到了"两千多年前"的江南，听我钦慕的学者，谈古论今，细讲江南。到了傍晚，则到自然中去，感受过往的江南。

黄石这个城市很有意思，有山有水，有江有湖，有人文之景，有自然之景，却低调含蓄，不去刻意经营。所以最初我们在磁湖边上走的时候，看到湖边无论是路、园艺，还是亭台楼阁，并没有很好的设计，想起当地人将磁湖比作西湖，便有些不以为然，觉得还是不能相提并论。

但是能在一个很大的湖边走走，总是一件惬意的事情。

我们仨——兴和、许丹和我，是大部队里面的小分队，连续两个傍晚，都在磁湖边进行江南的继续"考察"和"学习"。

好像改变印象的时刻是一个不经意的瞬间，那时我们正在出租车上，往团城山公园去。只是一个简单的转弯，天地便改换了颜值。整条长堤、一抹葱茏的柳烟突然被金红色的夕阳染遍，在远方焕发光彩，倒映得湖水也明明灭灭。长堤之外，是绵延的青山，淡淡地成为背景。许丹当时就想下车摄影，可惜光线一下就暗了下来，我说："看到了，记在心里就很好了！"

我们到了团城山，在山下沿着磁湖走。虽无刚才的惊喜，磁湖却一直在我们面前，展现着她静谧自然、不加修饰的美。

远处依旧是山，山不高，山形如水面的波浪般，细长而高下起伏。暮色紫凝，也静静地依着山的弧线流淌着。晚霞似乎要暗下去了，却每一刻都千变万化，这些变化，同时也并收水中。慢慢融化开来，自然而然化入烟灰色的、深灰色的、靛青色的大幅水面……我突然很想把霞光用不同层次的颜色细细勾勒出来，也突然联想起俞平伯写西湖，用了各种颜色，好像是在翻颜料盒配色，找各种笔运用各种笔法："暗蓝杂黄，如有片段；清汪汪白漫漫；缥射云日的银光；远皱着老紫的条纹；而山呢：近山带紫，杂染黄红，远则渐青，太远则现俏蓝……"当时嫌他描写得太过分、太妖，如今想来，对于自然之变化，如此细致把握，也难道其万一……

似乎我们每个人都在浮想联翩，兴和突然问我："有一段越剧叫作'西湖山水还依旧'，是何英唱的，你会吗？"我马上说："我会，西湖山水还依旧，憔悴难对满眼秋。山边枫叶红如染，不堪回首忆旧游……"许丹说："唱一个吧！"是啊，我深爱的曲子，唱一个吧，嗟叹之不足，故咏歌之，我真的很想唱了！于是我便在这湖边，在这一个江南，呼唤了一声"断——桥——"，然后边走边唱，兴和与许丹静静地听着……

可以说，我们每个人的心里，都住着一个江南：兴和为了江南，一毕业就去杭州工作三年，现在安家在上海；许丹呢，则在上海念书，在金陵教书；而我呢，生于江南，与江南周旋，仿佛与我自己周旋已久。所以——我们可以很自然地，在这里和湖光山色一起绚丽平静；很自然地，谈诗论文；很自然地，讲我们的学生、我们教授的文学。

我突然觉得，有如此山水，有如此同行之人，以及同行之诗意，磁湖就是西湖，黄石就是江南……

开会最后一天的上午，我们去了黄梅五祖寺，前面刚和学生上课时提起禅宗，这下真的可以入悟道之境了，让人期待。在五祖寺游走了两个小时，发现这个寺基本是后来的翻新，古意无存，稍感失落。那崭新的气息、鲜艳的色调，让我们无法进入禅机。但想着能来看一下，也是一种大机缘。想着前二日之深度游，亦觉心满意足。

于是决定归去，我们的火车是晚上 10：37 的，时间充裕，就和兴和约好去听蒋寅老师的讲座，许丹第二天有课，先回南京。我们重回磁湖边上，到了湖北师范大学的文学院。

其实，在我的心中，除了江南情结之外，就是古典文学情结了。只是阴错阳差，毕业之后去了上海体育学院，不能教我心爱的古典文学，从此之后，也游离于我最爱的专业之外。有的时候，会有蹉跎岁月之感。但慢慢地，也就自己说服自己，安于自己的小日子了。在旁人看来，我可能是古典文学最不成器的学生了，然而我知道，我的内心，一直是深爱着她的！

蒋老师是古典文论的大家，我和兴和坐在他的一侧，认真听他的每一句话每一个字。他介绍了自己如何开始做清代文论：从做书目开始，从原来学界的三百种目录，扩展到后来的八百种目录，再到现在，清代文论已有了一千一百多种目录；然后从细读文本入手，写作《清代史学史》，一共将撰写四卷。要把清代诗学整个体系都梳理出来，蒋老师又提到治学之方法：如何中西汇通，不但能用西方合适的理论来研究中国的文论，而且还可以用中国的文论来丰富整个世界的理论；如何将文学置入整个社会文化之中，结合史学……很多话语，都让我怦然心动，豁然开朗。我突然发现，原来今日之顿悟，竟不在黄梅，而在磁湖。无论是治学之态度还是方法方面，此夜皆如醍醐灌顶。

整整两个小时，好久没有这样听课了，我的心中是一种完满的感觉。我想，无论我今后做的是什么，砍柴担水，皆为悟道，有生之年，还需勤奋。

告别磁湖，也告别长江。其实本无所谓告别，我只是从彼江南回到此江南，从彼水回到此水，而江南本一，长江本一。当此夜晚，有明月悬空，有月映万川……

附上我的诗：

### 夜至湖师大听讲

遍觅黄梅难顿悟

磁湖听讲却沉吟

人生已入诗文境

亦复何求冀日新


### 梦里

梦里

不知身在途中

只是颠沛、颠沛

旧时庭院

光线昏暗

所有的房屋

开始绽裂

逼我

逃出家园

我站在路的中央

四周

大地轰隆

墙倾梁折

那声音

刺入肺腑

化作

心跳与呼吸

与我的血液

一起流淌

我冲出黑暗

而它们

沉入黑暗

梦觉

一轮红日

正在空旷尽处

···········

# 海南纪行

## 一

从广州到海南有两种走法：坐二十四小时船或是两小时飞机。我毫不犹豫选择前者：花较少钱，领略真正的海；何况我只有较少的钱。同行的还有家住海南的杭大学生谢世景。

船的名字很浪漫：玫瑰轮。我买的是四等舱——在船的地下室部分。几十张铺，铺与铺之间用大约半米高的木板隔开，这令我很不安，因为我的左右邻居及下铺都是男士，关于玫瑰的种种神往也烟消云散。但一想起海南岛，又令我不得不开始新的遐想。

船沿珠江航行，珠江水呈黄色，两岸很开阔，看得到广州的建筑及停泊的船舰。有一种清新的感觉夹着风拂来。开阔的境界总令人陶醉，还没有见到海，我就已经喜欢上了这次旅行。并为我的另两个"有钱"的朋友不愿坐海船而遗憾。我最盼望的是看见深蓝色的海水，在我心中，那才算是海的纯粹的色彩。谢世景告诉我，要到傍晚才能驶出珠江口，见到这种色彩。于是我和这个道地的海南人聊了起来：抒发了一通要见识大海与海上日出的壮志；并记住了一大串热带水果的名称——只差实践了。慢慢地，水从黄色变成碧绿，只能看见一些远远的山和陆地了，看样子，真正好的水是不流经有桥的地方的。

中饭吃的是方便面，反正我没进餐厅，不会被任何好吃的吸引。但傍晚忍不住饿了起来，并且有些头重脚轻、走路不稳。等我意识到这并非自身的毛病时已经来不及了，太阳隐了进去，强烈的海风打在身上，波浪排山倒海似的涌来。谢世景对我说："快看，现在海是深蓝色的了！"我却再也不能像早晨那么悠闲自得了。"果然、确实……风太大了，咱们还是进去吧！"然后不消我拔足，一阵海风呼地把我吹回了底舱。

回底舱后一种浑浊的气味扑面而来，很多人都晕船了，吐得七荤八素。我虽然像纸船一样被颠得没有方向，却一直没吐，这让我有些得意，这时站着得意是万万不能了，只好躺在上铺体会超级摇篮的滋味，船上的广播反复喊着："5号餐桌，可以就餐了，5号餐桌……"喊了半个多小时，谁也不敢去。我突然间明白了一件事，我没有吐是因为我吃得太少了，这才不得意了。一直这么晃着，一种又难受又累的感觉袭来，我也就昏沉入睡了。

睡了似乎足足有几百年，我被热心的谢世景叫醒："去看日出！""噢！"我连忙起来，咕咚咕咚灌了一些柠檬汁，就出了船舱。只见外面一团团乌云，有些竟然直接挤压着船舷，似乎用手就可以碰到。太阳正在某个看不到的地方，船头晃动得最厉害，这回有铺不能归，我只觉得阵阵心潮起伏——当然不是激动所致。我躺在船头，头也不敢仰。等我站起来的时候，是我把柠檬汁都吐尽了以后，可惜没能保住不晕船的记录。这个时候，哪怕有太阳，哪怕海水五颜六色，我都不想看了。我最盼望的，是陆地，是看见海南岛！

## 二

坐在港口至海口市中心的车子上，我用一种新鲜的眼光看外面。街道两旁一排排椰子树整齐地掠过，我才相信我的旅途艰辛没有白费。海口是一座新兴的城市，到处都是风格各异的高楼大厦，似乎比广州还有大都市的味道。可惜这些楼大多都是空着的，正在招租招商。但是我急着想领略的并非它们，而是——

在下车后短短一个多小时内，我吃了杧果、番石榴；在接到两位乘飞机的"后头部队"之后，我们又吃了海鲜、椰子、菠萝蜜。

杧果有一股青涩的味道。菠萝蜜是一种个头很大的水果，表皮凹凸不平，青黄色的。用刀砍开之后，里面一瓣一瓣，排列很不规则。吃起来特别甜，但入口几下就腻了。而椰子似乎也不咋的，八元三个，砍开一个洞，用吸管去吸里面的汁水，汁水有些热，味儿不正。我们就很奢侈地弃之于垃圾箱了。不过我还是盘算着把我吃过的水果名都记下来——以便炫耀。

海口市的晚上没啥都市夜景，一路过去，没有一个综合性的商场，都是小小的店面。酒店和药店特别多，一家挨着一家。这种组合不错，方便！服装店在进行豪爽的清仓拍卖："大拍卖！底价三百！"路边到处都是来自四面八方，操不同口音的人。出门在外的人，总是看上去很不精神，偶尔看到个精神点的，那种目光一扫过来，我便把手中的包再攥紧些——以防打劫。

终于可以下个结论，除了路两旁的椰子树，海口和别的大城市长得差不多。

## 三

到海南的第二天，没有去见识海。却到了一个别的旅行者绝对不会尝试的地方——那大的黎族村松门村。那大在海南的内陆——中部地带，谢世景的家就在那里。他竭力阻止我们去，却更增我们的好奇心。

果然，往松门村的路越走越狭窄，边上的树和草一律呈现出疯长的势头，密密层层，种类也非常多。听说黎村和苗寨相隔不远，但黎族人从不敢去苗寨，他们从上辈子就传下一种说法：苗寨人会下蛊毒，会念咒，千万不能接近！同行的梁健很有探险家的气质，她当然不愿错过。

到了松门村，证实了我关于果树的种种设想都是错误的。在我的感觉中，它们应该是排列得整整齐齐，色彩很诱人的。但热带的水果却如此杂乱无章，东一棵龙眼，西一棵黄枇。在那杂草丛生的地方又长着一棵菠萝蜜。杂草中还长着一丛丛黑里透红的刺莓。由于茂密，整个郊野色彩阴郁，绿得发暗发灰。这个地方似乎什么都有，花生田、橡胶林、小溪、果树……而且都很幽深，一眼不能望尽。这或许是热带的独特气质。令我想不明白之处在于：这里的每一样生物都那么生机勃勃，为什么合在一起却那么凝重？

村里的房子很简朴。一色的泥房都是由原来的竹楼改成的，早已失去了旧时的韵味。房子的楼顶堆放的是杂物，下面用泥糊成阴暗的住处。村子既没电也没水。水是从村中一口公用的井中挑来的。谢世景的父亲一看见我们，就把一个老式的收音机捧出来，给我们听。望着门口散系在树边的牛，我似乎回到了很久以前……

我们决定去苗寨了，这个决定使谢世景一路担心，他活了那么大也没敢接近那里。远远望去，那里确有一股诡异之气：一座深色的小山，山顶覆盖着一棵巨大无比的树。那树周遭体积看上去竟比山小不了多少，估计真正到了那里须十几人合抱才行。

事实上没有人敢去一试——据说那是苗寨的神灵，谁敢冒犯？一时间，蛊毒和咒语、苗族人特有的服饰、巨大无比的树，像抽象派画作似的叠映在我的眼前，让我既害怕又神往。梁健也早准备好了相机。

蹚过小溪，穿过杂乱的田。我们看见了院子！

第一个、第二个、第三个、第四个……

所有的房子都已被汉化，矮矮的泥糊的墙，找不出任何民族的特色。一个苗族大妈坐在院子里，穿着件灰黑色的上衣，亦非苗族装饰。她只是漠然地看着我们这些生人经过，只有一些穿着破旧的小孩和他们的小猪一起，用紧张害怕的眼光望着我们。到处照例生长着乱七八糟的果树，照例显示出贫困的印记。

就那样，没有冒险，我们穿过了苗寨，踏上归途，带着一种复杂的感觉，是失望、失落？谁也说不清楚，也许，这才是真正的苗寨吧。

# 四

从那大回海口，我们踏上了去三亚的路程，三亚具东方威尼斯之称号，她会有何种独特的风光呢？

三亚确实独特，这是我由衷的感慨。倾盆大雨使我找到了这种感觉，可以试想，一个踏过千山万水的游子，在天涯海角被淋得透湿时的落魄心情！赤脚走在沙滩上，昏黄的天与海一次次向我冲击。四顾茫茫，回首才看见一堆狰狞乱石，上书"天涯"二字。以前难以想见苏东坡贬斥琼州的心情，现在才明白，这是多么凄凉啊。"座中泣下谁最多，江州司马青衫湿"，同是贬谪之人，恐怕苏轼已无须向南海洒泪，就已被既咸又苦的海水溅湿衣衫了，更何况在汹涌的大海之前，泪水真的算不了什么。站在无边无际的大海前，要找到我的家乡是绝无可能了；在真实的水前，以前的一切似乎都成了一种虚无……

感慨的时光毕竟不多，马上有跳动的色彩吸引了我。那是些五彩的海贝海螺，一些孩子端着大盆子一直凑到我面前，并拣起一个珠光贝给我看，我不喜欢那些太艳的，拣了两个雪白的海螺，小心地拿着，并凑到耳边听了一下。可是那里面的呼啸声被外面的雄浑湮没了，不过我想，把它们带到江南，一定能听到很响很响的海风声。我这时也盼望着自己能捡一个，可海水冲上来的都是些小小的扇贝与破碎的珊瑚，还有一些海草。拎着海草拍照毕竟不过瘾，于是跑到里面一些去抱那些一元一拍的大海龟。看它笨拙地摆手摆脚，却无力挣脱。真不好意思，打扰了它的清闲。

在天涯海角待久了，在雨里待久了，一股寒意浸透了全身。

只能告别这里的风景，再回头，只看见小摊上一排洁白的珊瑚在燃烧着……

## 五

平和的海是在三亚的海滨浴场，也是我心目中的那种：蔚蓝色开阔的天，深蓝色的海，细软的沙滩。人们悠闲地坐在沙滩边，姑娘们身穿色彩鲜艳的泳装。只可惜我不会游泳，只好傻傻坐在海边。当海那边一线皎洁滑翔过来、越来越近时，我觉得身下的沙急速下沉、退却。不一会儿，人就已经移动了一段距离了。

这种悠闲马上被紧张代替了，梁健他们租来了救生衣，并让我一试。我也知道不去海中是无法领略大海的。说归说，怕归怕。在别人的护驾下，我一步一步走过去，海水慢慢漫上来，当下一个浪头打来的时候，我站立不稳，靠着救生衣勉强探出头，却已经呛了一口海水，喉咙口像被灼了一下一样。我把整个身子往下，反而能平稳地浮起来，随着浪一上一下地起伏了。我的整个人终于融入这片世界了。我害怕那涌动的潮，却喜欢那种被抛在浪尖的感受。这才使我实实在在地认识海，它的那种魅力，真可以使人不惜葬身其间而无悔！我曾站在黄山的天都峰上想，如果让我长住此地就好了！可见只有大山大川、大漠大海，才能让人体会到自然的气势，体会到它们的不可抗拒，体会到人本源于自然。

思绪漂远……很久我才意识到自己已离岸很远很远。我也学着会游泳的人的模样，摆动手臂，脚用力拍打水面，借助自然，更多靠着自己的力量，向岸边奋力游回……

# 六

真羡慕三亚人的自得——河边饮茶谈笑。在三亚的夜色中，我们品尝了炒冰和三泡茶。炒冰据说是三亚人最先想出来的。在一个方形的"锅子"中，倒上各种果汁，然后用两个铲子慢慢地来回翻炒，当然不会有热气蒸腾上来，而是果汁逐渐凝结成霜。等全部化为霜雪之后，再在上面浇一勺干绿豆粉，味道绝佳。

三泡茶的味道我就不习惯了。喝惯了绿茶的清淡，绝对不想在茶中加上任何调料，使之失却天然。三泡茶却是浓汁浓味，在一个小茶杯中，有很苦的红茶，有荔枝桂圆等八宝。必须加好多块糖，否则就像吃中药似的，又浓又苦。而三亚人却喜欢这种味道，并且泡第三次时他们就嫌没味了。而我宁愿倒掉前面的三次，从第四次品尝起。不过，在这样一个海风轻拂的夏夜，慢慢地喝一小杯浓浓的茶，慢慢地聊天，却不失为一件快事。

三亚同海口一样，也少不了一样不是风景，却非常常见的景象——大批的"小姐"们。散落在街边桥上的据说层次低些；在宾馆前守候的那些比较高级，穿着黑色的长裙，拎着精致的皮包，打扮得十分艳丽。

于是我们在闲聊的时候，被半真半假地警告说，你们千万别拎着个小包在任何一处停留超过三分钟……

# 七

值得炫耀的事已越来越多，却想不到出了点小小的故障，对当时的我来说，那绝对是一级事故了。自从吃了那么多味道不怎么样的水果和味道很怎么样的海鲜之后，我由略感不适发展成极不舒服了，加上海南正值雨季，气候潮湿，我从前很看不上眼的"水土不服"四个字真的应验了。首先我已不复当初来时的肤色，脸被晒得和广州人差不多黑——和正宗海南人当然还差一个档次。最讨厌的是我的脸上手上都过敏了，每日无法安睡，又痛又痒。脸最肿的那阵子咧嘴吃饭都很困难。可气的是今天上嘴唇肿起，犹如八戒；明天又转移至两边，成了悟空。我的心情便很不好了，虽然走五步十步都是药店，药也大把大把往嘴里塞，另加外敷，却总不见好。医生告知我一个很可爱的名称"杧果皮炎"。一次路上有人用广东话问我来自何方，梁健代答说是杭州那边的，然后他们看着我说了一大堆话，反正我听广东话比听英语还不灵，就随他们去了。事后梁健翻译，差点没把我气死：杭州人真难看，比广州的女孩子难看多了！我这个人还是很有故乡自尊心和自豪感的。把当时的我代表全体杭州人，当然令我气愤，但也无可奈何。于是能治病的我都猛吃一气：听说椰子抗过敏，咕咚咕咚喝椰子汁；跟着蹭了一顿龟蛇汤；吃了息斯敏；还害怕是海鲜吃坏了，吃了一打诺氟沙星。慢慢地，才把肿消下去，只是一半脸因外敷过甚都黑了，这下又成了黑猫警长，唉！不过这样我已经很高兴了，还好不用带着水土不服的脸去见爸妈。说起爸妈，我真的开始想家了！

# 八

还是"孙悟空"的时候，梁健拉我去找有椰子树的海滩，海南椰树是多，海滩也多，但二者俱全的地方却只有东郊椰林了。我心目中的海滩包括：椰树、吊床、落日的剪影。梁健为此准备了一筒胶卷。事实上我对拍照已经毫无兴趣。我再浪漫也不至于肿着脸在椰树下摆造型。

车子从早上开到下午三点，才到了东郊椰林。东郊椰林确实名副其实，远远即望见一片修长绿意。椰树本应姿态婀娜，但太多的椰树只能让人感受到它们的色彩。在这里，我推翻了椰子不好吃的结论。当刚摘的新鲜碧绿的椰子被开启，当一股清甜沁入口中时，我找到了真正的椰汁的味道。原来这美好的东西不能经过太多的迁徙、太久的储藏。

在靠海的椰林里，有一张张的吊床。我躺上吊床，望望高高的椰子树，望望不远处的海水，十分惬意。再不必抬头费力张望椰树了，忽然想起了海南的三大怪，其中之一就是：八十岁的老太太爬树比猴快！可惜没有看到哪位老太腰插利刃，飞快爬上椰树，砍两个椰子下来。不过东郊椰林确实有好多海南老太，她们有着海南人共同的特点：又瘦又小，皮肤黝黑，但很健康。在她们身边，堆着绿色的椰子、红色的椰子，还有老椰子。老椰子的肉很香，但渣太多，需要经过加工才行。

"砰！"一声巨响，把我从摇啊摇的遐想和散漫的东张西望中惊醒。"又一个！""又一个！"老太太们纷纷跑拢去。原来是椰子自由落体，天！这么重的椰子从这么高的树上坠落，要是砸在脑袋上？！我猛地离开吊床，后怕起来。

不管怎样，我还是在这里留影了，我不能割舍这里的风景啊。所以在照片上你会看到美好的景色，也会看到一个很小很小的人影，那就是我，那也是最佳的艺术处理方式。

# 九

海南有座猴岛。虽说天下多猴，海岛上的野生猕猴总也该见识一下。其结论是猴聪明，人更聪明。摆渡到了猴岛，离开猴子居所还有三里路，我们共五个人，车夫竟然向我们索取四十元路费。说好说歹，最终达成协议，三十元。到了猴园，就有很多女子端着一盘盘香蕉过来，让我们出十元钱，买给猴子吃，被我们拒绝。进园后，女子们始终跟在左右不离不弃。猛然一声吆喝，蹿出十几只猴子，有的猴还抱着小猴。我漫不经心把手插在裤袋中，没料到被小猴一下抓住袋角，紧紧不放。我连忙抽出手摊开，表示一无所有才罢。进了回廊更不得了，众猴倚仗天时地利，被女子们吆喝着从柱子上一蹿而下，两爪紧抱游客的脑袋，甚是安逸。游客赶也不是，被猴如此高踞头顶又着实不乐。多亏好心女子解围，递上香蕉一个，言语中便有一股不听老人言，吃亏在眼前之意。结果游客无奈，只能付香蕉钱。我总觉得这些女子和猴子都是串通好了算计游客的。

不幸的是，我正想着的时候，两只猴子从天猛地降落在我身上。于是同行的梁健他们纷纷过来，与我合影，其实是与猴合影。还好猴子指甲不利，不久我就习惯了，随它们在我身上拉扯。

我们往小山上爬，去拜谒猴王。山顶有一个石猴雕像，是猴王宝座，它在上面时任何猴子不得靠近。猴王身形不大、颇显干练，我稍稍走近它就做出龇牙咧嘴的攻击模样，只好远远喂它香蕉，一盘喂完，才留下与猴王的宝贵合影，付了钱，就辞了猴岛，一路想着被人与猴"暗算"的情景。

其实在海南我们已经被暗算很多次了。有的是黑心喊价，短短一段路要三十元钱，只好付了钱。并且瞪口呆看着那个有特异功能的计时器飞快跳到六十，然后司机大度而理直气壮地说："三十元便宜吧，本来要六十元呢！"有的则非常无赖，说好三十五元，给他四十元钱要找，他便说："算了算了，那就不找了。"那表情竟然是我们少给了他似的。

猴子为了香蕉，人为了钱，也不能怪他们啊！

## 尾　声

转悠了一圈，从三亚又回到了海口。钱也花得差不多了，我、梁健、谢世景准备最后去看一下海口的海。一早站在汽车站门前的广场上商量了两个小时，没有结果。只好经人指点，乘上一辆车，又换乘一辆，接着又是一辆，终于到达终点。然后三人都笑了，因为，我们竟然又回到了海口汽车站广场！

（此文写于1994年。当时我大学毕业刚一年，正当青春年华；海南也改革开放不久，正在火热的建设之中。）

# 武夷山、厦门和广州

## 引　子

写这些文字的我，正在听着青绿青绿的笛子曲，回忆那些碧水丹山，回忆那些亲切的旧友，从 2006 年 7 月 29 日到 8 月 8 日，我一直生活在最美好的自然和情谊之中，而我的收获不止于此。此次行程，让我真切地领会，世界上不会有完满二字，人们总是在受限之中去得到，得到的反而更加珍贵。

可能许多人会觉得我很傻，我从去年（本文作于 2006 年）开始就念叨着，我要去武夷山，我要去见杭大的昔日的好友（他们大多分布在广东省）。我一直在策划着这桩大事，说得太多了——以至于我周围的人都知道了我的这个计划；以至于我的球友小朱，他不得不以武夷山人的身份帮我安排行程；以至于小西在我买不到火车票的情况下，想办法帮我用里程换取机票；以至于我的好友杨柳甚至决定休年假，从广东飞赴武夷山与我聚会；以至于我的学生罗书杰都不能在福建老家多待几天，准备在我到广州之前先回广州接待我。我之所以这么不厌其烦地写，是因为我很感动。

"理想"即将实现之时，我却开始生病了。从腰延伸至腿，我遭遇到了一种从未设想过的疼痛。夜晚我只能辗转反侧，不知道世界上怎样的姿势才能适合睡眠。到了白天，我坐立不安，瘸腿走路会轻松一些，但我又不敢做出这样的姿势，因为怕周围的人觉得很严重。

我做了CT，医生诊断为受凉诱发的椎间盘突出，已经压迫神经。我只能在医院接受治疗。我看到满街的人，轻松自在地走路，觉得那真是一种幸福。而我内心深知，那个成熟而美好的计划，现在已经困难重重了。在出发前，我去配了一些消炎止痛的药，顺便问了医生几个问题。

"我能打球吗？"

"当然不能！"

"我能爬山吗？"

"当然不能！"

"我能去旅游吗？"

"你现在应该绝对卧床！"

我说："好吧！"拿着止痛片走出伤科，在离开医院之前，我买了一个护腰。纵使"前途未卜"，但我绝对不会失约的！

8月28日，我不得不出发了，想到这个样子居然要爬山，我有一种永劫不复的感觉。我突然发现自己的家是那么舒适，真不忍离去；我突然觉得非常对不起小西，要抛弃他这么多天。我不敢设想，自己将如何历经这十天，如何平安回到我的"浅草春明"。

## 等待杨柳

有的地方，好像千里迢迢，但是一旦出发，却又近在咫尺。

143

从上海到武夷山市，飞机只需要四十多分钟。从飞机上下来，我就处身于一个很迷你的机场里面了。走到出口处，取了我的行李，一下就看见了在外面等待的小朱了。

夜晚的武夷山市，好像没有城市的气息，建筑很朴素很寻常。有的时候，风景是很奇怪的所在，它就在平淡的旁边，相隔不远，却恍如隔世。

小朱为我订了一处私人的小旅舍，外面很破落，里面却很干净，空调淋浴一应俱全。很安静的夜晚，笼罩着我的睡。清早我被"卖丝瓜""卖豇豆"的叫喊声遥遥唤醒，揭开窗帘一角，就看到了矮矮的山，错落的砖房。一时好像回到了童年生活的山区，宁静简单，开门见山。

今天的行程甚是悠闲，只是随便去景区走走，因为今天最重要的事情就是下午三点，去机场接杨柳——十二年不见的杨柳。

小朱和我去了武夷宫，景区离武夷山市中心很近，开车十几分钟即可抵达。路上最早看见的就是远处的大王峰。武夷山是典型的丹霞地貌，所有的山峰都是岩石与草木的奇特组合。正如眼前的大王峰——山底和山腰郁郁葱葱的植被，终究掩盖不住壁立千仞的悬崖；而当充满力度、红褐色的峭壁向上伸展、伸展、伸展至与蓝天交会处的时候，多情秀拔的林木却又在崖顶铺展开来。

我们在山脚的武夷宫散步。在参天林木之中，远远看见一座古色暗沉的建筑。

小朱说："这里是朱熹讲学的地方。"

天哪，我怎么事先一点都没有联想到啊，前一段时间才重温《四书》呢。接下来小朱的介绍更让我惊奇，原来他居然是朱熹二房的二十六世孙，真是幸会啊！我不由觉得该像古人那样整好衣衫，重新见礼了。

其实我对理学的义理不甚深究，我只是始终被儒家的人格力量打动。从孔子开始，我们的知识分子就力求做到外在与内心的协和，不断完善自我，不断汲取天地间的正气、阳刚之气，自觉承担起家庭、社会的责任，并让自己的所为成为世人的典范。

原来朱熹就是在这丹山碧水、清风绿树中讲学，恬淡而又高远的境界，令人神往。

不过说起来我对朱熹还是有一点小小不满的，那就是他不该那样迫害严蕊。在某种层面上，严蕊的人格力量和朱熹是等同的，她是那么正直、执着，那么质朴天然，"若得山花插满头，莫问奴归处。"朱熹看到了这样的句子，难道心中不生出悔意吗？（后来发现此事可能并非如此简单，尚待考证。）

看来，人是不可能那么完满的，也因为如此，所以儒家对自己的要求是"死而后已"，永远有重责，永远有缺陷，就要用一生去尽力吧。

仁者乐山、智者乐水，从山很容易就走到了水，我看到了在两岸浓荫遮蔽下的碧水，它们在夏天里面清清冽冽、一无心事地流淌着……而水边，一只断了尾巴的蜥蜴在发呆，一群蚂蚁排着队在过石子路。

上午就在我和小朱如水般随意的交谈中，在武夷宫的荫蔽中过去了。

中午我终于吃到了福建的小吃扁肉和紫溪粉，味道很不错。上海满街挂着"福建沙县小吃"的招牌，而我从未去尝试一下，要吃就吃最正宗的呀！现在吃对我来说，还有一层作用，那就是如何快点打发时光，看见杨柳。

终于吃完饭，终于静悄悄地等着时光过去，终于到了两点半，我和小朱出发去机场。

小朱问我："那么多年了，你会不会不认得她？"

我说："不会！"

我记得杨柳的眼睛，大大的，有点迷蒙的那种。那么多年过去了，我想，唯一的变化就是，我们都已不再年轻。

飞机是 15：45 到的，为了等杨柳，为了减轻腿痛，我按照医生的说法，在候机大厅中不停地倒走，好像这样时光也能倒回去呢，倒回那个时候，我们在杭大一起打球、一起聊天的时光，而那时，我只有二十岁啊！

乘客们开始出现了，我安静地等着，看他们一个一个走过。

我们同时看见了对方！杨柳穿着一件绿底白花的连衣裙，拉着一个大拉杆箱，感觉更瘦了，感觉成熟多了，不变的是那双大大的眼睛，有点迷蒙的眼神。

我们都朝对方笑着，好像分别已经很久，又好像不过是昨日罢了……

杜甫说："焉知二十载，重上君子堂。"当年读时，觉得很沧桑，没想到现在我也需要用十二年来描述分别或者相逢了。

那天我们回到小旅舍，就像当年在杭大那样，不停地说啊说啊，大约说到凌晨四点；而我们后来的整个旅途，也一直是在不停地说啊说啊中度过……

## 自然保护区

说了大半宿的话，早上九点，我们才睡眼惺忪地收拾完毕，准备出发。旅游之前，我已经背熟了武夷山的景点：天游峰、虎啸岩、水帘洞、大红袍……

我们是包车的，说好一天一百元。这种包车较为便宜，司机可以在我们游玩的时候另做生意。一上车，我就对司机说："我们去天游峰。"

想不到司机不太"合作"："你们这么晚爬山，晒得很厉害的，不如明天起个大早去。今天我建议你们去自然保护区玩。"

自然保护区？我倒是在武夷山的地图上看见过，但是那很遥远啊。

"你们先订好下午去竹筏漂流的票，三点钟有一次。这样你们就可以玩两个自然保护区的景点了。"

我和杨柳互相看了看，其实我们都在怀疑那个司机是否另有企图。但是说实话，自然保护区对我还是很有吸引力的，一般游客没有时间涉足那里，一定是一方幽静天然的所在。不管司机是否会耍花招了，我们不妨做一个深度自助游。

"那好吧！"我答应了。我们先去买了二日游的套票，订好了下午三点钟的竹筏，然后车子就向自然保护区进发了。

车子是穿行在山间的，武夷山的山都不高，但林木都很茂密，沿途可见碧水潺潺。路上所见福建农村的民居非常朴素，大多是土墙、木楼。

我们到的第一个景点是大峡谷。这里的景致和浙江的天目山非常相似，山路的旁边就是水，幽静的林木，偶尔有翩翩掠过的蝴蝶。空气中充满着一种暗绿润泽的气息，福建多兰，兰花就是生长在这样的地方。拾级而上，山路回环之时总会突然转出一片新的景致：顺着大块石壁跌落的碧水，穿梭在灵动日光中数不清的石斑鱼和它们的影子，豁然开朗处的蓝天和亮白色的云朵，静静浮满暗黄落叶的一片闲潭……

自然保护区游人确实很少光顾，好像就是属于我和杨柳两个人的。只是在下山的时候遇见了两个游客，他们正好上山。其中一个对我们说："你们走慢一点，下面有一条蛇。"在我的想象中，那一定是一条大蛇盘踞在整条小路上。于是我和杨柳慢吞吞地下山，又有点期待又非常害怕。也许是我们机缘未到吧，我们始终没有看到那条蛇。

吃完中饭，我们去了第二个景点，青龙大瀑布。我们的司机又开始热心建议了，他说："你们应该坐车上山，然后爬山下来，这样不累又快！"我说："好的，谢谢。"

我们没有听司机的话——总觉得司机有点"诡异"，还是继续爬山。其实我已经很累了，我的右腿非常疼痛。很久以来我就盼望着在山林中物我两忘，看来人终究是人，无法摆脱形躯之累。但转瞬我就安慰自己：美好的事物是一定要付出代价的。

就这样，戴着闷热的护腰，我和杨柳又开始一步一步往上爬。其实这是我从未有过的爬山方式，在以前，我经常嫌台阶太费事，喜欢两个台阶三个台阶上山、然后一口气跑下山的。而现在，我终于知道什么叫作"当年之勇"了。但为了真正的山林，这样的痛苦算不了什么。

青龙大瀑布给我的感觉更好，因为它更加自然，更加"山野"。这次整个山中真的只有我和杨柳两个人了，当然陪伴我们的还有很多可爱的小家伙。

我们走了没多久，就看见一只小小的蜥蜴，在乱草中窸窣逃窜。它的细尾巴泛着微蓝的亮光，一闪就不见了。

武夷山多蛇，杨柳一心要给女儿拍条回去，一路到处张望。终于她对我说："快看！蛇！"我顺着她手指所向细看，除了乱石杂草，一无所获。"我没有看见啊？"我很着急。"我用石头砸它一下，它动起来了，你就看见了。"杨柳也是个胆大的，她捡起一块石头，蓦地向远处砸了过去。只听到一阵惊慌失措、细细碎碎的声音，杨柳很开心："砸到了，砸到了！"可是我还是什么都没有看到，"我再来砸一下！"我笑了："算了吧，它已经够可怜的了。"

通过杨柳的相机，我才看见了这个可怜的小家伙，其实它充其量只是条婴儿蛇，很小的，都盘不起来的那种，以后它肯定要"一朝被人打，十年怕石头"了。想想人类也够虚伪，总是说蛇好可怕，其实真正应该害怕的是蛇而非人。

再往前走，在一块暗红色的岩石上，我们惊喜地发现了一对很大的深蓝色的蝴蝶，翅膀上有着紫色的光芒。他们双双飞舞，同起同栖，好像伴随着一曲有节奏的音乐，好像在举行一个神圣的仪式。他们舞得那么入神，全然不顾旁边的山或是水或是树或是石或是鱼或是我或是杨柳……

我们轻轻将他们摄入镜头之中，然后轻轻别它们而去。

我想它们都是有灵性的。这样的蝴蝶叫人不由下定主意生死相许，相信梁祝的爱情；很多年前，我在天目山看见一条通体碧绿的蛇，我当下就相信了那活泼灵气的青儿确实是有的。天地之间的情性，岂独是给了人啊！

青龙瀑布直在山顶，需要历尽艰辛才能见到，如曲子结束在高潮之时。我们看到的是坦坦荡荡的，宽宽广广的水流，从蓝天白云中直接倾泻下来，从润黑色的崖石上直接泼洒下来。如果不看天空，那你的视野中将只有大块的黑色与大块的白色，简单却明亮、自然却充盈着力度。

我站在瀑布前面，尽管整条右腿都已麻木，一种充沛的勇气却渐渐升起，并激荡在胸间。我反复想着一个词，那就是"淋漓尽致"：人生苦短又如何，诸多痛苦又如何，定要淋漓尽致地去生活，去实现自己的理想，如同眼前的瀑布，如同孟子所言的"浩然之气"。而孔子所说的"逝者如斯夫"，也定不是感叹时光匆匆消逝，而是为着那种力量、那种正气、那种自然的启示而发。

和杨柳准备下山了。山顶有一条公路，停着一辆车，不像私车，是公家营运的那种。我们去问了一下价钱，回答是五元。我和杨柳相视而笑，这么便宜啊，看来我们的司机还是替我们着想的。我们倒真是要快点下山了，因为那历时一个小时五十分钟，丹山碧水之间的漂流正在等着我们呢。

# 绿水行舟

我们从自然保护区回到渡口，司机很热心地东奔西走，帮我们凑人数，原来一条竹筏要六个人，我们是二缺四呢。在司机的努力之下，很快就成功找到四个年轻人，二男二女。

我和杨柳坐在中间，竹筏启程了。同船共渡的有三个是来自无锡的老师，另一个是家属吧。他们四人谈笑得很热烈，我和杨柳则静静地坐着。

我们撑着伞，八月武夷的阳光很热烈，它们甚至可以穿透伞，射到船板上再反弹到我的身上、脸上。它们渗透入鲜蓝色的天、翠绿色的水中，于是九曲十八弯三十六峰的一切都被照亮了，我想此刻我们一定也分外明亮吧。

有杨柳坐在边上，有武夷山水的环绕，我似乎重新听见了当年在杭州大学反复聆听的一曲笛子：《绿水行舟》。

每次在夜深的时候，我都能从那曲笛声中汲取明亮的色彩，随着那声音高下跌宕，漂流在天地之间凡是有绿水的地方：一开始是浅浅的清流，水中到处栖息着透明的小鱼，伸手去捞取，却幻化作无数光影，好像约翰·克利斯朵夫少年时代那太多太多、无法打捞的灵感；慢慢地水流转急，你感觉如此轻快，其实却是身不由己，看青山匆匆掠过，看水珠溅飞，如李白般来不及细听两岸猿声，他一定想不到千年以后，所有的猿声都会戛然而止；浮光掠影逝去，行尽波折，突然眼前豁然开朗，你看到不知从何而来要往何方而去的开阔的碧水，船如同静止般滑行在水面上，你看见远处青山凝重而妩媚。这时你终于明白苏轼的"不变"的含义，只有在真正静心的时候，你才能体会到什么是"自其不变者而言之，则物与我皆无尽也"。而当你真正静心的时候，你突然发现时光已逝，人生渐老……

那盘磁带，毕业的时候就失落了，后来我找遍了所有的CD和磁带，也没有再找到那支曲子。想不到再次"听"到《绿水行舟》的时候，我已经年逾三十，和当年的好友坐在舟中，坐在武夷山的九曲山水之中。

安安静静地，看众多山峰，如大块意气，从苍天率性洒落、一落千丈，投身于深情缱绻的碧水；安安静静地，任竹篙点石，竹筏任意浮于水，反正东西南北，除了青山碧水，还是青山碧水……

一会儿安静就被打破了，那些脱俗的山峰，如今被船夫套上了一个个世俗的名称，这是我旅游时最讨厌的一件事情，天下不管长得多奇怪的石头，不管多灵秀的山峰，最后的名称都差不多，不知它们是否也很郁闷？而所有的故事，都跳不出王母娘娘《西游记》之类，顿时让我从出世间又回到了俗世间。

想不到俗世间的人们正在打水仗，我们这条船的老师们，和其他船的老师激战正酣，我刚好夹在中间。想当年我也是生龙活虎的，现在我坐在凳子上，戴着厚厚的护腰，无法动弹，只是用雨伞把自己掩盖起来，像一只背着壳的乌龟。两边的战争进入高潮，我们这边和他们那边，所有的水都不幸地泼在了我的身上，好透心凉啊。唉，大家都那么兴高采烈，我也就牺牲一下吧；再说能被这样的水沾湿，也算是我三生有幸了。

竹筏上的人们起了兴致，一个个轮流到船头去撑篙，杨柳也去了。她拿着长长的竹篙，左点右撑，很神气很开心的样子。

我拿着相机，以蓝天青山为背景，给她留下了美好的瞬间。

行程过半，我们的眼前幕地出现了幕天席地的石壁"晒布岩"，所谓晒布，当然是神仙所为。不过视线从下而上，在仰视之处，发现绝顶居然屹立着一座亭子，在上面尽情汲取天地之气。原来神仙乐意出没之处，终究是人间性灵之地啊。

说到人间，便回人间。九曲行程将尽，舟中非老师者发问："你们是做什么的？"我说："我也是老师。""什么老师？"杨柳替我回答："大学老师。"非老师者笑言："哈哈，那我就是幼儿园老师了！"竟然不相信我，我和杨柳相视而笑，不置可否。我突然忆起我的学校和学生，好久没有见到了，真有点怀念上课了。此时前面浅滩已至，后面山水隐去，我们登岸弃舟，重回人间……

## 天 游 虎 啸

游完九曲碧水，回到市里，小朱请我们吃了武夷山的特色菜：石板鱼、各种菇类，还有新鲜的黄花菜。福建北部的菜都有些辣，杨柳不太吃得惯，我却爱吃。吃完一大桌菜，我们急着想去付钱，小朱已经赶在前面，服务员报出价钱："八十元。"啊？！我和杨柳都有些惊讶，那么便宜啊！于是我们就大胆放手让小朱付钱了。

晚饭后去了小朱表妹家，喝武夷山的岩茶。我一向喝的是西湖的龙井、安吉的白茶，不知乌龙茶的口味如何。与绿茶相比，岩茶的外观很"深沉阔大"，我其实是怕喝浓茶的，所以有些担心。想不到茶盅里面是淡淡的琥珀色，香味也是淡淡的。

小朱介绍说："这种是肉桂。"原来武夷山的茶生长在岩石高处，汲取的是泉水、清风与山花的气质，所以能从中略隐略现地闻出花香。慢慢地呷一口，很清爽很温和的苦味；入喉之后，却化作甘甜的余韵。看来，今晚一定不能刷牙了，让这味道陪我入睡吧，陪我明天见到高处生长的岩茶……

听从司机的嘱咐，早上七点光景我们就等在楼下了，因为我们要赶早爬天游峰。

其实我们与天游峰早就邂逅过了，就是在九曲竹筏漂流的时候。那个时候我们坐在一叶竹筏上，抬头遥望；那个时候在绝顶峭壁上隐约有一线游人，慢慢向上攀登，竟似要直接上到青天之中。我想那绝顶的白天晚上，光景气势一定如李白之"日月照耀金银台"。

开始爬天游了，我们遇见了许多旅游团。让我觉得有趣的是，许多导游都在喊："某某地方某某学校的老师们，请跟我来。"竟然是全国老师大聚会呢，看来暑假真的是属于老师的。于是我很高兴地跟在大批同行之后，拾级而上。

其实在爬山之前，我早已做好了"艰苦奋斗"的心理准备，止痛片也提前吃了，准备豁出去了。但是真正爬山的时候，由于石级很窄，仅能容身，游客又多，许多人逗留在高处拍照，整个队伍移动得非常缓慢，所以上一个台阶可以休息"好久"，反而非常轻松。

我们也终于到了高处，我才深刻理会队伍为何迟迟不肯前行。见此风景，我亦不忍离去。武夷的水——宛转于次第青山之间，看之如佳酿清碧纯洌、听之如歌声连绵跌宕。水边会有岩石千丈，水边会有浅滩缓缓，水边会有浓荫遮蔽，水边会有黄花灵秀……看久了，会觉得整幅卷轴是如此明翠，却又蔚然生烟。我终于理解了中国国画的青绿山水。在江南雨中看到的山水，一定要用浅浅写意的浓淡墨色渲染；而武夷的山水则只能用青绿山水画法去点燃色泽，因为她原本是那么明亮。站久了，就会有出尘之想，似乎如陶潜般"风飘飘而吹衣"，而绿水行舟之旋律，亦伴了我一路。

在天游峰顶遥望许久，我和杨柳慢慢下山。有些地方就是这样，你千里迢迢来到这里，但最美的瞬间只如吉光片羽。当以后闪现在记忆里面的时候，你会觉得那样的地方、那样的色彩是不真实的。而你遥想的当儿，天穹严严实实地笼罩着尘世的生活，似乎不会有缝隙。

下了天游，我们去了一线天。如果说在天游峰上排队，能赏心悦目看景色；在一线天外排队，感觉就很绝望了。只知道人往洞里在挪着，不知道那黑乎乎的所在，有啥可看。不过既然已经排了队，总得到此一游了。

这样的等待超过了我耐心的限度，在十分烦恼的时候，我看到了一线天，天下的一线天其实都差不多，唯一不同的是这里的高处，借微弱的光往上张望，可以看到许多白蝙蝠倒挂在那里。我想它们也一定很烦恼：怎生每天有那么多人排队进来，拍照吵闹，安静生活怎么如此难得？据说再往前走，是试验胖瘦的地方，只有一人贴着身子可过。我和杨柳都很瘦，没有兴趣以身试石，所以我们决定从中间的岩洞处撤退，不再往里继续了。

一线天就结束了，我们准备去虎啸岩。我们看到景区有很明确的箭头指示虎啸岩的方向，于是前行。在山路上走了一段，我们不太放心，又询问了一个导游，他没精打采地告诉我们："没错，是这个方向。"于是我们很有精神地往前走。感觉上上下下，经过了"千山万水"，却仍旧是山路回环，似无尽期，此刻我们似乎只剩赶路了。

大约走了四十分钟，我们终于发现了一个指示牌，明确告诉我们：从一线天到虎啸岩，一共是 1700 米，难怪那个导游没有兴趣回答我们，难怪我们没完没了爬上爬下。

虎啸岩其实有些平淡，只是一处平整的峭壁。最让人不能忍受的是，倚着峭壁的又是一个巨大的崭新的石佛，据说还是某某人捐赠的。反正佛前面，总是香烟鼎盛，总是有许多临时抱佛脚的民众们。

我们就不想逗留了，远处是我们最想看到的标志："出口"，那个标志指向的好像是一条很"渺茫"的山路，再走过去一些，我和杨柳就相视而笑了，只见路边明确标着：至出口处 800 米。唉，又要开始奔波了……

下午我们去了此行的最后一个景点，大红袍，也就是那岩茶生长的地方。我们一路走在山谷之中，岩壁两旁不时有秀美的黄花，路边是小溪流水，水光向前流动着，同时流动着的还有数不清的小鱼和鱼影。

大红袍生长在岩壁的中间，上下都是峭壁。那峭壁非常润泽，有泉水隐隐流淌，一共是六棵茶树，神采飞扬。我不由感叹：狮峰龙井诚然珍贵，那御封的老龙井树也有十八棵呢，三倍于大红袍；而且大红袍只能仰视，老龙井树却只消你拾级而上，就可触手而及。这么对比起来，倒还是大红袍珍贵了。

无论如何，好茶叶生长之处总是绝佳之境，我虽没有机缘一品那六棵茶树泡出的茶叶，却可在此天地之间，尽情汲取山野的气息，感觉自己也像崖上的那些茶树一般，神清气爽。其实，这些天来，我和杨柳携手在此佳山秀水中行走，又有哪一天不神清气爽呢？

武夷之行结束了，等待着我们的是厦门的海滩和久违了的周昌乐老师。

## 厦门和周昌乐

从武夷山到厦门，只需要五十分钟的飞行，天色明亮的时候我们就已经来到了这座海滨城市。听说厦门不大，所以我和杨柳没有执行周老师的吩咐——打的，而是坐上了机场小巴，到火车站转车去厦大。等了好久，巴士才开；而巴士一开，我们就后悔了：想不到厦门的交通如此阻塞，有那么多个红绿灯在迎接我们。从机场到火车站，硬是把天亮变成了天黑、硬是开了一个多小时。我和杨柳非常焦急，准备一跳下巴士就打的。想不到在火车站连出租车也叫不到，于是坐上了一辆"错误"的 21 路——是一辆兜圈很多，又没有空调奇热的车。从六点折腾到了八点多，我们才到达厦大。周老师早已在车站等得"望穿秋水"了。三天之后我们才恍然大悟，因为我们在一份报纸上起码证实了一件事情：厦门的公交车速是全国最慢的，平均每小时 12 公里；厦门的公交车也是非常陈旧的。

周老师还是照旧，甚至好像比杭大的时候更加年轻了，大概是因为胡子刮干净的缘故。他带我们去吃素面，在等待的时候，他自得其乐地看周围墙壁上的书画。面条来了，他过来坐下了，让我和杨柳非常惊讶的是，没说上两句，他突然问我：

"你为什么还不要孩子？"

我说："主要我一直没有时间。"

"孩子好啊，我的女儿可好了！"——什么时候变成贤夫良父了？

"你看我老婆，孩子也生了，硕士学位也照样拿了。"——是吗？佩服佩服。

"有孩子不耽误工作的。"——现身说法？

然后周老师开始以理工科的严谨来给我们安排厦门行程了：

"明天你们一早去南普陀寺，就在厦门大学旁边。七点起床，八点出发，玩半个小时；九点坐 82 路公交，到胡里山炮台，玩一个小时；十点半到珍珠湾，在海边玩到十一点半，然后给我打电话。我们去白楼吃上海菜，中午休息一下，我订了场地，下午去打羽毛球。"——明白明白，不敢有违。

我和杨柳住在厦门大学招待所，早就听说厦大的景色是全国大学中最优美的，所以强烈要求周老师帮我们在厦大订房间。吃完面条回厦大，暑假了怎么还那么热闹？又见到处是玫瑰花簇拥，终于明白了一件事情，今天竟然是七夕节，唉，已经好久没有看见小西了。

想到接下来的旅游，不由很高兴，其中最重要的一点是，我们终于可以在平地上慢慢走了。

第二天一早我们很精神地起来，准备严格按照周老师的步骤实行。

先是到了南普陀寺，其实住在厦大招待所，远远就可以听到如海涛般浑厚深远的钟声了。南普陀寺坐落在一座小山上，是中国南方最大的佛寺。它的殿堂和其他佛寺格局差不多，与众不同的是，在它左侧，有一个佛学研究所，这让我肃然起敬。现在的许多佛寺，早就涌入了功利的、经济建设的潮流，而僧尼也成为一种旱涝保收的职业，这和佛教的初衷相去甚远；而前来拜佛的民众，也根本不知道何谓真正的信仰，只求解决一时之问题。吉川幸次郎著作的《中国诗史》，毫不掩饰地下了这样一个判断：中国是一个功利的民族。初看十分不快，细想又无可奈何。但不管如何，在铺天盖地的经济浪潮中，总会有一些人坚持着静静地思索。就像这当儿，我看着佛学研究所的牌子，就已经欢喜异常了。更何况当年弘一法师李叔同曾经行此处，让我觉得香火繁盛、人声鼎沸之后，藏着一种大宁静。

我们在佛寺中信步闲逛，不觉来到后院，看到了石径引人渐往山上。我和杨柳相互望了一眼，同时默契地做出决定：我们不上山。经过武夷山之行，凡是台阶状的东西都让我们敬而远之。

我在南普陀寺买了一盒《心经》的梵音吟唱，准备回去细品五蕴皆空，结果这盒 CD 根本就放不出来，不过我也不太在意，因为我并不是佛教徒，没有机缘吧。

出了南普陀寺，很准时地上了公交车，我们去胡里山炮台。

此处景致门票甚贵，要三十元。里面陈列着近代中国购买的十几尊炮，其中最著名的是晚清时从德国克鲁伯兵工厂购进的巨炮。这些炮就静静陈列在海边，所以，我也见到了厦门的海。说真的我很失望，海水是泛着白沫的淡绿色，远远可以望见一些小岛，不开阔也不震撼。后来的感觉一直证实这一点。作为一个居民，生活在厦门很舒适；作为一个游客，厦门的海就不过如此了，它没有力度和色彩。

胡里山炮台比较乏味，看完炮之后就只剩一些毫无联系的奇石陈列馆和枪剑陈列馆，大有凑景之嫌。可能是我的偏见吧，我一向不喜欢看一个像、一座炮，或是一口井之类的东西。最惊讶的是，总有人爱在那些被镌刻出来的地名前面拍照，证明自己到此一游吗？

我们很快离开了胡里山炮台，觉得还是要去海边，好的海滩边。于是到了珍珠湾，时当艳阳普照，珍珠湾的沙滩一片耀眼，目测一下就知道温度惊人。想找个树荫看海，海边不远只有一长片矮矮的棕榈，可怜此刻连倒影都没有了。突然想起昨天周老师的热心推荐：珍珠湾你们可以玩很久，海边有许多健身的东西，你们可以锻炼身体。在棕榈林边确有几个健身器械，就是现在全国各个小区都会有的色彩鲜艳的那种。我和杨柳实在没有周老师这么热爱生活，到处找不到坐的和有影子的地方，我们准备撤退了！

于是去找周老师的办公室，这当儿，我们要做天下最煞风景的事情——宁愿躲进空调房也不愿漫步海边了。

其实我们应该叫周老师作周院长了，他已经是厦门大学信息与技术管理学院的院长了，我们本应该肃然起敬的，可是由于当年我们是打羽毛球的那种师生关系，所以就略有不敬了。学院在海韵园，真没有想到地理位置如此优越，无遮无掩，正对着珍珠湾海滩。

终于找到了组织，周老师带领我们参观了他的众多实验室：实验项目有计算机与中医的结合、计算机与诗歌的结合、计算机与音乐的结合等等。周老师真是个天才，而我是典型的高科技盲，所以只能望尘膜拜了。不过我还是坚持，计算机创作不能取代人的创作，无论是诗歌还是音乐。鉴于我在计算机方面的白痴级水平，我最终只能总结出：实验室的缺点——几座楼是依斜坡次第建造的，上坡太辛苦；实验室的优点——空调很舒服。在这里我们见到了周老师的爱女，一个很聪明活泼的小女孩，她的名字也很好听，叫作丁零诗音。

很快我就抓住了周老师的马脚：

首先，在他的办公室里面贴着一张纸，是师母在出国前写的，上面密密麻麻陈列了零零从起床开始要注意的每件事情——周老师其实一点都不用操心女儿的，当然可以成就事业了。

其次，在中午的饭桌上，周老师一得意就说岔了："为了这个女儿，她妈妈博士也没有考上。"——原来如此，昨天居然还对我信誓旦旦说孩子和事业不矛盾呢。

下午说好要打球的，所以我就吃了止痛片，戴上护腰，准备豁出去了。周老师穿着 T 恤、西裤，拎着三个奇差的拍子，一晃一晃走在前面。最令人"愤愤不平"的是，他居然很散漫地穿着一双沙滩凉鞋。我们不由问："周老师，你就这样去打球吗？""是啊！"他回答得很坦然和理所当然，"和你们打应该没有问题的。"——太过分了，唉，可惜我腰不好，不然！

走了一会儿，他突然恍然大悟："哎呀，我忘了换球鞋了。"——这还罢了。

让我倍感幸福的是在球场上，我站在旁边，看杨柳和周老师打。我曾经无数遍回忆当年球友们的动作，周老师的、杨柳的、陶永兴的、小琼的、梁健的、许启宏的……如今如梦如幻般历历在目，和我想象中的完全一样，好像时光倒流了，好像从来没有分离过！

当年毕业的时候我们说过，五年打一次球，现在已经十二年了，我心里一直重复着"千里迢迢"四个字。

"你也打一会儿呀！"杨柳和周老师在招呼我，虽然整个腰像是卡住在那儿，我还是上了场。

想想自己好痴，自从在杭大迷上了羽毛球，从此之后乐此不疲，其干劲令周围人都非常惊讶。原本以为到体院工作之后，大家都运动，我混在里面，应该没有人会注意，结果连体院的同事们都深表不如。终于十二年后，"成果斐然"，如今打杨柳和周老师已经没有问题了。

杨柳和周老师都有些惊讶，不过还是周老师聪明，很快找到了原因："我知道我们为什么现在打不过你了，因为我们都生过孩子了。"——哈哈！

暂别周老师，傍晚时分回到了厦大。晚上，我和杨柳到校外的一个小酒店，点了几个海鲜把酒聊天。这样的时刻真是太舒服太幸福了——打完球、洗完澡，喝酒说话！

本日最完美的结局还在于，我和杨柳在厦大白城校门前的海滩，坐在沙滩上，看夜色沉入大海……

## 鼓浪屿和厦大

在厦门的最后一天，我们去了鼓浪屿。这是一个安静的，充满韵味的小岛，最适合散步，而且是要没有任何旅游任务的那种散步。

一下轮渡，就看到全国青少年钢琴比赛的大标牌，其实我们早在机场就已邂逅这则广告了。不由想起了侄女小蒂头，她是这么热爱钢琴，我想她长大后一定会来这个充盈着音乐的小岛的。让我觉得惊喜的是，远处似隐似现地传来了二胡声，拉的是二泉映月。让我在这遥远的地方，想起了江南。此时的江南，正值凌霄满院、荷花盛开之际。而我却在这海边，聆听无边无际的风声………

鼓浪屿是一个绿色的小岛，各种近代的建筑掩映在高大的榕树之间。这些建筑并没有被搬迁一空，而是依旧无拘无束地住着人家。我最喜欢看人家院落里面种植的植物，在盛夏的南方日光之中，似乎都泼洒出亮绿色的光芒。而那些灰色的石建筑，总是和谐地掩映在榕树千丝万缕的灰色须根之下，好像这样相依相携已经几百年了。尽管岁月流逝，却仍旧生机勃勃。我突然想，要是认识这小岛上的一户人家就好了，我就可以在这里稍住几日，真正享受这里的静谧与绿意。

其实这个小岛最优雅的气质，就在于小径人家之间。所以我们没有上日光岩，也没有去海滨浴场，只是很闲散地走着、走着。在钢琴博物馆，我买了一个三角钢琴的模型，准备带给我可爱的侄女。希望音乐之岛的音乐声，凝结在这个小小模型之中，让我一直带回杭州，带给小蒂头聆听。

我们没有如赶命般，再去集美游玩，而是早早回了厦大。晚上请周老师吃完饭，他和丁零诗音带我们在厦大散步。

没来厦大之前，以为厦大是蔚蓝色的，那是大海给我的错觉；而真实的厦大，建筑却是很古典的暗色调。最有名的芙蓉楼，墙面是深沉的红色和灰色，栏杆是泥绿色的，与飞檐上的碧瓦遥相呼应。所有的建筑，又都掩映在热带高大挺直的树丛中。这样的色彩，完全可以让人忽略厦大周围美好的海滩，让人回到二十世纪初的岁月之中；这样的色调，又始终给人沉思的心境，让人不会急急忙忙漫无目的地奔跑。我希望，这样的校园不会改变。

想起我和杨柳共同的杭州大学，(20 世纪) 90 年代初，还是红色或灰色的砖墙，带给人旧旧的但又温暖的气息。仅仅十几年过去了，杭州大学的校名已经不复存在，为了成就全国最大的大学，它被并入了浙江大学。去年暑假同学会的时候，我到了当年住过的 5 舍，这个建筑已经被搬迁一空，准备拆除了，我用相机留下了最后的印记；我们一起打过球的体育馆，如今是一个幼儿园，而操场则荡然无存。听说整个杭大都已经被卖给房产商了。那么，我们当年的一切，从校名到校舍，都将再无踪迹可寻了。同样让人痛心的是浙江大学的之江校区，19世纪初期的教会大学，郁达夫曾经在那里留下了美好的散文，听说也已经卖掉了。

希望厦大不会，永远保留这样的气息，这样穿越时空，有着厚重历史感的气息。

沿着高高下下的小径，周老师带我们来到了一处所在，是别的大学不可能有的景致——厦大竟然有一个美丽的小水库。我们到的时候，天色已晚，越发显得湖面深远起来，沿湖是树木起伏于夜色之中的轮廓。

现在我有点理解周老师能够弃杭州而去的原因了：他可以在他珍珠湾的办公室尽览海景，他可以在美好的厦大闲适散步。据说他每天上下班都是走路的，一路好景色，走半个小时，一路思考问题；据说他也没买什么房子车子，不过是租了一个学校的教工宿舍，里面是满房间的书罢了。想起当年，我还是在他的小单身宿舍里面借的王国维的《人间词话》呢。可以这样，一辈子简单，却又一辈子不简单，真是很高的境界啊。

逛完厦大校园，我们就和周老师说再见了。不过这次不会再像当年杭大之别，别后就杳无音讯了。如今我们联系上了，相信永永远远不会再断线了。

晚上静静躺在厦大招待所，我有一个问题一直想问杨柳：

"杨柳，你是否能听见总是有种声音在响？"

"是啊，我也能听见！"

"那是什么呢，是海浪吗？"

"好像是的，一阵一阵的。"

于是，在一种真正的静谧之中，我们渐渐沉入了深蓝色的梦乡。早上，将会有南普陀寺悠远的钟声伴我们醒来的……

# 广州和朋友们

我和杨柳是赶在台风之前拜访广州的,到了广州白云机场,外面已经是风起雨斜了,还好有罗书杰来接我们,又有阎锋派车过来,我们才能够"千里迢迢"地从广州的新机场赶往梁健那里。

广州已经全然改变,抑或是我已经把十二年前的广州全然淡忘,但是没有关系,依旧是那种亲近的感觉,因为这里有那么多的朋友。

首先到了梁健家,和平家园。一进家门,就看到墙上贴着一个鲜艳的长颈鹿,是量小孩子身高用的标尺。梁健,不再以当年那个打各种球、到处游玩的形象出现了,而是一个标标准准的贤妻良母啦。她和十二年前没有特别大的差异,最多更加淑女了,穿着深色的裙子,长发披肩,形象不错啊。梁健的家是一个温馨的小三房,我们仨坐在沙发上,首先不是问候各自的状况,而是关注梁健的那个小帅哥陈曦。没想到梁健能生出这么神气这么可爱的宝宝

——这么说梁健一定又喜又恼。整个小三房里萦绕的都是诸如《三字经》《诗经》、莫扎特音乐、朱自清散文之类的"旋律",看来"从娃娃抓起"已经深入人心了。梁健的小帅哥身陷各种各样的火车和轨道之中,玩得不亦乐乎,初次的印象让我不得不预言,这小家伙以后定是一个理工科的高才生。

窗外似乎有点可怕,台风呼啸、雨水横注,但无论如何这一切都不会阻隔我们晚上的聚会的,期待着黄焰昆、罗钧、何颖怡。有趣的是,他们自己也已经很多年没有聚了,如若不是

我来广州，他们还不知何时见面呢。

我们仨一到楼下，就被雨水撞个满怀，这个时候雨伞根本不顶用了。本来我们打算步行至对面，聚餐的酒店就在小区的对面，但是迫于台风的威慑力，只能连滚带爬地上了一辆出租车，最后浑身透湿地坐在包厢里面。不由得令人担心，这样的天气，那些久违的朋友会来吗？

让我感动的是，罗钧、何颖怡都冒雨而来，等了一阵子，黄焰昆也出现了。有一种感觉很奇妙，那就是，十二年不见的朋友，乍一见会觉得有变化，有岁月的印记，但是交谈不过几句，就觉得每个人都丝毫没有改变，还是那样的语气，还是那样的笑容、那样的目光。除了我，他们几个都是学金融的，而且都是从事或者曾经从事银行工作的，所以话题以银行为主。其实听朋友说话就是一种幸福，当年他们在杭大的时候，习惯用粤语聊天，我也能在旁边静静听着。

最让人心满意足的一点是，我的所有的朋友们，他们都过得不错——不是特别富裕的那种，而是很踏实的、很温馨的小日子，并且完全是凭借自己的努力。

有趣的是，大家都认为我是开会路过广州，我简单地解释："没有什么会议，就是来看看你们的。"

但朋友们似乎不满足于此，接下来他们不停询问我："要不要去喝茶？""要不要去越秀公园？""要不要去白云山？""要不要去看船？""要不要珠江夜游？"听到这些，我只好又不停解释："我不是来旅游的，其实广州没有什么可旅游的，我是来看看朋友的。"但是，心里非常温暖。

无论如何，我的广州之行还是被朋友们填得满满的，而且也发挥了广州的特色——以吃为主，最重要的是，我和球友们终于又在一起打球了！

　　广州的羽毛球事业果然发达，球馆设施很不错，塑胶的地板，更衣室很大，还有热水淋浴，运动真正成了一种享受。阎锋的拍子和球都不错，让我打得非常过瘾。这下聚了好多人，小朱、梁健、罗书杰、张云帆，连罗钧的丈夫都乘兴赶来。大家轮流着上，每个人都很尽兴。当然了，我终于又和梁健一起打球了，我们这对杭大当年的女双搭档。梁健调侃我："你哪是女单呀，分明是男单啊！"

　　打完球，阎锋请我们去兰圃喝茶，大家像读书时一样打扑克牌聊天，四周都是幽兰碧树，十分惬意。接下来节目接二连三，终于去了广州闻名的越秀公园，去看了体院毕业的学生孙冰洁，还去了一个我心心念念的地方——中山大学陈寅恪先生的小楼。

　　中山大学的色彩比厦门大学要浓郁，有许多红色砖墙的房子掩映在高大的树木之中。我在一个静静的院落外流连了许久，这里曾经住着我最景仰的陈寅恪先生，我拍下了他的小楼，半开玩笑对梁健说："我要把这张照片放大，挂在我的书房里面，鞭策自己！"其实自知才学太疏陋了，但求尽力罢了。

　　原本以为高潮到此结束，没想到更令人记忆深刻的时刻还在后面。罗书杰对我说："说好要吃生蚝的，我们去吃吧。"想到这是我在广州的最后一个夜晚，以后也不知何时会再来广州了，我答应了。于是我、孙冰洁和罗书杰开始了寻蚝之路。

罗书杰只熟悉自己家周围的生蚝摊，一路上他打了很长时间的电话，询问朋友附近何处可以吃生蚝。终于，他把我们带到了一家小店，只听他和老板娘比画了很长时间，上来了两大盘菜：一份是葱爆生蚝，一份是香辣蟹。说起来广州菜虽然美味，吃多了总觉得口味太淡，所以一看到这两份菜，我胃口大开，生蚝和蟹一会儿就被我们吃完了，此时夜色已深，我也心满意足了。没想到罗书杰语出惊人："我们吃错了，不是这种，再去吃那种带壳的吧！"啊，竟然有吃错的事情发生！于是又是长时间的打电话咨询，终于在出租车的带领下，我们到了江边的一条小街，暗暗的灯光。在一个小弄堂里面，我们看到几十个烤在火上的生蚝，壳都已经焦了，但壳里盛着的是雪白的肉，并且不时有汁水飞溅开来。于是在一户人家的楼顶，我们三人继续吃生蚝，终于吃到了罗书杰认可的那种，吃完之后，罗书杰却说："唉，这不是味道最好的那一种，只好以后有机会再吃吧。"我打趣罗书杰："看来我要专门写一篇文章了，名字就叫作《寻蚝记》。"

在寻蚝记的高潮之中，我的广州之行算是落下了帷幕。八月八日上午，我告别了梁健，罗书杰送我去机场。几个小时之后，我给小西发消息："我到了"，回答我的是很温馨的五个字："欢迎回上海！"

于是，我从一个温暖的地方，又回到了另外一个温暖的地方。

# 重回牛头山

一

秋天是金色的。

2006 年 10 月 3 日我们一家——发展壮大的一家，重新回到了长兴、牛头山，这样的地方，在记忆中牵肠挂肚、辗转反侧了十二年，整整十二年！我、哥哥、爸爸、妈妈是如此激动，而小西、芳华（嫂子）、小蒂头也兴高采烈，他们也可以见到我们小时候生活的地方了！

车子出了塘栖，20 分钟就到了武康，在武康上了高速公路，清晰的路标告诉我们，距离长兴出口 58 公里，只需要 58 公里？只需要 58 公里！高速公路的路程短得让我惊讶，让我受不了，要知道，这么近的地方，却遥远得耗尽了我的青年时代。

我一直在想念小时候环绕着我们的群山，我一直觉得那里的景色很美，但我又一直认为，是否因为自己难忘童年时光，所以才爱屋及乌，觉得那里的一切都是好的。

我们没有先去我小时候生活过的牛头山，而是到了长兴小浦的十里银杏长廊游玩。车子只是不经意在公路的一处路口转了个弯，却带我们进入了恍若梦境的景地——秋天是金色的！

只能说：铺天盖地的是银杏树，金色的银杏树！这是一片神奇的山沟,到处是高大的、古意婆娑的银杏树。它们用几十年、几百年,甚至千年以上的岁月孕育神采,它们用天地间最清亮最澄明最氤氲的秋气酿造果实,于是纯蓝色的天幕与泥土色的人间不再是背景,反而变成了闪烁在金色背景上的装饰。满眼灿烂的并不是银杏那独特扇形的树叶,而是那满枝满枝数不清的金色的银杏果。它们缀满在天上,它们撒满在地上!

这个山沟只有一条窄窄的公路,车子慢慢地开,慢慢地移步换景,每一棵神采飞扬的银杏都令人不禁屏住呼吸,满心惊喜。终于眼睛渐渐习惯了这种色彩的震撼,静下心来,我们才发现,在高大的银杏树下,还有着其他浓烈抒情的色彩:柿子树竟也不甘示弱,模仿银杏的长法,每条树枝都被火红色沉沉地压弯;柿子树的下面是长兴特有的吊瓜,每个农家小院都会搭一大片棚,而棚上吊着青色的、黄色的,以及金红色的吊瓜,展示着它们从青涩到成熟的历程。它们似乎不是安静地生长着的,而是在我们的眼前跳跃而过,一闪一闪!

所有的人神情都很陶醉,我则得意非凡。在故地重游之前,我特地在网上查了一下,发现长兴居然是个古老的地方,古老到存有第四纪冰川遗址的地步!而我们在那里生活了那么多年,竟一无所知。所以这次的行程,主要是我打听来的,首先去十里银杏长廊,然后再去牛头山。现在,我为自己的创意而得意,我为曾生活于斯而自豪!

好像开了很久很久,才开到了尽头。其实这样的十里银杏,不用开车,就应该慢慢地走,直走到自己也神采鲜亮为止。

我们到了一个任意的农家小院,点了几个农家小菜。在这个全国都在吃土鸡煲的时刻，我们吃到了真正的土鸡煲。于是杭州梅家坞的也好、富阳农家乐的也好，都被我们彻底否定了。而这里的特色——白果终于也上了桌。剥开白色的壳，里面的果肉不是通常见到的淡黄色，竟然是翠绿色的！真想象不出这么古老的树孕育出的却是这么新鲜的生命。热乎乎地吃到嘴里，咀嚼出的是清甜柔嫩的味道。看看爸爸妈妈、哥哥嫂嫂、小西、小蒂头，个个心满意足的样子，真是幸福一刻啊。

吃完饭我们到山上去转了一圈，在这山的尽头，竟然有一潭碧水，水边依山蜿蜒的是一排竹亭。水的名字很好听——"丝沉潭"，据说陈霸先曾垂钓于此。想不到南朝陈的开国君主竟然是长兴人，竟然是从这样的山水中出去一统天下的。如果是我，一定不会走出这十里银杏，一定会终老于斯的。

尽处的山上都是青青翠竹，无尽绵延。我们在竹林里面，把每个毛孔都汲满了清气，才舍得重回农家小院。小院主人很热情，问我们："你们接下来去哪里啊？"

我们回答："去牛头山！"

他随口道："牛头山，很近啊，你们翻过前面那座山就快到了！"

是吗？我心怦然而动。如果我们能弃车而去，翻山到牛头山，该有多好啊。

"唉，可惜我们开车过来的！"

看来大家还都是理智的，我们仍旧上车，准备走那绕好多好多远路的公路去了。

# 二

从十里银杏出来，左转，我们正式朝着牛头山的方向进发了。想不到这条路真的很漫长，其实路早已不是路了，不过是坑坑洼洼崎岖的小道罢了。车子颠簸着、震动着。迎面开来的全都是重型的装载石子水泥的卡车，路上漫天灰尘，简直不敢想象刚才的灿烂和明亮。路边依旧有山、有田野、有院落、有树林，甚至依旧邂逅了许多棵银杏和许多棚吊瓜，但所有的景致都在尘土中惨淡经营着、暗无天日着。

这样的道路，似乎注定我们要去向一个荒凉的地方，而那个地方，曾载着爸爸妈妈最有生机的青春年华、载着我和哥哥最难以忘怀的童年岁月。

在这样的路上，我们的车子每小时只能开20公里，颠簸似乎是无尽的，而对牛头山的感觉也越来越复杂。是啊，这块土地已不复当初：煤矿已经被开采得差不多了，浙江省与安徽省的租期也即将到期，长广煤矿公司重新迁回浙江；当年从全国各地来建设煤矿的人们，如今纷纷各散他乡。

牛头山到了，熟悉的远山、房屋和道路，车子似乎开进了一个凝固时间的地方，这里的一切，还保留着二十年前的模样，唯一的改变是，二十年前这里是充满生机的，而现在这里是颓废荒凉的。

我们的车沿着那条似乎都要废弃的小路，渐渐往医院的方向开。记得那条小路，当初有许多人晚饭后在此散步，当初我曾依着它去采桑叶。车子到了一个很小的路口，我和爸爸连忙说："到了，医院到了。"

医院的地势是斜斜往上的，尽处就是山。我总觉得入门的那个斜坡是整个医院最重要的地方，在二十年前，你往斜坡上一站，不出多少时辰，你就会见到那些熟悉的人们——他们或是要去食堂拿饭打菜打开水了；或是上下班、上学放学；或是准备去朋友家玩耍，去爬医院的那座后山。小的时候，我经常看到爸爸站在斜坡上张望，看我和哥哥有没有放学。而今，斜坡依旧，斜坡的左边仍然是医院的门诊和病房，右边是医院的家属区，却没有经行的人，整个儿笼罩在安静之中，物是人非的安静之中，只有初秋的树和草依旧繁盛甚至胜过当年，就像杜甫回到了长安的所见：行人寥落，但是草木更加疯长。

我们把车停在医院的仓库前面，这里原来是小伙伴永永的父亲工作的地方，仓库过去一点是医院的托儿所，我曾在里面寄住过几天，据说比我大一岁多的哥哥曾经奋不顾身雨中背我回家，但每次他和我提起的时候，都遗憾地发现我很茫然地看着他。我有印象的是托儿所前的那堵矮墙，那个时候我和哥哥，还有一群小伙伴经常隔着矮墙打沙包。

下了车，大家都站了一会儿，没有说话，只是四处看着，斜坡上没有人经过。在斜坡的对面，停着一辆中巴。我、哥哥、爸爸、妈妈，似乎是同时一齐看着那辆车子，那辆车子上有人，车子上的人也看着我们，就这样，时间凝固了很久。

终于，车上有人犹犹豫豫地下结论了："是不是李钢啊？"李钢是妈妈的名字，我们急忙走了过去，似乎是神奇的一刻，那车上突然探出好几个脑袋，那么熟悉，却又那么陌生。熟悉是因为那些是留在医院的为数不多的当年的护士，而且是和我妈妈同一个科室的。陌生是因为如今她们都已经满脸皱纹,非常沧桑了。而我小的时候,她们是正当青春年华,正在憧憬着爱情的小护士们。我在心里把一个个名字和她们对应上,她们虽然苍老,但依旧是那么亲切。我突然有了一种释然的感觉:我如今,已不再为惊风飘白日而感慨了,因为二十年过去了,我也已三十多岁了,人生应该就是这样,我们过着每一天,只要我们过好每一天,就无须感叹青春不再、渐渐老去。一切都是那么自然而然,无须勉强;而逝去的和即将到来的一切又都是那么深情缱绻,值得经历。真正的人生,何必不喜、何必不怒、何必不哀、何必不乐?而你只要一直是真情淋漓的,那就是值得的,无须感叹的。

重逢让每个人都互相端详,激动欢笑。这次来,很多人都因为时日的关系,再也无法联系上了,我们本不抱奢望。而现在,竟然这么巧,过去的那根触动人心的弦又续上了。是不是至诚会感动天地?那么多年来,我和爸爸、妈妈、哥哥经常都会做重回牛头山的梦,而现在回来了,似乎上天安排好了,特地集合了这么多人在一辆车上,一辆准备去长兴参加喜宴的车上,让我们相见!

短暂的相聚后又是离别,车子开走了。我们一大家子走到了医院的家属区,那第一排房子就是我们在牛头山的第二个家,两层的房子,我们在西侧的第一间:红色的小木门、蓝色的窗纱。门前是高大的水杉,房子的一侧有一棵紫荆。走过去是小伙伴王瑜华的家,楼上是永永的家。夏夜的时候,每户人家都和自家的竹椅、竹凳全体出动乘凉,那个时候有萤火虫飞来飞去，有夜来香欣然开放，有山间清凉的风徐徐吹来。

再往后走，到了第二排房子，哥哥在嘴里念叨："这里是小陆漪的家。"陆漪是哥哥的童年玩伴，非常优秀的一个小朋友，是他们年级的大队长，哥哥经常提起他，说到他的时候既有深厚的友谊在里面，又有几分佩服崇拜的意思，是啊，陆漪在我们眼里是一个学习出色、人品出众的人，可惜哥哥离开牛头山太早，和他早就断了联系。走到第三排房子，哥哥说："这里是周卫的家。"周卫是哥哥的同学兼乒乓球球友，他们经常在医院食堂里面打得昏天黑地。

第四排房子是我们在牛头山的第三个家，也是生活得最久的一个地方。和印象中不同的是，我们家门口的那片地怎么只有巴掌点大啊？记得我可是在里面种过很多花草的，甚至还种过一棵梨树。不知何时开始，门口对面的土地也搭上了棚，种起了吊瓜。在我们那个时候，我和哥哥可是在春天的时候把地雷花的种子撒得到处都是的，到了夏天，各种颜色的花朵就开放了，陪伴我们乘凉。

小蒂头是个非常善解人意的孩子，看到她爸爸和姑妈原先生活的地方，非常激动。小西和邵芳华也很高兴，我们在"自家"门口的阳台上留影，那里曾经留下过一帧照片，是我、哥哥和小伙伴们的，而现在，我们回来了，我们的小伙伴们，却散布各地了。

爸爸妈妈去看望好友了，我们四个则准备去医院随意转转。我对哥哥说："我们去后山吧！"于是我们沿着熟悉的台阶和小路上山，已经看到后山很亲切地注视着我们了。走过去、走过去，却发现到处是人家，无路可上了。哥哥说："我们往那边的小门走吧。"于是又很期待地走过去、走过去，那扇熟悉的小门居然被砌得严严实实，依着墙有一个歪歪扭扭的梯子。难道上山的路都被堵住了吗，难道现在的人们不再爬山了吗？哥哥勉强爬上梯子，向后山张望着，那座我们每天都会去的山。山上有荆棘，有野花，有糖罐罐，有小苹果，有我们的"花岗石宫"；山脚有牵牛花，有永永家种的地瓜、南瓜……现在我们回来了，它却向我们关上了门，确切地说，应该是人们阻断了通往山野的道路。我们只好在山的注视之下，离开了它，离开了想念二十年的它。

剩下的时间，我们随意在医院里面散步。从那扇堵住的门折回去，再往南走，是澡堂、开水房、是食堂。食堂依旧暗暗的，里面那间是职工蒸米饭的地方，记得我和哥哥经常中午拿着饭盒，小心翼翼放在那个蒸架上。到了傍晚这里会很热闹，家家户户都会来"认领"自家的饭盒，蒸汽还未散尽，米饭暖暖的香味非常好闻。

食堂的一侧开了一个小窗，现在还有卖包子和馒头的，我不假思索地跑过去，对里面的人说："包子多少钱一个？""可以，五毛一个。""那好，我要四个。"拿着热乎乎的菜包，我心里竟然是那么激动，我、我们终于又可以吃到长广煤矿公司医院食堂的菜包了！想不到最着急的是小西，开了那么久的车，他可是饿了。拿起一个，就大吃特吃起来，一边评价："这包子好大，皮很厚啊，不过馅很好吃！"包子是很大，沉甸甸的，我准备当作明天的早饭，细细品尝，细细品尝小时候的味道。

我们穿梭在门诊、内科病房、外科病房，这些我们小时候任意出没的地方。我特地去了当年的医院图书馆，正是在那里，我和哥哥借了一沓又一沓的书，而那些书，陪伴了我小学与初中的岁月，一直影响了我的一生。房间的小铁门紧锁着，旧旧小小的平房，站在外面，我甚至不敢相信那小小的建筑里面，当年曾放过那么多文学著作。

　　建筑虽然已经非常陈旧了，最让人欣慰的是那些参天的树木和欣然可爱的花草，它们还在，而且更加茂盛了。芳华和小西都说出了自己的意见："你们小时候住在这样的地方不错啊！"是啊，我们的乐园，现在用心去感受，仍旧是那么美好。我那么怀念这里，除了人的原因之外，更重要的，还是这里有真正的自然吧，那山、那树、那满医院的绿意。多谢芳华和小西能够理解我们！多谢小蒂头在这里玩得那么兴高采烈，和我们小时候一模一样！她虽然只有六岁，竟也是性情中人呢。

　　我们走完了医院，和爸爸妈妈会合。哥哥希望回长广公司一中兼附小去看看，那是我们读书的地方。于是车子离开了医院，外面又是颠簸的道路，一路是灰色陈旧的建筑。那些房子和街道和二十年前并无差别，只是二十年前是崭新的，二十年后是破旧的罢了！

　　很快到了学校，由于放假，学校很沉静：长满杂草、布着煤渣道的操场，简陋的楼房，破破的篮球架，一切都是那么荒凉，那么空荡荡，以至于四周的山风可以直接穿过学校而去。就是在这个操场上，我们全长广的小学生、中学生曾集合在这里，接受检阅。那个时候我们穿着雪白的衬衫，戴着鲜艳的红领巾。

开道的是神气的大鼓手，后面是一队队小鼓队，队伍是那么长，从学校一直检阅到中心的街道。那么多年少的面庞，那么激动人心的鼓声，如今恍然消逝，只剩下长满杂草的旧日操场。

门口站着一个值班的老师，他告诉我们，这里的生源已经严重不足，学校马上要搬走了，然后这里就要彻底废弃了。爸爸妈妈见到牛头山人，就觉得很亲切，他们告诉老师："我们是从牛头山出去的，我儿子女儿都曾经在这里上过学！"而牛头山人对这样的故事，其实已经非常稔熟了，这块土地一直在上演着悲欢离合，确切说来，是离多会少。我也走过去，静静听他们交谈。爸爸说："那个时候，'文革'还刚结束，由于我的缘故，我女儿小学都差点上不了。"妈妈说："是啊，我还哭了，多亏有个陈老师，非常仗义，她当时就收了我的女儿做学生。"是啊，这是我最记忆深刻的事情，虽然当时我只有七岁，但我始终记得陈老师当年断然的神情："你们不要，我来要这个学生！"不知陈老师现在在哪里，其实这么多年来，我一直在挂念着她。爸爸随口说："陈老师，就是陈月胜老师。""陈月胜？！她在啊，她一直住在学校附近，我带你们去！"值班的老师很高兴地告诉我们，于是，所有的人都很惊喜。在他的带领下，我们来到了学校外的一排砖房。"我就不进去了，陈老师就住在里面那头的那一间。"

真是让我不敢相信，这么近，就这么近！我们一行走进了那个院落，我一眼就看到了老师，她比原先胖了，脸的轮廓柔和了许多，但她的眼神依旧如当初般，似乎有几分严厉，其实更多的却是发自内心的坦然的注视。她很疑惑地看着我，看着我身后的父母，我还没有说话，她突然认出来了："郎医师！"她认出了我的爸爸！我连忙说："陈老师，我是郎净啊！"她笑了："知道知道，看出来了！"我想，在她心目中的我，应该是七到九岁的小丫头，她从小学一年级带我到三年级，此后我们见面就不多了。

我们寒暄着，互相问着近况。其实现在说什么已不重要，重要的是我们重逢了，重要的是只要有故人在，逝去的岁月就不再是虚幻的，不再是不可追忆的，于是我们生命中的每一寸痕迹，都变得那么刻骨铭心，并非如苏轼说的那般雪泥鸿爪了。

这是我的惊喜，是我们全家的惊喜！想不到告别牛头山之前，还能有这样的相逢。我们离开了牛头山，觉得十分尽兴，回到长兴，准备在那儿吃点晚餐回塘栖。

我随手打了同学钟萍的电话，告诉她我们的行程，其实她今天一直在和我短信联系着。她如今在长兴，许多牛头山人如今也都在长兴。

看来今天确实是收获的一天，不经意间我们又迎来了一个高潮：钟萍来了，还有她的丈夫；她又叫来了我们的同班同学郭萍萍；妈妈的同事吴国华阿姨也来了。似乎今天只有哥哥没有遇见故人了。

有一件事情一定要作为这次行程的结尾、这篇文章的结尾，因为这件事情把整个长兴、牛头山之行推向了最高潮，也是最戏剧性的一幕。那就是，最后一个走进这个名为长广餐厅的小酒店的，是郭萍萍的丈夫，竟然就是，哥哥念叨已久的，小——陆——漪！

# 云之南

那时候你更不会忘记

经过多年的流浪，多年的离别

这些高大的树林，耸立的山峰

这绿色的田园景色，对我更加亲切

半因它们自己，半因你的缘故

　　就如李白路过崔颢题诗的黄鹤楼，觉得无须再言；我每每读到《丁登寺》的结尾，也总是怦然心动，莫逆于心。而这次云南之行，和父母、多多一起，和学生在一起，和久违了的天地自然在一起，心中翻来覆去的只是这段诗句。好像流浪了许久，找寻了许久，很多东西以为失之交臂了，却发现它们一直在那儿，安静地在那儿，迷失方向的只是自己罢了。

　　不想赘述那衣食住行的整个过程，只是记录几个打动人心的瞬间或者久久徜徉的片段罢了……

## 大理的白云

　　刚到大理，惊讶于那火红的土地，然而不久，我就只能抬头久久遥望远山了。整个云南行，我总是觉得自己很没有想象力，反复感慨着同一句话："云南的云，怎么好像是整个趴在山顶，懒懒的，半天也不动一下！"云南的云是纯白色的，但是在阳光的渲染之下，叠加出各种层次的阴影，或亮或暗，让人惊叹原来白色也会有那么多的层次、那么多的光影变化；云南的云是浑圆的，大片大朵大团大群，似乎要承载不住自己了，于是三三两两趴在翠绿色、连绵的山上；似乎又是轻盈的，树梢也罢，草丛也罢，山尖也罢，虚空也罢，无论何处都能如蜻蜓点水般、凌波微步般、回风流雪般、牵着挂着立着卧着安静着……最可爱的方式竟是整个儿舒展开来趴在大山身上！如果你可以保持遥望的姿势，从早至晚一动不动，那么你会发现她亦可以从早至晚一动不动！不像东部号称发达地区的云们，颜色黯淡且不说，总是忙着赶路，慌里慌张、志向远大的样子。

白云下面居住的是白族。白族的居处也很简单，直接汲取天和地的色彩——白色和绿色。外墙的底色一律是干净的白色，在白色上面点缀着许多水墨色的花、草、山、水，还有书法作品。而路过每一家的院落，总让我不由得要往里张望一下，因为里面总种满了花草。瓦盆石盆，随意放置、高高下下。里面的植物，错错落落、尽情生长。无论是白色或者绿色，都充满着生机和诗意。从白色院落里面走出来的，却是桃红色上衣、雪白裤子的白族女子。清亮的歌喉，引来漫天翻飞的蝴蝶；灵巧的双手，扎染出漫天翻飞的色彩……

于是我们的小多多，在白云之下、蝴蝶泉边，也穿上了桃红色的上衣，戴上了美丽的头饰。一时之间，竟引来了众多游客举起相机。看来，也只有多多这样纯净的年纪和神情，配得上大理的青山、白云和盛开的鲜花了……

## 洱海的晚霞

车子从苍山脚下经过，苍山脚下是大片的玉米地，玉米很高，红色的穗子很精神。交替的是大片饱满的花，小雪告诉我，这些就是烟草了！车子掠过了三塔，三塔不是我们的目的地。网上有很风趣的说法："如果想看三塔，在外面看就行了；如果想连三塔的倒影也看上，那就只能买门票进去看了。"这次旅游，没有走太常规的路线，想能真正亲近自然。小雪在云南支教一年，做了一年的"卧底"，在她的带领之下，我们在大理，除了蝴蝶泉、喜州、周城之外，最重要的目的地就是洱海上的双廊岛了。

去双廊岛的路崎岖不平，我说了一句："我的心都要跳出来了！"多多也很兴奋地反复引用。不过崎岖的地方却是渐入佳境的地方，路边就是洱海。水边和水里都生长着树；水的远方照例是青山，是青山上百般变幻、百般慵懒的纯白色的云。感觉不是坐车了，而是骑着马在青绿山水的卷轴中奔腾跳跃……

终于到了建旁村的村口，车子再也开不进去了。于是大包小包地下车，多多就干脆坐在大拉杆箱上，由小雪姐姐和莎莎姐姐推着走。感觉真的是海边了，风夹杂着一股腥味扑面而来；两边是黄土或者石头搭筑的院落，很窄很窄的路。曲曲折折走了很久，看见很高大的石头房子，房子上面开满着鲜艳的三角梅，只能用张爱玲的方式形容了——那花是噼里啪啦一路燃烧过去的。这就是目的地了，爸爸、妈妈、多多、我、小雪、莎莎，我们包了一个很大的房间，很大的房间临水的一面基本就是玻璃，于是洱海就毫无遮掩地铺展在眼前——这是最佳的境界了。古人有所谓卧游，那还仅仅是躺在那里想象山水；现在我们是躺在那里，山水就真的扑面而来了。小雪说："到了太阳落山的时候，有了晚霞，那就更好看了！"

太阳落山之前还做了许多充实的事情——花了一大把的时间带多多在洱海边上扔石头，多多先前诧异这里怎没有沙滩——她还真当洱海是海了，后来就很欣喜地发现原来玩石头也非常有趣。最终结果是她整个儿坐进了水里，被抱回去换衣服睡觉了；我又花了一大把的时间坐在花边树旁石崖上，和小雪、冯蒙莎聊天，不像是师生，而是朋友了，很轻松随意。

然后出发，坑坑洼洼走了二十分钟，终于到了隶属于双廊乡的南昭风情岛。在农家小院大吃一顿之后，散步出去，穿过村落，经过玉几庵，见有巨石高下，垒成曲径通往海边。于是小雪冒着"风险"，抱着多多攀登。爬上高处，看到的竟然是世界上最幸福的一株向日葵——她静而矜持地昂立在石崖上，在她身后，是波光跃动的洱海，是滤去一切杂质的青山与白云，而她，则是金色的、枝叶张扬的！于是在小雪的一番折腾之下，多多被举到向日葵花朵的高度，和她一般汲满天地灵气，和她一般盛开了，小雪的力气有限，我们连忙把这美好的瞬间飞快定格。

等我们拍完多多，晚霞就不期而至了。纵然边上就是杨丽萍和赵青犹如城堡般的别墅，我们的注意力还是集中在那远远的天边。不知该如何描述那些翩跹辗转、变幻莫测的色彩了，突然忆起小时候看《柳毅传书》，龙女出现时，霞光迸射、照亮一切。又想起曹植的荣耀秋菊、华茂青松、朝霞灼日、芙蓉绿波；想起李白的日月照耀金银台、光景两奇绝……现在终于明白，那些神话、那些文字、那些想象，其实都是有自然作为底本的。在难以穷尽的霞光之中，远处有身影玲珑的玉几岛、乍明乍暗的群山，近处有光圈笼罩的小船、蓝紫飞溅的浪花，还有我们，在霞光之中发呆……

等我们回过神来，下得崖去。看见河岸边，村子里面的人，或三三两两，或十几二十，随意坐立，正在那边亲切自然地聊天，亦不笑话我们的错愕惊叹。不知怎么，又想起苏轼，他当年在海南，遇见的定也是这样奇思壮彩的自然，和这样自自然然的人们，那他是否亦如我现在这般，会生出些自惭形秽、自叹不如的感慨来呢？

## 束 河 的 水

去束河古镇是临时决定的。总是担心父母或者多多到了云南会有高原反应，所以不敢去丽江。然而到了昆明，一切都很好，并且爸爸妈妈郑重其事地提出："既然到了云南，石林是一定要去的，丽江也是一定要去的。"于是和小雪商量，决定不去商业气息较浓的丽江古城，而是直奔束河古镇了。

这样的决定，让小多多平生第一次乘坐了火车。让人忍俊不禁的是，多多作为00后，第一次坐火车，竟然是绿皮车！大理到丽江的火车，是久违了的二十世纪八九十年代盛行的绿皮车，想当初我坐那火车，从上海到杭州都要花上六个小时。一坐上火车，熟悉的哐当哐当的声音就来了，感觉是气势磅礴地往前冲着。大理到丽江沿途应该很美，然而却无法在火车上细细地赏，往往还没有看分明时，隧道就又来了——只知道穿行在群山之中，却无法与之亲切地对视。

到了丽江东站，叫了辆面包车，准备先去拉市海湿地，想不到大雨不期而至。我们只能放弃湿地，直接奔往目的地。路上有风斜斜穿过高大的树木，林间无数雨水泼洒而来。突然忆起小时在山中，清晨醒来，只听风雨潇潇，从山间延卷而来，心中就会很异样，好像人世间的一切都被裹挟在风雨中，和叶子一起飘零，被暴雨轻易穿越。小雪说："云南十八怪之一就是十里不同天，束河镇应该没有雨。"

确实，很快雨就被风吹往别处，只剩下倾吐着水的玉米、向日葵，汲满着水的土地和天空。几乎在同时，我们都看见了，在天边云下，半道彩虹，如梦如幻、如一抹薄荷与霞绮的影，掠过远山淡淡灰色的影。于是停车、下车，在清新的天地之间用相机记录彩虹，看着她渐渐氤氲，渐渐散去……

在无比的清新中到了束河古镇，古镇的建筑都是纳西族的，是纯粹的木头建筑。小小的街道，街道的中间是清澈空灵的溪水，于是房子成为了水的陪衬，于是水的气质充盈了整个小镇——随走随行的、任情任性的。

我们随便张望了一下，就找到了一个花花草草的小院落住下；随便在小街上行走，不知不觉就吃了一大堆东西：黄瓜、豆腐、烤肉；随便逛店，就买了一大堆可爱的东西：驼铃、披肩、银手镯……好久没有这么随性的感觉了。于是对小雪说："要是在这里住上一个月就好了，在这里心无旁骛，写自己的小说。"

小雪马上说："好啊，我做你的秘书好了！"我马上回绝道："这里吃住如此方便，要你干什么啊？""也是哦！"

话到此处即止，却真的心生此意。瞥一眼旁边的父母、多多，就有点不好意思，算了，只是在心里面遐想遐想，也是好的。此念方平，一会儿又心生贪念——要是竟在此处，和大部分束河人一般，拥有一个四方的院子，大木桌木椅、大瓦罐的花草、大遮阳篷子、大紫砂茶壶，养两条憨憨的大狗，并引水入院，上建小桥回环，曲水流觞，下有莲叶田田，该是多好？

正痴想间，撞见一处墙上的口号——"在束河古镇，只有白天和黑夜两个概念"。时光流逝，人们只浑然不觉，日升日落，随他去吧。老是向往那种缓慢自在的生活节奏、那种很唯美很艺术的生活方式，竟然在云之南感受到了。

这个时候，爸爸突然说："唉呀，我弄错了。"我们都望着他，他解释道："我还以为丽江是一条江，我们是到江边游玩，想不到是个小镇。""那你到了这里，感觉怎样呢？"爸爸郑重其事地下了结论："感觉还是很不错的！"

在我们说话间——清澈的小溪围绕着小镇静静流淌，茶马古道从镇边侧身而去；再远一些的地方，辽阔的金沙江穿越虎跳峡而去；再远再远，就是无法言说的香格里拉了……

## 昆明的聚会

7月11日傍晚，小雪、冯蒙莎、小茜、爸爸、妈妈、多多和我，相聚在昆明翠湖公园的荷花池畔，吃桥香园的过桥米线。旅行结束了，很圆满。因为自然那浑圆的天机，亦因为学生以及家人的美好情感。

小茜是我已经毕业的研究生，她是昆明人，把我们这次出行安排得体贴入微。她执着地邀请我们住在她家空出来的一套房子里，准备好了药、牛奶、鸡蛋、鲜花饼，还有云南最好吃的鹰嘴桃。她在邮件里面把一切都说得详细明白，甚至我回到了上海，还会再看几遍她写的文字："穿凉鞋、短裤，多多可以玩水；带防风服雨中游也没问题；比上海温度低很多，昼夜温差大，中午热，老人小孩热时切记不可脱衣，所以衣服尽量透气性好；自带复合维生素B、维C，防蚊露、平时较适合自己吃的感冒药、创可贴；饮食问题：务必吃普通的常见的上海也有的，不要好奇当地特色菜肴，回昆明再大吃吧。"我们到后来才发现，小茜所谓的她家的一套空房子，实际上是她爷爷奶奶临时搬出去腾给我们的。

小雪则是陪伴我们重新游玩一番。大理、丽江她早就玩过了，支教也早就结束了。她一直等在云南，等我们过去。一个有趣的小细节，在束河古镇，突然听到某小店有人对她大喊："美女，你怎么又来啦？"小雪在我们去之前把客栈都订好，一路上包车买票，照顾得非常周到；而冯蒙莎，是特地从深圳赶去云南，和我们同行。她对多多的耐心最好了，帮她细细擦防晒霜，和她一起唱歌，无论多多怎么闹，她都会笑着说："没关系，多多太可爱了！"

爸爸、妈妈是不消说了，他们对多多永远是照顾备至。爸爸充分发挥共产党员身先士卒的精神，总是抢着拿最重的包，在大理火车站还不小心摔了一跤。当然了，由于太身先士卒了，原本我们应该 5 点起床的，在他的带领之下，大家 4 点就起来了。多多每天的口头禅就是："让我再睡一会儿吧！让我再睡一会儿吧！"

说到多多，她也欣赏景色，不过她更在意的是和各个姐姐在一起玩。在昆明见到小茜，就投到她的怀里去了；在大理机场，见到小雪和冯蒙莎就激动万分，后来在车子上尖叫不已；旅途中如果有一会儿见不到姐姐，就要查户口："小雪姐姐呢？莎莎姐姐呢？"虽然她有的时候太过调皮，但这次旅途，对于一个三周岁的孩子来说，这样的表现真的不错了。我们从束河镇回大理机场，是包吉普车的。一路景色非常好，车真正在高山森林中穿行着，我们尽情享了那绿色的山野。然而多多是要晕车的，她几乎是一路吐过去的。每当她大喊一声："怎么还没有到啊？！"大家都非常紧张，因为总是有状况，要么是要睡觉了，要么是要吐了。还好那天我穿了一套打球的快干衣，就任由多多吐了。多多算是好宝宝了，只要她吐完了，她就又兴高采烈、有说有笑了。她也有点小小的幽默，当我们调侃她的时候，她会拉长声调、像唱歌一样地吓唬我们："怎么——还——没有——到啊！！！"

感觉所有美好都集中在一起了。在翠湖公园旁边，点了一堆秀才、状元、金牌米线。上来的是大碗滚烫的汤，然而表面却很平静，看不出温度的那种。其实日常生活亦如此吧，看似平常普通，内里涵着的，却是一种至美、至热的情感。

# 一闪一闪

夏季
闪闪烁烁地过去
白与黑
中间流动着的
是说不明看不清的昏黄
日子安排满了
于是如在无数隧道中穿行
只是亮或者不亮
只是跳跃或者停顿
…………

## 山——幻美的、壮美的，及家常的

2012 年暑假里，我们先去了张家界，游历了袁家界和天门山。

我们排了四个小时的队，坐天梯上了袁家界——天梯就是依崖而上的电梯。袁家界的山，虚无缥缈，含着水，含着太多的水。山很高，一如擎天之柱，山顶亦是蓬勃的松树。然而没有力量，只是如无数竹笋般巍巍立着，让人在云端，心里感到很惶惑，害怕当下即时，便会有沧海桑田之虞。而在山底下的时候，看那些远山的形象，似乎已经突破山应有的原则，各种轮廓状貌，一并浸淫于雾气之中。于是看到的不是山，只是水的形状。似乎楚人可以乘着舟，到水里，到山上，然后，直接就到天上了。然而，我并不怕欣赏一切灵动，我只是担心，接到天上的水，终归是要一泻而下，回到人间的。

只隔着半个小时的车程，武陵源就不见了，进入天门山，也就回归了人间山的模样，我们坐缆车上去，悬在几百米高的缆车上，看到的是莽莽苍苍的草，看到的是漫山的芦苇，山间有令人目眩的盘旋的路，那些路虽然令人目眩，却比袁家界踏实。山上是鬼谷子栈道，贴着万丈的崖走。心里也很惶惑，然而不是害怕山的幻灭，只是害怕人的幻灭。站着那无尽高的峰上，须臾风起云生，然而，也只是人间罢了。

后来到了河北，仍旧是爬山，感觉有点累了，倦了。去游历的地方叫野三坡，与张家界相比，很陌生的名字，也让人觉得殊无联想的意味。一路之上，看到的是崇山峻岭——我很少有机会用这个词，用这个词的时候，一种历史的风云气息扑面而来。突然想到，这里就是古代的边塞了，我所欣赏到的山形，似乎并非自然的山形，而是历来兵家眼中的沙盘舆图。山的险峻，亦更是人事的险峻。不过不知为何，后来这种感觉竟悄然退却了。

到了百里峡，人在谷底走着，天只是一线，然而特别明亮，谷里蔓草藤萝，密缀衍生，一律潮湿润泽，是绿色的——暗绿？明绿？水绿？青绿？我无法明确说出来，每一枝每一茎每一叶每一触须，里面闪烁的都是山中清泉与一线之天的亮度，而人走在里面，也有谷底幽花明的感觉。最让我震撼的是，走到深处，崖壁上只是无数的海棠！水红色的，无数个小光点，闪烁在沉沉的绿色之中。原来峡谷之中，竟是如此明亮的！

然后是上山，去白草畔。我们是爬山上去的，可以偶尔感觉到山的高度，然而大部分时间是穿行在绿色之中，看到山核桃树、榛子树、野葡萄，一路眼睛里还会跳跃出各种蘑菇来，山变得如此亲切。女儿多多，抱着个木头做的小松鼠。她要把它也带上山。在某个台阶，她摔了一跤，小松鼠也摔了一跤，一只耳朵就掉下来了。女儿哭了，她感到伤心；其实更应该伤心的是小松鼠，因为作为一只松鼠，在山上摔了跤，还掉了只耳朵，实在是不应该的。这一路就是那么家家常常，充满乐趣。行得很高，却感觉不到那逼人的高度。我们心中没有过多的期待，但结果却出乎意料。没有想到，山下是夏天，山顶正当春天。上面是一大片平缓的地，静静开放着无涯无际的山花。我从来没有看到过这样以远山高天为背景，色彩无边、缠绵怒放的山花！花就这么静静开放，我们静静看着它们，它们也静静看着我们。只有风，把气息互相吹送着，于是我们身上沾染了它们，它们的花瓣上也沾染了我们。这一刻，竟是我整个夏天最感动的一刻……

我想，过于灵动的，过于雄壮的，那些幻美或者壮美，只会在生命中一闪而过，它们闪过了，回想起来却似乎没有经行过，或者曾如朝圣，因为它们与这生命，隔着太远。而真正让我回味的，只是家常的、亲切的，可以用我的生命接受的一切。

正如陶潜说的："结庐在人境，而无车马喧"，不需要借助天梯或者索道，可以步行向上，可以在不经意之间，见到黄色的菊，或者紫色的海棠，或者各色的小花，可以马上就手拈一枝，直接融化到自然之中去……

## 人——人会让自己变老，让世界变旧

关于旅游。

好久没有见过那么多人了，在武陵源排队等天梯，我鲜明地感受到人的数量——可以沿着一座山向上排队，看不见上面，也望不见下面。似乎全体中国人都来张家界玩了。这个壮观的队，我们足足排了四个小时。小西说：我们在错误时间到了错误的地点。后来去北京，想着不会有那么多人了，没想到还是那么人潮汹涌。我问小西："大家不是都去张家界了吗，北京怎么还有那么多人？"小西朝我笑笑："他们也和我们一样，先去张家界，再到北京的。"我顿时释然。

如果说在张家界排队还能忍受，起码见到那些山水，觉得有希望。而到了故宫，则觉得大失所望。多多是一心冲着皇宫去的，皇宫在她小小的心灵里面，是如此神秘美好。要进故宫，首先要经过端门、午门。这一段不售票的地方，到处都是挤着坐、挤着站的人，在人的旁边，是各色小摊，卖廉价的清代小宫女的发饰。多多也买了一个，喜气洋洋地戴着，于是我们就一路走，一路看着上面的小花跌落。可能是不收门票、赚不到钱的缘故，这一带连垃圾桶都没有，直接是黑色的雄壮的大垃圾袋，敞口排队过去。我不由说："这里感觉是小商品市场和垃圾场了！"

想想旧日有推出午门斩首的传统，那些大奸大忠大英雄大枭雄，看到自己的归宿是这么混乱污浊的地方，他们是否会觉得自己既不能名垂青史，又不能遗臭万年，枉活了一生，二十年后也不愿意卷土重来了？还好多多不识字，在"小商品市场"的两边，到处是"后宫生活展""杨贵妃生活展""武则天生活展"的字样，不知杨贵妃和武则天和明清的故宫有什么关系？到底是人利用了鬼，在人间赚钱？还是鬼使了钱，让人推磨，让她们在阴间继续享受？好不容易进了故宫，感觉竟是一座旧旧的、褪色的城。地是凹凸不平、坑坑洼洼的，一切明黄、明红都黯淡了。故宫的门票成了一张出入证，人们走过一个一个的殿，从前门进去，从后门出去。大部分殿都紧锁着门，什么都看不到。快走到尽处的时候，开放了两个殿，当然门口是拦着绳子的。无数人挤在那里，脖颈被引领着向上或向里张望，可以勉强看到皇帝的御座。殿后是皇帝的御花园，御花园也感觉变小了，无数人在里面蹭来蹭去。

我想，故宫的门票不算便宜，为什么不能好好修缮？为什么没有人真正讲解？为什么对游客如此草率？我想，国人日常辛苦劳作，好不容易积攒了假期，花费了大价钱出游一趟，其结果是钱花完了，人累坏了，景却没有看清。他们在张家界、在北京，吃得不太好，住得也不太好。顶着烈日，走得歪歪斜斜。很多时间被带去购物，很善良地买了，很善良地把自己宝贵的时间卖了。而他们回到家里，是否第二天一大早，就又要赶去上班，然后他们是否会很善良地对其他人说：张家界很好玩，北京很好玩……

# 关于文津楼

旅游之后我去国家图书馆查资料。国图正在热火朝天地装修，于是善本书都被打包了，许多缩微胶卷也被打包了。我把宾馆定在国图总馆边上，是个大大的错误。我能查的资料，都转移到了北海公园旁边的文津楼。

查资料竟也成了惊心动魄的事情。从国图总部坐上一辆公交车，向文津楼赶。赶到的时候是上午九点四十。文津楼已经人满为患，所有的看缩微胶卷的机器都已经有主了。当然，有一些看着很悠闲的机器，上面都贴着一张白纸，写着"已坏"的字样，那机器大约有六台。只好坐在那里很没有希望地等——一般查资料都是整整一天的；何况我前面登记等机器的尚有六个人。于是开始抱怨：怎么没有人来修机器啊；怎么堂堂一个国家图书馆，只有二十几台看胶片的机器啊，多些又怎样了呢，不会买不起吧？

终究不想浪费时间，于是去查书。善本是不能看了，这个我早就知道；然而普通古籍呢？我报出了书号，工作人员告诉我："2和3开头的号都没法看。""为什么？""因为架子坏了，上周五刚刚坏的。"我都有点怀疑自己的耳朵了，架子坏了，到底是什么意思呢？于是调了一本无甚关联的古籍，在那里边看边等，一直到了下午四点，实在是没有希望了，于是撤退。

晚上就没有睡好，想着明天一早要去抢一台机器来，要起个大早。好不容易到了早上，很紧张地起来，去买了两个饼——这一点北京还是很不错的，到处都有烙得香香的、好吃的饼。一个饼当早饭，一个饼当中饭。步行十分钟到车站，等了十分钟上车，车上二十五分钟，下车开始狂走。一边走一边看了一下手机，还好，八点半——图书馆九点钟开门。

到了图书馆，在外面的小花园走了一下，还是不太放心，就进了文津楼的门，这才发现，抢机器是要从寄包的地方就开始的。已经有人一溜烟把包放在台子上，把东西都拿出来，准备随时冲上去了。我也连忙挤了进去，发现起码有十几个人在等着了。接下来时间一到，七手八脚递包、取电脑包。突然发现不需要电脑包，否则把东西放进电脑包的一瞬，好多人就上去了。上去之后连卡都没有刷就去占位置，又被叫回来登记。总算是尘埃落定，有了一台我的机器，这才定下神来。看书原本是件安静的事，想不到像打仗一样。

不停输入，一刻也不能停。想想北京来往上海的高铁票，想想每天的住宿费，时间真是浪费不得。中午就走到屋子外面，准备啃自己的饼。没想到工作人员过来说："这里不让吃，您到别处吃。"只好走到阳光直射的外面，快速解决，快速又坐回机器边上。

就这么不停总结经验，我终于成了每天最有效率、最快速的读者，一切程序都清楚干净，一点时间都不会轻易浪费。让人不明白的是，国家图书馆的效率却很不咋样，就那几台机器，到了周四才有人来慢吞吞地修好。周一就知道坏了，很可能上周就坏了，为什么要拖那么久呢？我把架子坏了，有些书没法查的事情告诉小西，小西对我说："你就对他们说，'我是来看书的，不是来看架子的。架子坏了，你们把书给我就行了。'"我恍然大悟，就理直气壮去找他们干涉，工作人员说："是这样的，架子坏了，书就锁在里面，拿不出来了。我们联系了厂家，他们一直不肯过来修。"哦，原来是这么神奇的架子，我就有点泄气了，只好说："我是从外地来的。""我们知道。"我发现这句话是多余的，国家图书馆，每天好多外地过来的人，他们应该早知道了。我在文津楼查了两周的资料，那个架子，始终没有修好，于是我想，中国的研究者，真是太可怜、太卑微了……

就这么每天来回，习惯了这种频率之后，我也开始有闲心关注一些其他事情了。首先要感谢的是北京公交系统的廉价，已经很久没有坐过这么便宜的车了——十三站路四角钱；其次欣赏文津楼的美好，文津楼就是近代的北平图书馆，建筑保存得很好。可以不用买门票，就闲闲地踱步进去，看那些精彩的石雕，看那朱红的门、琉璃的瓦，看飞鸟掠过飞檐；文津楼内部也很不错，坐在图书馆里面，顶非常高——我没有找到空调的所在，但每天温度非常适宜，比在上海图书馆好，上图太冷，还得穿长袖。图书馆里面非常安静，偶尔抬头看看窗外，窗外是绿树掩映着一角屋檐，这时心里就更加沉静了。

还有一件值得提醒读者的事情，也许只有我这个草民不知道，国家图书馆正对面的，有着警卫看守的，竟是中南海。我有一次没有提早过马路，就这么到了中南海的门前，想着等到绿灯，过马路去。无数辆车从我面前呼啸而过，等了很久很久，灯也没有要跳转的意思。我于是，只好趁着车少的时候，直接闯过去了——要知道我是要去抢位置的！所以，以后一定不要从中南海的门口穿马路到文津楼，那样，会非常耽误时间的。

就这么，又爱又恨文津楼，我待了两个星期，查了两部古籍，离我的计划，却颇有差距。我很想对工作人员说些什么，但又无法说些什么，因为我知道，我说了，其实也没有用。就如我这个暑假所见到的许多事情、许多人，一切就是那么让人有遗憾，然而，一切又似乎那么"合情合理"。

这个暑假就这么闪闪烁烁地过去了，还好最后，我竟得了一个机会，听到陈鼓应先生的讲座。陈先生说："生命太杂乱了，要掌握主轴。"谨以此，作为文章的结尾，以及，这个暑假的结尾。

# 湘西·湘西

　　写下两个湘西。第一个湘西，是我心中敬若神明，一直不敢去想象的湘西，亦即楚地；第二个湘西，是我终于要去游历的，会真实展开在眼前的湘西。那么，从哪里开始呢，本应该从凤凰开始的，因为行程的第一站是去凤凰，然而原本是四个小时的车程，我们却花了十个小时。那么，只能从莽野开始，以及后来的芙蓉镇、苗寨……

## 莽　　野

　　从来不愿意跟团游，但是我们这次凤凰之行还是加入了散拼团，于是去凤凰的行程变得远路迢迢，因为在导游的建议下，中间又加入了芙蓉镇和苗寨。

　　且不说这些，车出张家界，我就开始看山看水。是一个晴朗的日子，空气晶明，中间没有隔着雾气，然而远一点的山却都是淡淡的水墨色。我惊叹于山的形状，她们超出了我原先的想象，似乎竟是墨汁遇见不同的水滴，随意渲染出来，可圆可方，可广可狭，可互相渗透可睥睨独立，如珠如珮如块如角，远望使人心醉，似乎身体渐轻，竟欲如风般掠过山去。

　　近望的感觉却很不一样，山上并无秀美的树林，草木杂糅在一起，只是莽野。让人惊诧的是，山上到处生长着蒹葭，从山脚，一路涂抹到山顶，丛丛簇簇团团絮絮。长在山上的蒹葭和长在水边的蒹葭，感觉是不一样。长在水边，是丝丝缕缕的轻盈，掠过碧水，蒹葭的轻软和水的柔美，相依相偎。长在山上的，依于土石树木的，就有点杂乱沉闷了，然而她们并不顾乱石丛林的阻隔，竟一路艰难地跋涉到山顶，让丝丝缕缕的轻盈，直接掠过蓝天。一路之上，一座山接着一座山，无数蒹葭拨开厚重，向上生长，慢慢地，竟让人从不适到心生敬佩。

而一路之上，山回路转之时，随意的就是一潭碧水，从碎石上披披拂拂闪闪烁烁地过去。所有的一切，都向我证明着——楚地是润泽的，山中含着水，水中含着山；楚地又是狂野的，山水草木，一切似乎都纠缠在一起。我无法从中辨认出九畹之兰或百亩之蕙，满目缭乱，只是芳与泽兮杂糅。在山水草木中，还生长着一些简陋低矮的屋，砖墙的或是泥墙，窗子很小很黑，让人无法用浪漫的眼光打量。

以前，以为能理解屈原的痛苦，但真正到了楚地，才发现自己原先还是隔得太远。他是穿行于真正的荒野之中，四顾茫茫。他在《离骚》中谈及的一切美好，佩缤纷其繁饰，其实是在杂乱纠缠之中一一撷取，那些薜荔、芰荷、菌桂、胡绳、蕙兰、宿莽……那些美好，都是在跋山涉水之中，披荆斩棘，慢慢收集起来的。他的马，也不是那么容易散步于兰皋，飞驰往椒丘的，而是一路野风野草野山野水。然而，他用他的眼睛、他的鼻子、他的肌肤，他的一切，淘澄出最纯粹的昭质、最芬芳的气息、最繁盛的色彩。而那民间的情歌巫风，也不会有唯美婀娜的气质，只是直接粗犷的罢了，却在他笔下，变成了最一唱三叹、缠绵美丽的句子。

我知道了，至楚地，就该如此。就该在一切天地山水土石草木的缠绕之中，慢慢解开结来，一样一样地解开来，于是天、地、山、水、土、石、草、木，就纯粹起来了……

## 芙 蓉 镇

80年代(20世纪)，那时尚小。我看过刘晓庆主演的电影《芙蓉镇》，现在想来，画面已旧，但总存在某个古老久远的地方，未曾消逝。就像那时翻阅的小说，也一直会有淡淡的痕迹。不像现在的电影或者文字，转瞬即逝。

那么就去吧！

先是与小镇的一角擦边而过，有一些木屋或是砖房，倒也淳朴。最有趣的是，有一处木屋上，竹笺为底，用麻绳在上面盘成"镜子"二字，不知何意？有许多地方，为了风水，都会在屋外高悬一面镜子，真正的镜子，岂不直接省事，为何要用麻绳叠出字样呢？木屋的下面一些，如挂鞭炮一般挂着一串串酒瓶，感觉很有行为艺术的气息。喜欢这些高高下下的石头台阶，和亲切的小屋，感觉会一直在小街行走，然而很快就走出去了，并且向高处走，远远地就有水声传来，青翠欲滴的树叶，挡住了视线。终于走上去，眼前豁然开朗，竟是一大片平铺过去的瀑布，瀑布是从山崖上呈弧线跌落出去的，山崖与瀑布的中间，是一条小小的石径，人竟然要从中间穿行过去，大有水帘洞的感觉。见过无数小镇，从没想到从某个小镇的小街穿行过去，闲闲散步十几分钟，竟会移步换景，见到瀑布！而瀑布的上方，或是说悬崖的上方，是比瀑布悬崖更霸气的重楼廊阁——土司的行宫。我对行宫里面的东西，殊无兴趣。只是喜欢外面的敞开的木轩，四面都有竹帘，被卷得高高的，帘子下面，就是一帘瀑布与远处的江水，很开阔，竟联想起"画栋朝飞南浦云，珠帘暮卷西山雨"这样的句子。

在高处逗留了一阵，毕竟要往镇里去。想起刚才见到的镜子与瓶子，盼望着再有些新鲜的发现。然而一到小镇，见它不说有全球化的倾向，也差不多是全国小镇一样红的格局。我真诧异，怎么每个小镇都可以卖出差不多的纪念品，而每个小镇，其实都已成为大卖场了，唯一不同的是，进大卖场是不需要门票的。

属于芙蓉镇特有的，只有米豆腐和蒿草粑了，许多小店都宣称自己是刘晓庆当年卖米豆腐的地方，导游当然事先循循善诱，告诉我们只有113号才是正宗，而与113号老板的接头暗号就是导游的名号。店家很麻利，一溜烟摆开一排碗，一溜烟下腌萝卜，一溜烟下汤，然后一溜烟放进去一堆小鱼形状的米疙瘩，纯粹是工厂流水线的速度，游客们也就一溜烟吃完，当然无甚特别的回味，如果自己是小镇的居民，闲来也一定不会去吃第二碗的。蒿草粑也如此，黏黏地就下肚了，完成任务一般。真不知道刘晓庆或者胡玉音，当年如何凭着卖这米豆腐盖起高楼？

芙蓉镇回望，到处是刘晓庆的头像或者字样，我想这小镇，自有自己的历史与景致，何必要凭借三十年前的电影来炒作自己。我们是七零后，还能依稀找到些感觉，再下去如何呢，可以一劳永逸吗?

芙蓉镇之游如正吃甘蔗一般,滋味越来越寡淡。但再一想,旅游何必奢求,有那一帘瀑布,什么不能释怀?

## 凤凰——凤去楼空江自流

明明外面是广袤的山水,明明旅游大巴的玻璃很大很透明,足以让眼睛摄入天地,然而,或者是自然单薄脆弱,或者是我自己太单薄脆弱,导游一路不住口的说话声,让整车的空气都慢慢黏稠、模糊,而外面的景致也变得悬浮起来。

从芙蓉镇出来,导游耐心地引导我们去往苗寨,他说已经很少有人愿意去凤凰看九个故居,一般都是一个苗寨加上一个故居,他说票价是一样的,需要选择一条路线。我自然是很想去看沈从文的故居,但此次出行毕竟不是个人行动,于是征求父母的意见,他们说想去苗寨。于是沈从文在路上,就被我删掉了。我只好安慰自己,凤凰我还会有机会来的,我会单独来看一趟沈从文的。为了让我们更顺利进入苗寨,导游就开始教唱一首歌,以便和苗人对歌,满车人都饶有兴致跟着唱起来,歌的最后是拉长声调的"哟——喂——"导游还开始介绍一些苗语,说实话是庸俗化了的苗语,什么再见即"牛肉干",多吃点即"弄死你",姑娘是"灯泡"之类的,不过有一个词我非常认同,他说小孩就是"袋袋",非常形象,感觉多多一路之上就是一口会提要求的袋袋,多多此次出行,特别娇气,动辄要抱。于是我就开始以"袋袋"或者"没脚袋袋"来称呼她。

苗寨有一个大门,门口几个苗家阿婆手拉红绳拦住游客,要求对歌。于是大家都扯着嗓子唱"唱得好来唱得乖，唱得桃花处处来。桃花十朵开九朵，还有一朵等你来。呦——喂！"我是其中最不自在的一个，因为我觉得这样唱歌非常矫情。曾经写过民俗花儿会的散文，真正的歌，是在春天里，是在一个约定俗成、大胆倾诉的日子里面唱出来的，所谓"邂逅相逢，适我愿兮"，绝不是刻意为之。

第一道关对歌过去了，阿婆们纷纷举上酒碗，我也拿了一碗，一饮而尽。酒是甜甜的米酒，没有特别的回味。最后是打鼓，这下妈妈大显身手，她左右翻飞，自在击鼓，连苗族阿婆都为她鼓掌，我、爸爸和多多，都成为了她的粉丝，咧嘴拍手。三关俱过，我们进了苗寨，进去之后，我觉得自在多了。门口比较虚饰，而内里却是真实的，路是泥路，房子是矮房子，没有刻意翻新的地方。里面最好的一处吊脚楼，主人曾贵为宰相，也是非常质朴，房间内光线黯淡，一些雕花的家具，散发出陈旧的气息。而女儿家，就住在狭小简单的闺楼上，据说只有对歌的日子才会出去。她们那小而方的窗子外面，是挡住视线的参差的山林。窗子里面，陈设着一些蒙尘的塑料花。生活就是如此真实，但也稍有些浪漫的期待。在这样的苗寨里走，我倒是安下心来，起码我到的是较为原生态的地方，我喜欢这样的不加掩饰，而非看人们身着民族盛装，闪闪发光地在舞台上载歌载舞。当然，在空旷的地方也搭了一个台，有苗族人击鼓跳舞，我们坐在长凳上且看且休息，一会有村子里的小孩跳来跳去，一会有狗过来，一会儿竟来了一些羊，看这里没甚草，又走了。跳舞的苗族人满脸灿烂，让我倒感动起来。记得去年（本文作于 2011 年）云南之行，白族姑娘们跳舞的时候一脸木然，也难怪，游客众多，汗蒸尘蒙的，且又不是为着自己的终身大事对歌赛舞，这么一轮一轮跳下来，谁不会厌倦呢？

想起自己多年之前，曾经去过海南黎族居住区，那里比这还要简陋，只有老人孩子，穿着皱巴巴的衬衫，坐在屋口，警惕地看着我们，绝对不会拿出酒来，或者就地跳起舞来，比起现在的苗寨，那里就更显真实了，不过想必买了门票的游客们，会投诉的。

从苗寨出来，心情倒也不错，想着上了车，终于可以直奔凤凰了。车依旧在沿着山的公路行驶起来，路很窄，只有两个车道。树挨着路很近，看不到远处。想到沈从文那些句子，同样是去凤凰，当年的情境，竟然遥不可及了："河水已平，水流渐缓。两岸小山皆接连若佛珠，触目苍翠如江南的五月……"看不到远方倒也罢了，车子竟然停了下来——堵车了！我看了一下时间，已经是下午五点多了，不由着急起来，明天一早就要赶回张家界的，留给凤凰的时间分秒流逝。再一想，导游真是世上最高明的人，一段原本四个小时可到的路程，竟被他生生扯成十个小时。

不如人愿，在路上堵了一个多小时的车，才到了凤凰。下了车，正是在一座公路桥上，可以望见沱江，以及沱江边无数的酒楼、无数的人。下车之后，我们又被交给另外一个导游，我们亲密融入人群之中，有许多车子，从我们的身体边上热情地挨着过去。我们随着导游下桥串巷，走到沱江边的古城墙上。此时唯恐掉队，心情浮躁，于是顾不得欣赏景色，紧紧追随。

以最快的速度品尝姜糖和血粑鸭，以最快的速度看了一个土匪的家，以最快的速度从沈从文的故居前走过！饶是如此，所有的故居都已经关了门，真是让人惆怅。

导游总算尽了责，带我们在凤凰急行军走了一遭，接下来送我们去宾馆。我心里早就想好了，要抓紧晚上的时间自己玩，据说凤凰的夜景是最美的！等我们疲惫不堪地从宾馆整顿好出来，已经是晚上八点多了，果然，所有的灯都亮起来了，照亮了沱江！红的、绿的、紫的、蓝的，一切可能的或者不可能的颜色，我不由惊呆了！我惊呆是因为，我的眼睛和我的心，都受不了！我想，凤凰原本是静谧的呀，沈从文快到凤凰的时候如此描述："黑夜占领了全个河面时，还可以看到木筏的火光，吊脚楼窗口的灯光，以及上岸下船在河岸大石间飘忽动人的火炬红光。这时节岸上船上皆有人说话，吊脚楼上且有妇人在黯淡的灯光下唱小曲的声音，每次唱完一支小曲时，就有人笑嚷……"而现在，那些小小的温暖的灯光不见了，当然，人声鼎沸，也不可能听到那些温暖的说话声了，天地之间，好像永无宁日的感觉，无处不在的灯光逼仄人的眼睛，江水显得妖艳非常。灯光下，还摆着各种小摊，摊主紧张地就着灯快速绣一些钱包之类的东西。震撼之后，我们就在光怪陆离之中寻觅吃的地方，我们穿过许多小店，还是那个感觉，天下古镇卖的东西都是一样的，没有特色，全球化的力量就是强大啊。终于到了饮食区，到处都飘着一股油腻的气息，找到一处相对干净些的铺子坐下，多多突然说："我冷，我好冷！"一摸额头，竟然是滚烫的！我终于明白她为何一路要抱，其实是冤枉她了，她确实生病了。于是我们草草吃完——当然那些菜也只能草草吃，我们叫了一辆出租车回到宾馆，给多多吃了药，她沉沉地睡了。我们也不管外面嘈杂的人声与天罗地网的灯光，沉沉地睡了。

就这样，我到了凤凰，却与凤凰交臂失之，我的心中，也没有过多的遗憾。有些东西逝去了，是找寻不回来的。沈从文走了，也带走了他笔下的那个湘西，那个凤凰。呈现在我们面前的，只是凤去楼空江自流罢了。

# 不一样的越南

## 路　上

如果让我选择出国旅游，我一定不会把越南排上日程。平时对这个国度亦殊无好感。唯二会让我联想到的是秦始皇时期，越南曾被纳入版图，还有唐代的安南都护府，但是又马上想到，中国的文学天才王勃，去交趾看望父亲，溺水受惊而死。这是中国文学史上的重大损失之一，我偏心认为，越南难辞其咎。

然而我，竟然在中国最黄金的国庆期间，去了越南的下龙湾、河内，并邂逅了河内的千年古都庆典。

我不知道如何描述这种感觉，十个小时的颠簸，我们才来到下龙湾。车上的老师们，都在郁闷越南的路太差。越南国家最正规的公路，从芒街到下龙湾，只类似于中国的农村公路，仅有两个车道。而那些尘土飞扬或者泥泞坑洼之处，则让人直接回到农业社会。然而我却一直无法将视线从窗外收回。这片土地提供给我多少回归昔日的空间啊！窗外是真正的青山绿水，有的地方，无尽的树，直接生长于水中，倒影婆娑迷离；窗外是真正的田野，耕牛在其间优游自得。每每不经意间，眼前便掠过清澈的小溪，曲折通往远处的山林。我突然有些欣喜了：总是在想象传统中国——那个农业社会，山水迢迢、没有污染；想象山水田园诗的背景出处，总是想不清楚。现在倒是可以凭借这片土地做一遐想了。路上有一个临时的停靠站，我就站着，看那远处，简单的路通往远山。仿佛看到有读书人，穿行于山水之间，欲往京城应试。

在停靠站里，大家开始抢购了，花生、玉米、芋头、地瓜，每个人手里提着几个袋子，香喷喷地吃着，心满意足的样子。当然从那时开始，大家也都向现实妥协——好像见到的大部分越南人，都学过一门课程：中越贸易，他们会基本的中文，他们卖东西有个共性，不是论斤的，而是论个的。什么七元一个柚子、十元六个橘子、两元一个玉米……你若和他讨价还价，最多就是把六个橘子加上两个。难道这就是农业社会的交易方式？不过旅途之中，饥肠辘辘，中国人也就不计较那么多了，买上几个，可怜巴巴地站在路边吃。

重新上车，有一些村镇掠过车边。于是就好奇地看越南人的家。视觉效果强烈的是他们的房子：面宽很窄，只有三四米，一般是三层楼，颤颤巍巍立在那里；进深却很深，从外到里，基本有三间房的样子；窗子也大抵很小。就一直很纳闷了，难道他们是不需要采光的？一路看过去，天色渐暗，越南的路是没有路灯的，显得路边人家的日光灯都很明亮的样子。一家一家望进去，有席地坐在地上吃饭的，也有坐在硬木沙发上看电视的。越南的家具样式和中国差不多，厅里面会有一个放电视的组合柜，有一套沙发、茶几，不同的是，越南的家具都是实木的，因为这个国度到处都是森林。一路看过去，感觉越南人并不那么贫困，可能如导游所说的"越南是国穷民富"吧。

# 下　龙　湾

　　路上的颠沛流离其实不算什么，当第二天看到下龙湾的时候，所有的人都觉得不虚此行。正是上午时分，没有太阳。于是有雾霭浮动在天地之间，而远山似乎也是浮在水面之上。而那远山的轮廓，像极了中国山水画之中写意的形状，一峰接着一峰，连绵而又缠绵。站在船头，尽可以目送归鸿，看飞鸟掠过雾气，掠过远山深深浅浅的水墨之色。船头还立着同行的杜老师，他正在纸上飞快地勾勒着远山的轮廓，确实，这是最好的中国画的素材了。我突然心下有些释然，如果王勃竟是殁于此等山水，那也罢了，总比骆宾王的命运好多了。

　　须臾云开日出，水和山都显示出了碧绿碧绿的本色，回到船舱，无尽放松地坐着。突然觉得侧面有点动静，只见一条小船飞驶而来，船上是一家三口，父亲脚蹬船桨，小船犹如浪里白条，进转自如。船头立着苗条精干的渔家女子。船的中央，最是骇人，一个一周岁多的孩子，抱着一根木头柱子，随波浪高下颠簸。小船直奔我们的大船而来，很快就用铁钩挂住大船，与我们齐头并进，感觉竟是水泊梁山的好汉打劫来了。小船上面满满当当的是水果，都用小箩精致地装着，当然，还是越南人的传统，一箩三四个。一会儿梁山好汉就贴到窗户边上来叫卖：10元3小箩，于是船上的人就纷纷与女子讨价还价起来。后来大家就见怪不怪了，这样的小船前前后后挂靠了四次，都是拖家带口的，有卖水果的，有卖海鲜的。卖海鲜的更是诱人，一船十几只小箩，装了虾蛄、海蟹、鱼等，号称一船海鲜150元。卖完就看得小船飞快转头，很快消失在青山碧水之间。估

计旧日的樵夫渔父，都是如此行踪飘忽，如高人一般，难怪一般人的理想都是隐居山水了

习惯了此种方式之后，大家又可以放松欣赏风景。先是看了天宫溶洞，感觉和江苏宜兴一带的溶洞差不多；又看了斗鸡石、狼狗石等，与全国山河的命名方式也差不多。有的时候名称并不重要，景色最佳的地方反而会让人难以名状。

我们的小船向海中湖驶去，迎面无尽青山遮拦，山的底部却有曲径通幽，小船进入幽深的洞穴，仿佛是要探访桃花源而去，很快眼前豁然开朗，看到的是一抔碧水，圆满沉郁，被群山所拥。突然想起最近痴迷的古琴曲《渔樵问答》，最佳弹奏场所正在此处——樵夫坐于山上，渔夫坐于船上，一上一下，吟咏嗟叹。《渔樵》中有一段激烈的争论探讨，应该是围绕着隐居或者出仕的，最终音乐归于平静淡泊。是啊，身居此景，何须出仕？看得久了，真是不愿离开，然而又想到那句又爱又怅惘的诗句——“欲就麻姑买沧海，一杯春露冷如冰”。那么，眼下群山斟起的，正是一杯碧郁的春露吧！沧海桑田，尚难停留，何况人生？所以只是当下一瞬，即当得永恒，无须心生贪念。

离开海中湖之后，直往天堂岛而去。天堂岛中有小山可拾级而上。于是攀登——刚上数十台阶，就不愿意再动，看远处群山连绵荡漾，看两岸青山相对而出，看帆船消逝于碧空之中；再上数十台阶，气象又新；到得山顶，满眼碧水青山，颜色却不分明，浮动于日霭中，如暖玉生烟。

天堂岛归来，一直在心里感念，原来最美好的景色，看到的那一瞬间，就已经是亦真亦幻的了。

# 河　　内

河内正当千年庆典。清晨时分，街道两边高树之上，悬挂着彩旗与盏盏红莲。串串金色的小灯珠垂下，如杨柳、如榕树的气根。

河内其实很少真正的古建筑，整个城市基本由法式建筑构筑。据说现在如果要在市内建房，一律不许超过六层，而且也只能是法式建筑。有点"客舍并州已十霜，归心日夜思咸阳。无端更渡桑干水，却望并州是故乡"的意味。这样也对吧，起码保留的也是过往的印迹。

我们来到了巴亭广场，广场是不允许进去的，只能远眺胡志明纪念堂。整个广场以纪念堂为中心，纪念堂的两边是延展的矮墙。和天安门广场相比，巴亭广场基本只是个模型了。然而说起来实质是差不多的，都是对称的结构。河内到处是鲜艳有气势的宣传画，画面上展现出民族大团结的模样。胡志明白须飘飘，慈祥微笑于民众之中，甚至连他们的幼儿园，张贴的都是胡志明与小朋友手拉手的画幅。在看到这些场景的时候，竟会生出一些热血沸腾的感觉，可能是感觉到了一种凝聚力吧，不过一会儿我就明白我激动的原因了，原来在市区，到处播放着激昂的歌曲，虽然听不懂，但一下就能归属到革命歌曲那一类。说起来越南人民的生活水准起码在中国的（20世纪）90年代初，而满街的为理想而奋斗的色彩，却能追溯至中国的（20世纪）50年代。我甚至在他们的橱窗里面发现了人民画报的封面，周恩来、阿诗玛、梅兰芳，旧日的气息扑面而来。

从巴亭广场出来，又去了越南的军事博物馆。博物馆里面反复在放越军战胜法军的纪录片，拍摄手法很像八一电影厂过往的战争片。我看了一会儿就感叹了，怎么在越南到处能找到中国旧日的痕迹呢？传统社会的农业场景,（20世纪）五六十年代的革命激情,（20世纪）90年代的生活方式，在我们面前一幕幕展开。而旅游的最后一个景点文庙和国子监，更是打动人心——

我们是被人群拥向文庙的，真不知道怎么会有那么多越南人去往文庙，他们是不是也像中国人拜佛那样随意呢？我们走近文庙，见到了许多盛装的越南人。越南人以瘦为美，远远就见到一个娉娉婷婷的女子，身着一袭白色丝滑的奥黛，里面衬着大红色的绸裤，奥黛勾勒出她玲珑的线条。她手持一束绢花，迎着日光，恬静而美好地微笑。我被她的神情深深打动，真好，越南还有这样女子，而我们江南古镇的小巷中，却再不能见到撑着油纸伞，穿一袭旗袍的女子了。后来我发现，文庙中好多参拜的越南女子都穿着各种奥黛，看来她们真的是来祭祀的，而我们则真的是游客了。

文庙的花草修剪得很整齐，修剪成非常醒目的汉字："尊师重道""忠恕孝悌"……到处寻觅儒家文化不见，原来流落至此啊！文庙里面挂着许多出售的手机链，上面也绣着"忠""孝""礼""悌"等字样。

文庙的大殿正在举行祭祀的仪式。两排身着桃红色长袍的中年女子，神情凝重，举止沉稳。进退有节，揖拜合式。她们在人头攒动之中，显得特别安静，脸上没有丝毫表演的痕迹，只有庄严的态度。我想，这才是仪式吧，而我在中国很多地方见到的，为什么却只是表演呢？

　　看罢仪式，又在进士题名碑边停留了一会儿，遥想着古代的"士"们，走过那些自然的田野，走过迢迢山水，来到京城，金榜题名。那么，他们就可以达则兼济天下了吧！一番痴人痴想，竟是在越南所发。突然觉得，此行真好，似乎行走在当下，又似乎行走在过往。

　　什么时候，我们中国的那些旅游点，亦不再是单纯的景点，而是成为一种指引或者契机，到那个时候，我们亦可似乎行走在当下，又似乎行走在过往了……

# 游西乐兮

## 下定决心办签证

在飞机上开始写游记，却要追溯至一年前。

那时在浦东国际机场送孟钟捷，他将去德国做一年的访问学者。临行前他很认真地对我说："明年你和我爸妈一定要到欧洲来玩。""好啊！"我随口加满口答应。我不太欢喜设计未来，什么明年做什么，后年做什么。凡念及此，心中总会有无限惶恐，好像时日也会在此种念叨之中变得飞速起来。我喜欢慢慢过日子，静悄悄的。

到了今年（本文作于 2004 年）的四月份，连小西也纳闷了起来："不是说要去欧洲的吗，怎么还不行动？"正在日复一日打球、教书的我，顿生无限烦恼，我的这些困惑按论文的格式可以表述如下：

综上所述，可以发现，赴欧洲的不便之处在于：

其一、签证太难办理。按，签证可有三种方式。第一种为旅游签证，花费巨资且无行动自由；第二种为商务签证，纵然我能开到假邀请证明，我的舅妈也业已退休（现已决定，就我们二人成行），绝无可能开到；第三种为探亲访友，笔者实在无法梳理自己与表弟的亲属关系：我的外婆与他的爷爷为亲兄妹。据说起码要在杭州、上海两地做四个以上的公证才可以。

其二、我真正的忧患在于，如果假期出去一个月，那我的那个十二月份就要结题的课题岂非错失良机，灰飞烟灭？

我正在左思右想之际，孟钟捷却开始行动了，我实在是佩服他的才干，他居然在德国就把许多事情办妥：什么境外保险，什么邀请函，什么经济担保之类的。并"逼"着我填写签证表格以及去学校开准假证明，在他的遥控之下，我只能开始行动了。行动之后，收获如下：

其一，我终于见识到何谓衙门了：公证处电话永远忙音，领事馆电话永远忙音，到哪里永远人满为患。我一向对领事馆外两眼巴巴、脖颈长长的队伍嗤之以鼻，但也只能赶个大早和他们一般排队，在吴江路的街道上转上几匝，让过路人好奇观看。

其二，我终于见识到何谓歧视了，可恶的是，这种歧视首先来自国人自己。好不容易排长队上到签证处的十四楼，迎面就是一个凶神恶煞的中国人："快！排到那边去！"所谓的那边，是这幢大楼的安全通道，他让我们沿着楼梯排队，这倒是很有思想的，十四层楼的楼梯，再多人都排得下吧。众人稍稍慢了一些，又听到了一顿抢白："怎么怎么，那么慢！还不舍得下去吗？！"

爬楼梯排队，终于到了入口处。我刚把表格一亮相，检查的人就大声嚷嚷——这里的人好像统一培训过，音频音高都是一样的，充分发挥上海方言的特点："怎么是中文！！还要我教你吗？用德文或英文填！""对不起，我不知道。""这还需要知道吗！快重新填！不然轮到你就来不及啦！"对方天经地义，我却如当头一棒。

还好一分钟都不到，我就发现我的境遇并非最悲惨的。许多人居然不知道要填申请表，可怜他们领到的是德文版的申请表，不会德文的只能对着天书一筹莫展。于是，许多人挤在我边上围观我的中文表格，有羡慕者，有试图中德文对照者。其实这会我正如热锅之蚁，我哪能想出杜塞尔多夫（德国一城市，本次旅行的首到地）的英文怎么杜撰。对，拨出电话，向金求援吧！手机刚拿出，又是如同炸雷般的喝声："不准打手机，全部关机，怎么那么吵！"

只好如地下党员般偷偷发短消息。这时，身边已有人完全绝望，他们好不容易预约了今天签证，但如今，既不懂英文，更不懂德文，还无法用手机召唤救兵！

我也只能自保而已，匆匆填完表，乱七八糟翻译一通。想想这年头英语真像救命稻草，出国要用我也就认了，当年考古典文学的硕士和博士居然也多亏它！

其三，我终于见识到何谓出人意料，柳暗花明了。

其实公证处早已宣判，我这种探亲法是绝不可行的。当然，我也压根儿不会去尝试做四个以上公证的傻事。

之所以明知山有虎，偏向虎山行，纯粹是为了舅妈。她从未办过这些事，我好歹陪她一遭，起码她能够顺利出行。

我理直气壮站在签证处的窗口，里面的人员果然开始发问：

"你是孟钟捷什么亲戚？"

"是她表姐。"

"证明呢？"

"没有。"

"啊，那怎么可以？"

"我们之间的关系没法证明！"

"怎么会有没法证明的亲属关系？"

"你听我说吧，"我开始痛诉家史，"如果要证明我和他的关系呢，首先要证明我外婆和他爷爷的关系，他们是亲姐弟，但他们的关系已经无法证明了。"

"为什么？"

"因为在六十年前，我外婆就从杭州嫁到另外一个地方去了。那还是解放之前，那个时候既无身份证又无户口簿，他们的关系当然无法证明了。"

我不等他考虑清楚，继续说："然后，要证明我妈妈和我外婆的关系，然后是我和我妈妈的关系；然后是他爷爷和他爸爸的关系，然后是他爸爸和他的关系。最后才能得出我和孟钟捷的关系，而且没法用一句话表述清楚，结果，估计就是任何人也看不明白的关系！"

签证处的人听得有点晕了，他沉默了一会儿，轻轻地说："可是亲属关系都需要证明的。"

我说："那随便，反正我是不打算开证明了。"

接下来风云突变，他突然看到了我证件上的工作单位，很兴奋地问："体育新闻系的老师？你是记者吗？"

"我不是，我的学生会是。"

"记者好吗？"

于是进入长时间的聊天中，我只能尽力回答他的好奇。大约二十分钟之后，他很高兴地说："好吧，你把材料给我，我拿进去试试，不过不敢担保啊！"

就是这么麻烦，也就是这么简单，在下一个星期，我拿到了我的签证。

现在是在飞机上，我的心里却有那么多的不舍，虽然只是一个月。是否我已习惯了自己世外桃源式的生活？我那么爱我的浅草春明，那么爱小西，那么爱正住在我家里的父母。那一切，我拿什么都不愿意换了。

我只能安慰自己："那可是欧洲啊，会有好景色的，你会高兴的！"

## 杜塞尔多夫及沿途

11 个小时的飞机，从明亮炎热的上海出发（11：40），来到了明亮清冷的德国杜塞尔多夫（当地时间 17：00）。孟钟捷早已守候机场。他很兴奋地说："好像做梦似的。"我笑了："是否'夜阑更秉烛，相对如梦寐'？"

于是开始跟着捷捷，没完没了乘坐火车。捷捷说："我们要换五次车，五个小时到不来梅。"捷捷说："我们买的是很合算的车票呢，德国为了鼓励一大家人周末出去玩，设了一种'家庭装'的车票，30 欧元，一张票可以由祖父、祖母、爸爸、妈妈、五个孩子一起用。从当天午夜坐到第二天凌晨三点，什么时候上沿线的慢车都可以。"捷捷说："德国的火车很方便，你查询的时候它会告诉你最为合理的换车方式。"捷捷说："……"

可能我困了，快要进入梦幻状态，一切声音以及色彩都变得眩晕起来。

铁轨两边的房子以及石壁上都描绘着彩色的字母图案，像是无尽的儿童画展出；沿线是我喜欢的那种四四方方、砖墙和石墙的建筑，暗红色的顶；渐渐地，房子变得稀稀落落。在飞机上我曾惊讶德国农村的色彩分割，如此分明。金色的方正的底色，绣着深绿和浅绿的色块。现在才清楚：金色的是已经收割完毕的麦田，有牛群羊群悠闲晒着太阳；麦田尽处就是深绿色的树林，真正干净而纯粹的深绿色；浅绿色的是草地，偶尔会有紫色的高大花丛。

据说（注：本文的据说均为据捷捷说），杜塞尔多夫沿线是鲁尔矿区，也是世界六大城市区之一，火车沿线基本上二十分钟就是一个大城市，所谓的大城市就是人口百万以下，五十万以上。（德国四大超过百万人口的城市是柏林、慕尼黑、汉堡和科隆。）我们沿途经过了爱森、波鸿、杜伊斯堡、多特蒙德、比勒菲尔德（大学城）等等。

下午五点多的阳光仍旧分外灿烂，这个季节的德国，晚上十点太阳才会下山，五点又很勤快地升起了。所有的树木似乎都仍保持着早晨生长的姿势。我特别喜欢其中的一种，用高大俊朗来形容吧。他一直生长上去，很有力的；整个树冠是方形的，似乎天然裁剪而成；叶子不大，却很密，阳光透过叶子斑斑驳驳地洒落在浅绿色的草地之上。

渐渐地，日之夕矣。城市变成了小镇。铺满落叶的小路延伸入小小的森林，方形小屋的灯火暖暖地散落，夕阳为厚厚的云层镶上暗金的色彩。好久没有邂逅这样的云彩了。但对我而言，望着远方，却感到分外寂寥。我不能设想在这么干净的、深绿色的小镇上生活，虽然静谧，但和中国的古琴奏出的音调却迥然不同。

我开始打量人群，确切地说，我开始被人群打量吧！在这里，我是老外！应该是一个穿着黑色 T 恤，T 恤上印着奇怪图案（京剧花旦），戴着奇怪挂件（小篆的"书"字的瓷片）的女子。背着一个过分大的包，又拉扯着一个过分大的箱子，整个人淹没在睡眼蒙眬之中。真的，我似乎不能在中国之外漂泊超过一天！

看来并非只有我眼花缭乱。因为很快高大的色彩就跃入大家眼帘：黑亮的夹克，桃红色的大喇叭长裤，锃亮的光头顶着一簇冠状金发，怪异的髭须。一班人奇形怪状、光怪陆离。舅妈很谅解地说："一定是个演出团体。"捷捷马上否定："不是的"。

沿线的小车站似乎无穷无尽，我歪在我的大包上，沉入睡乡。

"到了！"很久之后，我终于被叫醒了。拉扯着所有的行李，我走进了风中，好像只有十几度，逃离上海的四十度高温，我感到冷了。

不来梅的车站却有点儿繁华，原谅我是从上海来的，只能这么描述。据说居然还有高架，这是大多德国城市不敢想象的。车站里面弥漫的是面包的香味，这就是我即将被迫接纳的主食，还好我在包里带上了榨菜、腐乳，甚至咸鸭蛋，不然"长此以往，国将不国"。车站外面，是深深浅浅的碎石马路。让我奇怪地联想起江南小镇的青石板路，鞋子在上面可以发出清脆的声音。我的拉杆箱，在这样的路面拽动，简直有气势恢宏、雷声轰鸣的音响效果。由于注意力集中于地面，我只能发现，地上到处都是香烟蒂头，好像没有我想象中的干净。据说这里的女子酷爱抽烟，因为烟商告诉她们：抽烟可以减肥。所以，有一个边喝着一大瓶红酒，边悠闲地捡垃圾的老头，很自然朝我走来，向我借打火机，被捷捷回绝了。

我们在等一辆有轨电车，轨道的距离很宽，让我可以想象电车一定很大很大，其结果也是如此，不过还得加上一个形容词：很长很长，一共有四节车厢。车子终于来了，人们不紧不慢地上车。照例上来了一些奇奇怪怪的年轻人。捷捷说这里的人在车上不会大声说话，因为这样不礼貌。但他们却大声吆喝着，其中一个特别粗声粗气地嚷着，一会和司机说话，一会出去。他终于安分下来，走进车厢。这时候，原本高过地面的楼梯突然沉下去，和地面齐平。一个青年坐着轮椅进来。这样的设计真的很不错。

车子开动，满车厢还是那个年轻人的高声高调的吆喝声，他似乎喝多了吧。这里街道上的男男女女，在路上走着的时候，手里经常拿着一瓶啤酒，边走边喝。

我已经快要晕过去了，总算到站了，我们逃离了吆喝声，走出车子。捷捷告诉我："刚才这个年轻人一直在为那个残疾人奔忙，让他安全进来，并大声问别人，'谁能陪他回家！谁能一起凑人数！'"只要五个以上人陪那个残疾青年，有轨电车就可以免费送他回家了。原来如此！

这个七月三十日，一共过了 30 个小时，至此为止，一切色彩、一切声音终于沉入黑暗，到了捷捷的住处，我沉入睡乡的最深最黑之处。

## 不 来 梅

还是清晨时光（7 点多钟），我居然就醒了，感觉是草草应付了一下时差，真是太对不起自己了。空气是干净的十五度的灰色，车子开过碎石地的声音很萧瑟，好像是在细雨中穿行。大吃了一顿腐乳咸鸭蛋泡饭之后，不来梅之旅正式开始了。

其实说正式也不确切，我们只是信步闲逛——这是我梦寐以求的旅游的最高境界。我拿着我的摄像机，想到从前，沉沉的，都是挂在小西的脖子上，现在要我负全责了。街道很安静，没有什么行人，石子铺成三种形状和颜色。中间扇形灰色的是车行道，旁边红色的小砖地是自行车的车道，再旁边大大的青色石头铺成的，才是行人应该走的。

今天可以仔细打量这些房屋了。一些是新建的，好像都是很标准的四方形，斜顶的。不来梅的特色是每座房子的色彩都错错落落的，暖橙色边的是青灰色，青灰色边的是乳白色。基本都是斜顶的，用红色和黑色的瓦铺就。有趣的是它们的窗子，也是方方的，大块大块干净的玻璃，玻璃后面一律是各式的鲜花或花艺，好像每份人家都参与着橱窗设计与展示。房子上，但凡有小小的阳台和凸出，都摆着一色的小花，而且和外墙的色彩映衬得很好。一些白色的木门上挂着彩色的花环。最喜欢的是他们的花园，那是真正的花园，花草繁盛，很少用花盆去限制些什么。花草的高度、色彩看上去很随意，甚至有些杂乱，但随地取景，就是一幅色彩浓郁、天性浪漫的油画。一些房子是古老的石屋，上面往往会有繁复的雕刻。有一幢老屋非常吸引人，它应该也有美好的图案吧，不过现在已经看不见了。整个墙面由青藤勾勒，随着弥漫的藤叶仰望，最高处是一个小小的钟楼。风吹过时，绿色阴晴不定，如波浪般舒卷，于是老屋周围的空气也被染成流动的绿色。

捷捷带我们往一条细软黄叶铺就的小路走去，远远听见的是萧萧飒飒的风吹木叶之声。从高大的树木到如绿雾般的草地，中间纷纷飘飞的是黄色的"碎蝶"。我对着摄像机介绍："这就是孟钟捷每天晨读的小森林。"他马上纠正我："不，是晨走。""是啊，走路是孟钟捷唯一的锻炼，如果不走路的话……""那我就闷死了。""对，如果不走路的话，那他将闷死在他的电脑之旁。哈哈！"

星期天的早晨九点钟，在这里散步的只有我们，还有，带狗的人。很快我的镜头就捕捉到了三条大狗。这里的狗很绅士地随主人走着。据说，它们都是拿过狗学校毕业文凭的高才生，否则不允许被主人带出来。它们从我的镜头里毛茸茸走过，眼神亮晶晶的，很神气，还回望镜头。乘着兴致，我又接着拍了一只竖尾的小猫和一只惺忪的小鸟。如果小西在就好了，他曾在美国照了一大片草地，很激动地说："看啊！看啊！"我就很配合地看，"看到了吗？""看到什么？""小松鼠！"于是在仔细辨认之下，我看到草地上确实有几个小黑点，应该就是小松鼠。小西特别喜欢小动物，真想和他牵着很帅的狗走在这样的落叶和草地上。他还说一马平川的草地不好，绿草如云之上，应该有几棵很大很大的树。这个地方，他定会满意了。走过去、走过去。是一个教堂，树有多高，教堂的红色砖墙也有多高；教堂的红色砖墙有多高，树就有多高……走过去、走过去，还是一个教堂，以及树。

小树林的散步结束，下午我们坐有轨电车来到了不来梅的市中心，由于是周日，所有的商店都关着门，地也无人打理。

不来梅值得一看的是它的商会和圣彼得教堂。商会建筑于17至18世纪，要描述这样的房屋很难，因为当你看到它的时候，眼睛就有些无所适从。首先很难尽收眼底，要仰视才能寻觅到高高的双塔尖顶；其次则很难关注到细部，因为到处是繁复的雕刻。有浮雕，有整石雕刻；建筑有石头的本色，有绘金绘彩。还好建筑是那么地厚重恢宏，所有的细节才不显得累赘。

商会过去就是市政厅了，市政厅前是一个可爱的青铜雕塑。大公鸡站在猫身上，猫站在狗身上，狗站在驴的身上。捷捷的介绍使我会心一笑："这是《格林童话选》里的故事，名字叫作《当音乐家去！》。驴子老了，主人就不要它了，它很有志气地准备去做一个音乐家，路上碰到同样老了的猫、狗和公鸡。他们四个到了森林里，赶走了强盗。就在小木屋中住了下来，幸福地生活。"

对啊，《格林童话》，这本是德国浪漫主义文学时期的优秀作品呀！不来梅的市政厅前四个小动物很神气地站着；而在遥远的丹麦，优雅的美人鱼塑像似乎成为全国的中心。看来，庄子的赤子之心在欧洲到处可以觅得。每个经过雕像的人都笑得很自然、很真实；最重要的是，都笑着。

青铜雕塑之后，市政厅的红色砖墙引起我的注意，难道红色的砖也会那么有艺术气息吗？每一块的色彩都不尽相同，暗红、赭红、黄红、黑红、紫红……"这样的色彩真好！"我不由感叹。捷捷笑了："这其实是二战的时候，美国飞机轰炸德国。被战火烧成的。""哦！"我这才真正读懂了这些色彩。

上外国文学的时候，我会对学生说："教堂和城堡，是典型的欧洲象征。"唉，我不过纸上谈兵而已，事实上我连徐家汇的天主教堂都没有去过。而我邂逅的第一个教堂，却是一个真正的典型的欧洲教堂——不来梅圣彼得大教堂。

格林童话真的成了童话，它们那么简单清澈，只需要四个线条流动的小动物，就能让人怦然心动。童话的不远处，却是宗教，凝重繁复的色泽正在等待着我。

回忆起来，色调的主旋律是一种羊皮纸的暗黄色，整个圣彼得教堂，从每一块石砖，每一方寸铜铸的大门，到每一幅图画，都沉没在这种色泽之中。然而总体的暗黄色之中，又可以辨别出几千几百种层次与色差。我的眼睛是那么无所适从，我一下被震撼了。我会反复介绍给学生何谓"巴洛克"风格，说它是如何变形、夸饰、富丽辉煌，说它像晚霞般诡谲瑰丽，而眼下，仅仅是不来梅文艺复兴时期的巴洛克建筑，就已经让我瞠目结舌了。抽象流动的各种色泽渐渐凝固，我才发现教堂里面到处是石雕与绘画，我无法将视线聚焦于一处。

走进教堂，似乎高若天穹的地方是教堂的圆形拱顶，这样一座巨大的建筑，三个大厅层层拔高，似乎引人从地上世界至于天上世界。未上先下，在大门通道的左侧，有一个下沉式的讲堂，可容纳数百人。巨大的蜡烛燃烧在四壁，整齐的木椅似乎喧嚣着，而宽厚的石壁则静默着。由于是地室，空气似乎流淌得很慢很慢，凝结成一种暗暗的旋律，所以当你凝视厅侧巨大的褐色管风琴的时候，似乎它在静静地奏乐。我突然想，如果那扇沉重的木门关上，一个人待在这石室之中，任何人都会感觉到自己的渺小与无助，感觉到从未有过的恐惧与神秘。

在石室内不能待久，空气似乎越来越黏稠与昏黄，逃离石室，进入可容纳千人的大厅，顿时，凝固的色块融化成明亮的透明的黄色。

拱形大厅共有三层，层层向上，拱顶也越来越高。明亮的黄色纷纷向最高处流动，最高处炫目的是巨幅的彩色玻璃，描画各种圣经故事，亮光似乎来自天界，从彩色玻璃中射入，于是教堂中几千几百种黄色顿时消融殆尽。

而人的心情，也从地室之凝固不解，化为大厅之淡淡的若有所思，最后彻底明亮。我想起我曾随手写的两句诗：沉重的化为轻烟，轻烟了无踪迹。

教堂的右侧是一个展览室，静静躺着某位主教曾经穿着的衣物。宽袍大袖，黯淡的金线隐约穿行于蒙尘的织物之中，一切都被时间模糊了。

我突然莫名其妙想起了一句诗歌：欸乃一声山水绿。突然忆起了中国的佛寺，大抵在那高山之中，绿水之旁，有自然的风无尽地吹来，于是，我在这羊皮纸的暗黄之中，思念远方的明亮的绿色……

# 汉　堡

　　汉堡离不来梅不远，是德国的一座港口城市，据说挺繁华的，反正闲着，就坐上火车去一趟吧。德国的火车很方便，一个城市会有好几个站，像中国的公交车似的。攥着票子，也没有人检票，轻轻松松地上了火车，我突然觉得，从一个城市去另外一个城市，并不是那么郑重其事的。火车上总是有空位的，于是捷捷说："唉，欧洲的人就是少。在不来梅，走在路上遇不见几个人，如果他们去南京路，一定会大吃一惊的！"我虽然刚到欧洲，也已有所感，随声附和。

　　车上开始了一连串的德语广播，反正我什么也听不懂。到了德国以后，我就下决心过一个月的文盲生活——不下决心也不行。以前一天不看书就很难过，现在连听都听不懂，更别提看了，这也是人生中难得之体验啊。

　　捷捷认真听着，似乎车上人都在认真听着，人们静了一会儿，忽然满车的人都欢笑起来，并热烈鼓起掌来。这种情绪感染了我，害得我也只好和中国笑话中那个聋人一般，像煞有介事地笑着。想想德国人不会那么有趣吧，坐个火车也要集体欢笑并鼓掌？对座一个胖胖的老头，一个劲对捷捷高声说着，一边比画着。而其他的人呢，都把头扭向窗外，仔细搜寻。快到汉堡了，窗外照例是房子啊，树啊之类的。看来，很有悬念啊！好了，看到什么，暂且不提，哈哈，且听下面分解。

　　领略到港口风味之前，我们先来到了宁静的阿尔斯特湖。天空是纯净的暗灰色，湖水是纯净的明灰色。也许周围有白石的廊檐建筑，有优雅的临湖咖啡馆；也许远处有如带的长桥，有偶尔闪现的红色巴士；也许湖的一侧有从天洒落的喷泉，有浓绿的树荫。此刻我的眼睛，却离不开湖面的十几只天鹅。在湖水的暗色衬托下，天鹅由一些明亮的色块和流动的曲线组成的，在纷扬的雪白之中，是燃烧的朱红色与或明或暗的黑色，勾勒出她的喙、眼神与脚掌，而整个湖也因此明亮起来。

我第一次近近地看她们，才第一次明白她们不只是优雅，还颇有些风趣。她们总爱在荡漾得很惬意的时候，很高难度地把鹅掌侧翻或反折在水面之上，随波延展。不过这还算是中规中矩的呢，湖面居然盛开着一个毛茸茸的白色花苞，仔细辨认，原来是一只倒栽葱的天鹅，只有一簇尾部留在水面，长长久久的……而在白天鹅的边上，有一只羽毛柔软纯灰的"丑小鸭"，眼神却晶亮而又鲜明。

我喜欢这湖面，这样的清澈好久没有见到了。在此以前对水总是会有些恐惧，怕她是脏的、怕她上面浮着弃物。难得到了新疆的哈纳斯湖，见到了天堂般的纯净，却还是怕，怕游客多了，这最后一方净土也会消失。

到了欧洲，我却很少有这样的担心了。不仅是水，连房子大抵都是干干净净的。易北河畔一带的红墙建筑是那么纯粹，她们有着绿色的斜顶，拱形的窗子。她们的红色，是不兴高采烈也不故作阴沉，不飞扬也不沉郁的那种，她们从河畔一直延伸到整个城市。于是整座汉堡，不管是阴天还是晴天，就都笼罩在暖色调中了。我并不懂音乐，但我想，巴赫当年在此创作的时候，是否不小心也会让音乐染上这种色泽呢？

不过，越来越多、成群结队或者成千上万的人打破了我的宁静的乐曲，我开始惊讶，捷捷也开始惊讶。好像，全德国的人都穿行在这座城市之中，令我马上联想起远在上海的外滩来了。有一点不同，人群明显在流动着，朝着一个方向流动着，如同许多条小溪同时约好了去某条河报到似的。

我们能做的，也只能是跟随大流，"与时俱进"地前行了。

"喂，同学！谁说德国很安静，德国人很安静呀！"我不由调侃捷捷。是啊，首先是一火车的人都约好了齐声欢笑，现在又是满城的人约好了去一个地方。

人们前进的方向已经明确为港口了。港口停着许多白色的游艇，还有一架水上飞机如蜻蜓晃立水面。不过，这些原本激动人心——确切说来是能激动我心的东西，都被忽略了。宽阔的港口远景被挡得严严实实，在我视线中央的只能是一个气宇轩昂的庞然大物——玛丽王后2号，这是全世界最大的游轮，而今天也是她在德国逗留的最后一天！怪不得汉堡的商店到处张贴着这艘白色游轮的最佳写真：在蔚蓝色的大海乘风破浪的模样。在欧洲，我是个文盲，只能看图想字。竟然差一点以为是类似泰坦尼克号的电影广告呢！

站在人群之中，我笑了。我发现德国人真是可爱，每个人都是那么欢天喜地，从各个城市出发，坐着火车赶着路去看大轮船；看到了大轮船，大家又发自内心欢呼拍手；我看到了自己迄今为止看到过的最漫长的队伍，高高兴兴地等着上游轮参观。那种激情，就像我小时候去看露天电影、早早搬板凳占位置一般。不知不觉，我也沾染上了他们的激动，我虽还不能达到大喊大叫大胆表露心迹的境界，但我知道，我一直在笑着，和他们一样。

而汉堡，本来就应该是一个接纳激情的地方。她正是德国启蒙运动的先行者呀！想到这里，我突然兴奋起来。在欧洲，有多少个名字让我遐想，原先他们仅是文字，如此抽象。而现在他们经过的街道、凝视过的天空、沾染过的气息，都将一一在我眼前展现：让我可以去凝视、去抚摩、去呼吸、去落泪！正如现在我正整个儿浸在汉堡之中，浸在激情之中，我只能满心欢喜了！

远在上海的我的书房，书架的右侧从上往下数第三排，有一本暗色的书，书的名字叫作《汉堡剧评》，莱辛的。那一排都是西方文论的作品，每次往那里一瞥，就觉得很严肃，带着遥远的气息。那边的书需要选择最静悄悄的时刻，皱起眉头来看。看的时候呢，就只需好好记住，全盘接受，因为无法想象。但不管如何，我还是喜欢莱辛的思考，喜欢他对诗与画的分析，喜欢他对戏剧的评论。

现在，我终于拥有了一个想象的起点了。因为这座城市和莱辛文论的气质差不多：具有一种蕴藉着的激情。富有包孕性，正是莱辛所说的造型艺术应当捕捉的最好品质。

又因为我所见到的汉堡的激情，是包含在随和的人情味之中的。而当年莱辛，正是在这里提倡市民戏剧的呀！

就是这里：宁静的阿尔斯特湖、宽阔的易北河、红房子，以及白天鹅……

## 巴伐利亚到萨尔茨堡沿途

我们的车子穿行在巴伐利亚，沿着阿尔卑斯山的北麓，开往奥地利的萨尔茨堡。我在电脑上打下这一个句子，于是明亮的色彩纷至沓来。

巴伐利亚是我很喜欢的一个名字，这和那部电影《茜茜公主》有关，我一直记得里面那些树林、小鹿、清泉、山间的木屋……

大巴在德国不限速的高速公路渐行渐高。整个旅途犹如一个乘着地毯飞行的童话故事。既然是童话，你绝对不能推测到下一分钟、下一秒钟的情节。路边是高高下下的山或者山谷。大片密得让人屏住呼吸的森林，他们如风，浓绿得无穷无尽，层层叠叠的潮起潮落，涌过来、吹过来、吟过来、呼啸过来、清凉过来、燃烧过来……

我想起小的时候，我穿越在满山遍野的松林之中，永远有低低的天风，沉沉地奏响在四面八方。我想起十四岁的时候，我离开了所有的松林，从此进入了人群。

而现在，我又穿行于你们。激动的心情不亚于华兹华斯重回自然。我知道，他的诗歌如滚流而下的泉水一般，是从他的心中、从他的生命里直接流淌出来的：

　　　　五年过去了，五个夏天，加上
　　　　长长的五个冬天！我终于又听见
　　　　这水声，这从高山滚流而下的泉水
　　　　带着柔和的内河的潺潺。

每次读到这样的诗句，我就会会心而笑！更何况此刻，我正在满天满地满眼满心的森林与天籁之中会心而笑！

正当渐行渐高，似乎要远离人境的时候，总会有明亮的村落在山谷中一闪而过，而这一闪而过却在我的心中定格成永恒：深绿色的森林下面是鲜绿色的草地，鲜花盛开的木头别墅洒落各处，最高处通常是教堂的尖顶和蓝天。而你永远不知道下一次的一闪而过将会在何时。

我想起了小的时候看童话《爱丽丝漫游仙境》，那里面的颜色很纯粹：草地的绿、天的蓝、花的紫、森林的暗。似乎自己就追随进去了，掉进那个兔子洞，见到温暖微笑的小动物们，见到这般明丽的色彩。于是——我很执着地喜欢上了家门口的紫荆树，因为每到春天，她的整个枝条都是紫色，在阳光底下发着光；我也很执着地喜欢上了夏日的萤火虫，因为每到夜晚，洒落天空的，是她们在月亮底下发着光。我在我的生活中找到童话的色彩，但我却不能长长久久地信任它们。很快，长大的我，便把那些色彩当作童话特有的，或者是童话图片特有的色彩，不再在生活中寻找它们了。

而现在，我明白爱丽丝看到的颜色，竟然是真实的！

整段路程，就在一闪一闪的色彩之中度过，我始终望着窗外，期待下一次的不期而遇，一直到天光发紫变暗，一直到浓浓凉凉的夜色降临。

到萨尔茨堡之前，我们栖息在一个小镇上。山间的夜晚让人无法辨认一切，整个晚上，它只是让你在一间暗暗的木屋之中聆听，聆听外面无穷变幻的声音。

外面是溪水的声音，它流淌着，在一个充满灵动遐想的空间中流淌着；或许，还有无尽的风穿越参天树林而来。

第二天的清晨，溪水的声音萧萧瑟瑟，溪水的里面有雨水。我打开木窗，天哪，我们正对的是雪山？不对，是山川弥漫在如雪般厚重的云层之中。我们惊喜地进入雨中。我们在宽阔的溪水边，看云从天上流淌下来，和溪水弥漫在一起。我们仰着头，希望从云层的变幻之间发现山的轮廓。

一幅登山图告诉我们——在我们视线可及、如今为云层遮盖之处，是阿尔卑斯山脉的一座很高的山峰；而这个小镇法尔威尔芬（音译），是登山者最佳的选择之一。

而我与你，我心目中的高山，站得如此之近，却对面不识，却既不可望又不可即！你变幻你的身影，在水一方、在水之湄、在水之汜，在云深不知之处。

有一刻，好像屠格涅夫的《猎人笔记》中的那道阳光出现了，很短暂恍惚的一刻，太阳突然闪现了，于是一切都被照亮了，我忽然看见那座山上叠秀的森林，看见森林之间的草地。而那原本鲜绿色的草地在阳光中竟是金色而灿烂的。但是色彩如从空中骤降般暗下来。于是依旧是溪水的声音和云蒸风起。

我想，我本是一个过客。我本没有这个奢望，沿着那登山图的路线去真正亲近她；更不存奢望，与她相看两不厌，情与貌略相似了。从昨天到今天，我拥有了这些闪现的片刻，我明白了童话的真实，这些就足够照亮生命。

小镇是我们的休憩之地，我们要去萨尔茨堡。在路上，我看到了童话世界的另一个侧面："魔鬼居所"。车沿着山路而行，移步换景。突然，远远高处的阳光一亮，一座高耸嶙峋的怪石之峰突现出来，在那绝顶之峰，竟然是个诡异而参差的城堡。我想，这样的地方，只有魔鬼、巫婆，或者是雄鹰能够驻足了吧。

这不禁让我设想萨尔茨堡以及欧洲的一切城堡了……

## 萨 尔 茨 堡

萨尔茨堡是属于莫扎特的。

我对西方的古典音乐并不了解，对我来说，我只是凭着直觉去领会它们。

我们在萨尔茨堡行走，领略这个完美无瑕的小城，她真的堪称"欧洲心脏之心脏"，凝聚了欧洲所有的灵感与能量：有山有水，僧侣山和萨尔察赫河在远方呈现淡淡的蓝色；有丰富的城市建筑，哥特式风格和巴洛克式风格和谐相处；有教堂有城堡，中世纪的要素尽陈眼底；有风情浓郁的小巷和优美的桥梁，任过客行止。

而无论经行何处，都能听到莫扎特的音乐。

首先邂逅的是典型的欧洲花园——米拉贝尔花园。我不明白为何所有的树都需要被修剪得整整齐齐，所有的草地看似无限延展，却最终变成标准的几何图形。只有各种色彩的花朵开放出优美的曲线，但亦非自由自在，而是非常精确地规划成半圆或者"S"的形状。园林之中对称着各种雕塑，喷泉在最中心的地带开放。

于是我就尽量低下身、低下身，朝上望、朝上望。于是鲜花们就开始错错落落，风风火火起来，感觉是自由自在向上生长着的。而花园中的两个对称的高大石柱就被凸显出来，石柱上鲜花燃烧在蓝天之中。鲜花掩映之中，是高处僧侣山上白色的霍亨萨尔茨堡——中欧地区保存得最好的中世纪堡垒。900年了，它神采依旧，饶有兴致地俯视着淡淡蓝色的萨尔茨河，河水的左岸是老城，河水的右岸是新城。它最喜欢看的是远远花园中的紫色玫瑰，那些玫瑰流动着，静静流动着。仿佛是莫扎特当年在花园创作时任意洒落的《魔笛》音符，音符跳动、跳动、跳动成为如水般不间断的音乐。

这种音乐充盈在整个小城之中。陪伴着我们从新城走向拱顶巴洛克式的老城，从花园走向马卡特广场。而我们只有慢慢随意走着，才能刻画音乐的淡淡痕迹。

如果让我回想，我从来想象不起那天满城莫扎特乐曲的主旋律。或许是因为我本外行，在我听来——那是一种随意连贯的音符，没有特别的起伏；那样的音乐绝不能待在一个小小的屋子里面听，因为它不讲述情节，不描绘细节。那样的音乐只有走到萨尔茨河边，远眺天空和阿尔卑斯山时最为惬意。那时候那些乐符就很自然地拂过水面，渗透到天地自然之中去，和风在一起，飘飘荡荡散散落落。就如同我聆听到的小镇溪水和雨水，漫天漫地的，不需任何装饰；就如同穿行在山间丛林，满山遍野的，不必在任意处驻留。最重要的是，无论是风还是山林还是溪水还是雨水，它们始终在那儿，始终在吹拂着生长着流淌着洒落着……

走过长长的桥，我们去寻觅马卡特广场。通往广场的是小巷——谷物街，两边是温暖的小店。我喜欢走在这种窄窄的街道，我喜欢看两边的色彩。我很喜欢的是一家卖装饰品的小店，它铺天盖地陈列着绘满各种花卉的彩蛋，一时之间眼光不知如何逗留，几分钟缭乱之后，定格在紫色兰花的系列之中；我不太喜欢的是巧克力店，它铺天盖地地陈列着莫扎特巧克力。在巧克力的红黑色包装上，莫扎特戴着宫廷假发，陪伴着小提琴，向每个游客凝视。我可并不希望以这种方式和莫扎特见面。不管我如何埋怨，我还是在巧克力店初次邂逅莫扎特，唉。

小巷之中有许多小贩，我惊奇地发现原来世界各地卖的东西都差不多。一个穿着民族服饰的金发女孩，背着一个很大的草筐，筐子里面是提线的鸵鸟。她手里拿着一只毛茸茸的绿色鸵鸟示范给过往的游客；还有一些黑人，在玻璃上演示会翻筋斗的小人。不过他们的价格可不便宜啊，动辄几欧，在中国可以买一堆呢。在经过很多小贩之后，我们来到了莫扎特故居。

莫扎特的家就在小巷不经意的一个拐弯处，谷物街9号。进去是一个三面是房子的院落。正对着我们的是一座暖黄色的方形建筑，墙上镶着金色的"MOZARTS GEBURTSBAUS"（莫扎特故居纪念馆），这里现在已经成为一个博物馆了，周遭满是露天的咖啡座。

我这次来本有一个使命，我的一个朋友深爱莫扎特的音乐，他希望我能代他在莫扎特故居前献花。但我环顾四周，熙熙攘攘，发现并无此种可能性及神圣性，只得作罢。

我开始希望并相信200多年前，莫扎特见到的不是这样的空间了，而他的音乐也不会是在这个院落中得到灵感。

一定不会！当时这条小巷是幽深的，莫扎特出门左转，沿着石子路向下走、向下走。他就会来到萨尔茨河边，那时就会有阿尔卑斯山无尽的山风吹向他，用淡淡的蓝色或者浓郁的蓝色穿越他。他的头发自然飘扬，穿着的是随意的衣衫。绝对不是宫廷演出的形象：穿着红色镶金边的外套，里面的衬衫堆满繁复的褶子。头上中规中矩戴着金灰色的假发，在耳边打着波浪的小卷。

而他继续走着，走出萨尔茨堡，从童年开始走到青年，走了漫长的 3720 天，走过欧洲的十个国家。穿行在那些山林、牧场、小溪、大河、城市、庄园之中，他穿行着、穿行着，把音乐抛洒在身后的天地之间；而如今，他的音乐继续穿行在整个欧洲。

我们继续向上，来到了马卡特广场。广场上已经有许多小小的乐队了，你可以任意欣赏。他们演奏着各种乐器，放乐器的大箱子照例打开着，你可以向里面丢钱。在大箱子里面还有他们自己录制的 CD，如果你喜欢他们的音乐，还可以购买 CD。可惜我对于西方的音乐和乐器，简直是乐盲了，所以只好在每处傻站一会，倾听一会，表示虔诚。莫扎特的纪念碑和钟楼屹立在广场，还有他的青铜塑像，似乎也在侧耳听着各处的音乐声，并且很有礼貌地不加评判。

我们在广场上抬头看了萨尔茨城堡，是否城堡就应该远远地看呢？虽然有高头大马的马车从我们边上经过，穿着中世纪服饰的绅士们坐在马车之上，也非常之帅，不过我们还是没有继续向上。

时间关系，渐次往下，就要离开这个精致的小城了，我试图把拥挤热闹的世俗商业抛开，让所有的记忆空间都用来储存散落的音乐和紫色的玫瑰，突然一个念头闪过，让我大感"安慰"和快意，那就是：莫扎特绝对不会看到铺天盖地的莫扎特巧克力的！

## 意大利境内及威尼斯

进入意大利境内了。

阿尔卑斯山脉渐渐变幻成亚平宁山脉，厚重或鲜亮的绿色也渐渐褪去，路边渐多高大陡峭的石山。

巴伐利亚式样的白墙黑木红色鲜花的湿润色彩渐渐淡去，意大利境内的房屋非常朴实，许多是很纯粹的土黄色。

锦绣灵气的德国与奥地利的田野渐渐远去，意大利的田野简简单单，方正的土地边上整齐地生长着树冠方正的树木。

在开阔而厚重的云层下面，一切是那么淳朴。

云层渐渐变淡，似乎开始有了一些变化。阳光慢慢渗透进来，犹如油画的层层着色，越来越浓烈的金色，直至无以复加。此时整个郊野都被镀上了神奇而炽烈的阳光，那些树和房屋，就在这纯正的色彩之中灼灼其华。一切平实都变得妙不可言。只是，因着，阳光！

这样的阳光，一直从沿途洒落到了威尼斯，这个意大利的水乡泽国，是一处与江南水乡截然不同的境地。

这个时节，八月份，江南蝉噪。应该是一年中最鲜艳的时分，即便如此，江南依旧是淡雅的色泽，一带白墙黛瓦，水田漠漠。似乎永远只能用汲满清水的墨色去描绘它。

威尼斯则是浓墨重彩的。

金绿色的亚得里亚海为整幅油画设定了背景色彩，狂欢节面具的斑斓闪现其间。

圣马可广场是威尼斯的中心。欧洲的城市之游，广场总是最凝精聚神之处。皇宫、教堂会依次罗列在广场周遭。各种建筑风格和色彩、雕塑和壁画，让人目不暇接。一切正如一个高速转动的彩色陀螺，或者是角度骤变的万花筒。它们让你无法安静下来，无法凝视某处。

圣马可广场正是一条绚烂的光带，或是无数彩色的碎屑，闪烁在油画之上：圣马可大教堂的五座圆顶气势恢宏，仿照土耳其伊斯坦布尔的教堂风格；而圆顶的边上穿插的居然是哥特式的尖拱门。教堂内部无数花岗石和碎瓷片，镶嵌成巨大的壁画。基督、十二使徒、天使密布天上地下，所有的画作笼罩在金箔发出的光辉之中。而耶稣的圣徒马可，这座城市的守护神，据说就安息在这个教堂的黄金祭坛之下。是他给我们带来了《马可福音》，福音就是好消息，而我现在终于知道，好消息就是金色的消息。

圣马可大教堂的右侧是高高的暗色钟楼，与教堂的风格完全相反，它是那么凝重厚实。远望二者的组合，就好像是一个美丽的神话飘动在坚实的旗杆上一样。

广场的另外三侧环绕着新市政厅、总督府和克雷尔博物馆。无数巨大的廊柱罗列周围。但由于广场面积非常之大——大致相当于四个足球场，所以并不显得拥挤，有鸽子滑翔出各种弧线。广场边是喝露天咖啡的好地方，据说拜伦、狄更斯都曾经在这里品尝咖啡，点亮灵感。我在某根巨大的柱子下休息了一会儿，不经意往边上望了一眼，每个门洞的柱子下都坐着些游客，没有咖啡和灵感，只是在目眩神迷之中发发呆罢了。

穿越广场，是密密的河道，是真正的水乡风情。

我们坐上"冈朵拉"，这样的船让我想起小时候的童谣：弯弯的月儿小小的船，小小的船儿两头尖。船身很狭长，漆得黑亮亮的。船头与船尾弯弯翘起，竟然与中国的龙舟颇为相像，或是马可·波罗从中国带去的式样吧，当然，意大利人坚决否定了这一点。撑船的是一个高大的意大利小伙儿，长发飘扬，鼻梁高挺。白衬衫敞着胸膛，露出黑红色的皮肤。一篙下去，便开始与前面的船夫一起高声歌唱，这应该是真正的纯正的意大利语的歌剧吧。

船便行于狭窄的河道之中。石或者砖的建筑从两边纷纷拥来。相比广场的繁华，这些房屋很朴素，甚至有些破旧。颜色是单一的浅色，墙壁上到处斑斑驳驳；式样是单一的方正，没有过多的装饰。也有长长短短的弄堂，但平淡无奇；只有大大小小的石桥，为水城带来了一些风致。

相比中国的江南水乡，威尼斯似乎缺少了柔婉的风韵与流水的灵动，缺少了幽深的弄堂与润泽的木色。

但是，坐在"冈朵拉"上的我们，需要关注的却是另一种特质，这正是沿途至今我们一直的发现——意大利的阳光，它可以化平常为神奇！或者说，在这样的阳光下，无须刻意经营建筑。只需要普普通通的古老的底色，只需要普普通通的样式，而阳光，会为所有的一切调浓色彩，照亮风韵。加上无数的鲜花的点缀，加上透明的蓝天的渗透，一切都变得妙不可言起来。

坐在船上和阳光中的每个人，也都是那么鲜艳而光彩夺目。望着他们，我终于明白了，其实圣马可教堂的金色，并非夸饰或者是相像，而是直接从自然得到的灵感罢了。

神思就如此随绿水荡漾在大小河道之上，每张照片的眼睛都是眯得弯弯的，脸庞都是明亮有神采的，哪怕是在叹息桥下呢！

我们的小船即将靠岸了，我再次凝神看看我们的船夫，想要记住这张典型的意大利帅哥的面容，他也朝我灿烂地微笑，并且竟然向我开口了！

我分明听到他在唇齿之间挤出几个笨拙的中国单词。那竟然是执着的"小费！小费！"不由为之绝倒！这下，他"正宗"的美声唱法将和这可爱的中文词语一起，永远留在我的记忆之中了。

我们即将离开这座明亮的小城了，不经意之间，只看见碧绿的亚得里亚海，在不远的地方，阳光夺目，鲜艳耀眼。

## 罗马与梵蒂冈

准备踏上大路，通往罗马了。

最充满憧憬的罗马之行，却是在一种最糟糕的氛围中揭开的序幕：

同行的一位阿姨，她的儿子打电话过来，紧张兮兮地说："这两天网上发布消息，说恐怖分子要袭击罗马地铁站，就别去罗马玩了吧。"

还有人郑重相告："意大利小偷非常多，你们要当心！见到小孩、老人、美女和帅哥都要当心！"

有的时候，我希望以唯美的心境、非功利的态度去游览，发现总会事与愿违，因为我们所到之处，其实都是世俗之地。

在捷捷的安排之下，我一直走在他的后面，确切说来，是走在他那个鼓鼓囊囊，装满"细软"的背包之后随时监督。我们的大巴不能开进景区，所以地铁是旅游罗马的必需的交通工具。

一出地铁，我就把捷捷的背包给彻底遗忘了，因为——我到的是罗马！

罗马静穆在土黄的色泽之中，所有的建筑高大残缺，镌刻在纯净的蓝天之中，蓝天也因此错落沧桑。

公元前 80 年建成的公共竞技场，无数拱形的门窗在广袤的空间撑散开去，撑出一片椭圆形空旷的竞技场，阳光随意穿梭其间。游人们走在高高下下的城墙上面，兴致盎然，激情一如当时观看野兽相斗或者人兽相斗的罗马人，只不过当年是崭新的建筑罢了！而无论如何，这个建筑的功能始终没有改变，当初是娱人，如今仍然是娱人。只是因着岁月的增饰，它竟变得深沉、神秘起来，竟变成一种"文化"的积淀，成为罗马的象征了。是否世人最易遗忘？是否时间即可磨灭甚至增值一切？是否从来人们只在意于取悦现世？是否希腊罗马的纵情生活最能引起当代人的共鸣？

走过公共竞技场，我的心中就始终在古或今或非古非今之中徜徉，始终在现实与理想之中徘徊。

沿着帝国大道前行，帝国大道是用很平易的深灰色小方石砌成的道路，没有想象中那么宽阔。它如同一位沉默随和的长者，带你走向一片过往的世界：元老院、神殿、贞女祠、凯旋门……

> 眼前的废墟
>
> 错落成为错觉
>
> 我们会说
>
> 我们回到了过往
>
> 那旧日的罗马
>
> 其实
>
> 我们不曾看见当初
>
> 我们看见的
>
> 只是指向天空的残缺
>
> 厚重与空旷同在
>
> 时间如风般
>
> 穿梭其间
>
> 我们的身影如风般
>
> 穿梭其间
>
> 似曾真实

其实游客是永远无法回归过往的，他们感受到的始终是自己的感受，始终是全新的激情。就像当年的歌德，从狂飙突进运动中跌落低谷，整个人即将沦亡之际，从魏玛秘密出走意大利。在意大利，他感动了、沉醉了，从古典之中汲取到了新鲜的力量。他在威尼斯寄信给妈妈："我将变成一个新人回来，我要为了我和我的朋友们更大的欢悦而生活。"他从意大利汲取到了宁静、和谐的人道主义理想，这是一个最有收获的过客。

而眼下，虽然建筑们依旧沉静高大，充满力量和暗示，虽然废墟依旧沧桑执着，令人感伤和追思，但日近中午，游客渐渐拥来，加上我、加上各色小贩，一起营造铺天盖地的气势，一起穿梭绕行充斥践踏疲惫嬉笑于特拉亚诺市场、威尼斯广场之间。我不由想，歌德游历时如果有这么多游客，身处其间，他还能思索吗？还会眼前一亮吗？他会失望吗？

而我，在万神庙，真的是有些失望了。

万神庙是黑沉沉的建筑，阳光直接从它巨大的穹顶圆眼倾泻而入，宛如一束清澈的天界消息。但如今这个消息变得有些复杂，这座建于公元 120—124 年的古罗马神殿之内，阳光照亮的却是基督教的大型壁画，这让她无法神圣，让她无法专注地表达些什么。更让人无法接受的是万神庙的周围，满当当的是意大利的面条比萨咖啡和四面八方的食客。黑色庄重的万神庙身处其间，似乎有些尴尬，在她的四周，还有无数条小巷，通往无数个小商店。我原本想象这样的神庙，应该是建于临海的高岸之上，似乎要直接与天空相接，而清凉的若有所思的气息，充盈在深蓝色的天与深蓝色的水之间。我不能设想她竟然在世俗之地，在小吃店的中央！更糟糕的是，万神庙成了导游让我们一会碰面的标志性建筑。

只好在摊贩之中闲逛了，突然我发现了一本设计很精美的大册子。里面是罗马废墟的巨幅照片，很有创意的是，每幅照片之前还有一页透明的画页，如果把它与照片合在一起，就是一幅还原图，你就可以看到当年的建筑模样了。一页页翻看，罗马以一种家常熟悉的方式闪现，心中开始释然。

实际上，修复也罢，不修复也罢，罗马始终是家常的，而非想象中的神秘。广场用来交谈，神殿可以俯视，竞技场是娱乐中心，有商贩穿行其间。两千年的岁月，除了服饰样式不同，生活照常进行。它并无责任去激发后来者古典或者唯美的理想；而我们，有所得或无所得，都无须苛求。

离开万神庙，在特韦雷河边看到了不远处斜斜的天使堡，感觉好像看到的是一座沙漠之中风化了的城堡。与之形成鲜明对比的，是远处可以望见的世界上最"豪华"的国家或者教堂——梵蒂冈。

梵蒂冈，一个世界上最袖珍却最伟大的国家。袖珍之处在于，整个国家只是一座教堂；伟大之处在于，整个国家竟是一个教堂！

我们在圣彼得广场之外等待进入。阳光把一片广阔的土地照得明亮而炎热。环绕着教堂的是周围的椭圆形双柱廊，圆柱与方柱林立入云，140 尊圣人像站立在柱端凝视人间。其实一路走来，我们看到的都是圣人的头像，遍布于大街小巷的是新教皇本笃十六世的形象。

教皇头戴一顶白色的小帽，和蔼睿智地看着世人。他穿着紫色的丝质长袍，上面披着黑色的绶带，绶带上是金色的圣母圣子像。教皇微笑着，在各个旅游纪念品的小摊之上，成百上千个教皇在微笑着。

人群依次通过检查，进入教堂。圣彼得教堂显得拥挤起来。

但无论如何，人群都无法遮掩教堂中的巨幅壁画、天顶之画与高处的花窗，只是周围的声浪渐渐起伏高扬，来自世界各地的游客，在此处拍照摄影高声谈笑，做着游客该做的一切事情。

这个时候，教堂的喇叭响了，反复播放着让我永世难忘的话语，那是一段尖刻且不流利的中文："这里是基督教的圣地，请游客们不要大声喧哗……"没有其他语种，漫长的时间里面只是中文！我不知道怎么描述我心情的复杂：确实，一路行来，在澳大利亚或者欧洲，我满耳听到的是大声豪放的上海话、广东话、东北话……我们真的做得不好。但是这样的歧视又让我刻骨铭心！

这样的心境让我无法欣赏这伟大的教堂，欣赏铺张罗列的艺术。何况一路行来，看到的好像都是广告与炒作，再也没有当初邂逅教堂的神圣感觉，哪怕身处世界上最好的教堂，我的感觉也只是又到了一个景点，一个世俗之地而已。

我们只是默默走出了教堂，来到了世界上最袖珍的邮局，在那里，我给小西寄了一张明信片。在明信片扔进邮筒的刹那，我很想家了，想念那片普通却让我永远都不会割舍的土地，想念一种世界上最简单最不需要修饰的情感……

## 佛罗伦萨、比萨……

相比佛罗伦萨，我更喜欢翡冷翠这样的译名。这个城市原本存在于我的梦境之中，似乎要拨开层层如雾般蓝色的帏幕，而天幕竟永难穷尽，只能隐约看见孔雀蓝的宝石在幕后熠熠生光，变幻折射出各种色彩。

而今，真实的天空下罗列着一切色彩，那不是蓝色的主调，而是红色、暖黄色的盛开，房屋的色泽、鲜花的色泽，使得空气都染上了明亮的气息，我都开始怀疑，这里会下冷色的雨和有冷色的冬天吗？

　　我最希望能在这里寻觅但丁的踪影，然而但丁家的高墙——暖色的凹凸的高墙，隔开了一切细节。只有墙上高处搁着一个小小的但丁石像，隔着很远，也看不分明。不过我心中早就能勾勒出但丁的模样了：瘦削的脸庞，过于严厉而深刻的眼神，下巴严肃地向上翘着。这样的神情特别适合在《神曲》中，对意大利或者人类做出善与恶的审判。想必他凝视贝娅特利丝时，也是如此深沉。就像一个虔诚的教徒看着圣母像一般，然后做出发自内心的判断和赞美："伊似非人之女，而系神之女！"

　　就像但丁匆匆离开佛罗伦萨一样，我们也匆匆经过但丁的家门，无法回头。我想，欧洲的城市，都是需要慢慢住着去欣赏的。佛罗伦萨，拥有四十多个博物馆、六十多所宫殿，大量文艺复兴的艺术品保留此处，被称为"西方的雅典"，像我们这样，走过路过全部错过，实在是大不敬了。

　　好在我们来了西尼奥列广场，这是一个太神奇的地方！一切无法用价值估量的雕塑，它们本该处于戒备森严之中，和人群保持遥远距离，如今竟然随意散落在暖色的广场上。这样的亲切，叫人无法景仰或者惊叹，叫人只是静静地欢喜。

　　大卫的雕像（广场上的是复制品，由于时间关系，我们只能欣赏复制品）就安静地站在广场的一侧，在旧式城堡和通往博物馆的路上，在大团紫色的花卉衬托之下。这一块白色大理石，在佛罗伦萨大教堂后面闲置了几个世纪，无才可去补苍天。它埋没于尘埃之中，却最终在米开朗琪罗手中化为人间理想美的典范，成为万众的聚焦之处。

面对着敌人哥利亚，大卫右腿支撑起了整个健美的身躯，右胳膊上的肌肉剑拔弩张，而左腿闲闲踮在地上，左手臂温文尔雅地搭在投石器上。在他身上，优雅与紧张、宁静与爆发、思想与行动完美地结合在一起。这正是当初那块蓄势深思的石头，也是未来叱咤人间的以色列王。

就这样明亮而安静地欣赏广场上的雕塑，感受文艺复兴时候的气息，个性的色彩和现世主义的气息迎面而来。

而佛罗伦萨，正是这样一座充满着现世生活乐趣的城市。

佛罗伦萨的本意是"鲜花之城"，在明黄色的背景色彩之中，到处是热情洋溢的红色与紫色的鲜花。如果从天空俯视，她定然是一颗橙色，氤氲着亮紫色，闪动着金色的星辰。

紫色来自鲜花，而金色来自金银桥。金银桥横跨在阿尔诺河水之上。如果佛罗伦萨有一种色彩好似冷色的翡翠，那一定就是阿尔诺河的颜色了——蓝绿色。在她之上的金银桥，则是一座暖黄色的长长的廊桥，她有点像江南的狭窄街道，两边是可以随意亲近的店铺。店铺之中闪烁的则是美轮美奂的金银和宝石饰品，这也是意大利最杰出的艺术品的展览啊，只不过这样的展览带有功利的色彩，也带有世俗享乐的激情。

欧洲的店铺和中国的不太一样，中国的店铺之中橱窗只是一个很小的展示口，像一个箭头，最大的功用是引你入店细看；而欧洲的许多店铺，橱窗才是真正的展示台，店内的大部分商品千姿百态陈设在橱窗之中，你可以尽情站在店外欣赏。而金银桥的所有橱窗似乎是连在一起，随着桥向前蔓延的。于是跳动的金色与银色也如梦如幻般一路陪伴着你。

整个佛罗伦萨弥漫的就是这样的主色调，然而有一个地方的色泽却不太一样，那就是圣母百合花大教堂。她撷取了百合最纯粹的色彩：白色、绿色与粉色，整个教堂主体是干净的白色，其间用绿色和粉色的大理石镶嵌成各种图案。当然，也有例外之处，那就是她的那个巨大的圆顶和其他屋顶，还是用红色的砖砌成的。

百合是圣母之花，我想，但丁深爱着的女子贝娅特丽丝，一定也是如百合般的人儿——清雅且神圣，就像眼前的这座教堂，让人耳目一新，让人想要清新脱俗。

这是怎样一座城市啊，中世纪与文艺复兴、神圣与世俗、艺术与工艺、暖色与冷色、诗人与艺术家、博物馆与首饰店、深沉的思考与尽情的表达，完美而和谐地共处着。让你想要逗留于此，久久不归。我想我在以后的生命中，一定会经常蓦然想起她的。而想起她的时候，所有的色彩，次第开放……

如果说佛罗伦萨令人留恋，意大利的另外一个景点，我就不敢恭维了，那就是比萨。它相当于一个缩微的公园。千里迢迢奔波，总算看到一片绿地上，在绿地上有三座白色的建筑，平平常常、普普通通。只有那座塔，以一个不可思议的角度歪着而已，再没有别的什么了。难怪比萨人处心积虑去保持它的角度，否则绝不会有游客过来观光了。最糟糕的是，到处充斥的是各种材质制作的粗糙的小比萨斜塔，游客纷纷购买。我想起小西临行前对我的警告："千万别给我带个比萨斜塔回来！"
不由暗自发笑。我的建议是：看图片足矣，不用亲临现场。

　　不敢恭维的还有意大利面和意大利比萨。老外在吃的方面
太没有想象力，要不就是两块面包中夹上一堆腻腻的东西，要
不就是一块面包上烤上一堆腻腻的东西，要不就是一堆东西上
挤上各种腻腻的东西。令我忍无可忍！还好我们带着腐乳、榨
菜、咸鸭蛋和方便面，我要衷心地感谢它们，陪伴我走完了意
大利之旅。

## 因斯布鲁克、新天鹅堡和海德堡

　　去新天鹅堡之前，我们住宿在奥地利的因斯布鲁克，重回
阿尔卑斯山的感觉太好了。因斯布鲁克像蓝色透明的水晶，她
的蓝天、她的雪山、她的空气，都是清澈的。一大早我就欣喜
地跑出旅店，一跑出旅店我就投入了农家的小花园——

　　这是多么奢侈的农家花园呀，竟然在雪山的怀抱之中，竟
然在没有尘埃的地方。于是，作为回报——她在茸茸绿色的苹
果树上，藏满淘气可爱的小苹果，新鲜的红色和翠绿色；她在
随意的绿草地上，开满活泼跳动的花朵，清亮的黄色与紫色。

　　站在花园四望，我不由想起普鲁斯特的散步。对他来说，
选择散步的方向意味深长。如果是到维福纳河边上，他将进入
金盏花次第开放的地方；而如果选择另一侧，那将是进入一片
类似高原的地方。

　　在眺望的刹那间，我终于读懂了他。在某些土地上，你确
实不知如何抉择，会左右为难。你向雪山方向走，你会进入无

人之境，看着云起云生，雪暗雪明，你会说山色有无，全由心生；你向安静的农家小院走，你会欢天喜地，看着风吹花动，红瓦白墙，你会说赏心乐事，舍此无他；你向热闹的城市中走，你会惬意尘世，看着小巷广场，人来人往，你会说置身人世，随喜随喜。

你将怎么办？每一种方向或者选择都是美好的，并且你都可以咫尺到达。而一旦你选择了一种，你就怕错过另外一种；一旦你选择了一种，你就不能犹豫，要酝酿好适合它的那种浓浓的心情去接受它。

就是在犹豫中，我无法犹豫了，因为我们要出发了。但是没有关系，我们一路在阿尔卑斯山下行，对我来说这就足够。而我们要去的地方，又是一种再正确没有的抉择了，那就是德国的新天鹅堡——当初是巴伐利亚国王路德维希二世的官邸。

据说路德维希暗恋表姑茜茜公主，而茜茜曾经送他一对雪白的瓷天鹅。路德维希后来把所有的热爱倾注在瓦格纳的音乐和修建新天鹅堡上，那其实是为了营造想象中的天堂，为了营造自己不可企及的境界。路德维希在写给茜茜的信中是这么表白的：

"真挚的爱和深切的仰慕以及温馨的依附感早在我还是孩童时代就已深深埋在我的心中，它使人间变成了天堂，只有死亡才能使我解脱。"

要在人间修筑天堂，并非虚幻；要在世界上最美丽的地方修世界上最美丽的城堡，亦并非梦境。

要的是一湖纯粹蓝色的水、绵延鲜绿色的草地、随风高低错落的树林，绝高绝幽远的境地。

要的是如梦如幻的建筑样式，纯白似天鹅般的外墙色彩。

要的是瓦格纳的音乐化为清风，天鹅骑士的情节凝成气质。

最重要的是，要一往情深，以爱情为生命的全部，以建筑"天堂"为半生事业。

而现在，更需要的是每个经行者的痴心，去欣赏和沉醉于她吧！

我们没有进入城堡里面，欣赏她的金碧辉煌，而是泛舟于湖水之中，远远看着她。看着她在山水之间，汲取灵气；看着她荡漾在色彩之中，自在惬意。同样地，也看着她，把散落的色泽与风景凝神聚焦起来。自然与城堡，好像成为一对互相依恋的恋人了呢，而最令人嗟叹与羡慕之处在于，他们会一直这么长相厮守下去的。

我们也一直摇曳在湖面，想象不出绝美之境的外面还有世界，想象不出透明的空气里面还有时间。直到蓝色的湖水渐渐凝紫，直到白色的城堡渐渐泛红……我希望，一直到叶生叶落、雪飘雪融、风起风消、日升日隐……

一回到人间，就已经是海德堡了。这个欧洲最适宜散步的地方。整个小城就是一个大学——海德堡大学。哪怕有暗色古老的海德堡矗立在山上，这里也和新天鹅堡完全不同。新天鹅堡是纯粹自然的，海德堡则弥漫着浓浓的人文气息。

海德堡的空气中充盈的是属于人类的创造力与灵感。代代诗人和艺术家经行此处，留下甜美的想象和明亮的激情。歌德说："我的心遗失在了海德堡。"雨果说："我不能自拔。"马克·吐温说："这是我到过的最美的地方。"在新天鹅堡痴立许久，我会开玩笑说："今者吾丧我"；而在这里，我只能闲适地散步，并且沉溺于人类的各种最浪漫的情感之中了。

小城被宁静的内卡河隔成两岸，一面是墨绿色的连绵的丘陵，一面是盛开着鲜花的老城。我们望着对面的山，不是去欣赏那些树、那些风，而是去寻找一条为世人所开的小路，它就隐约在那山中，是黑格尔散步沉思的地方——哲学家小道，也就是一个手掌型的雕塑之所在，上面刻着一句话："HEUTE SCHON PHILOSOPHIERT（今天已经哲学了吗）？"虽然我只是遥望，但我在心里也笑着问自己道："今天已经哲学过了吗？"

真的——只有在这样的所在，你才能自然而然地流露对文学、艺术、哲学的挚爱，而不需要理会旁人的嘲笑或者惊讶的眼神；也只有在这样的所在，一切不文学、不艺术、不哲学的人才会怅然若失，自惭形秽。

这里的一切氛围，都让我沉思和反思：沉思生命，反思自我。

海德堡老桥边，有海德堡之猴的雕像，他爪持明镜。有关它和它的镜子，有很多种说法，但我欢喜最简单的一种：你可以照见自己！在这所1386年就建造的大学之中，我一直在追问自己：你有勇气去照一下吗？你真的努力了吗？你真的是为文学而文学了吗？你读到了博士，教着学生，真的名副其实了吗？

我不敢回答，事实上，我还差得太远太远。

而当教堂、学生监狱吸引着游客注意力之时，当太阳暖暖拂过古老的城堡之时，我却坐在一幢很普通的白色建筑之前，坐在一片方石的广场上。正对着我的是一扇很朴素的门，上面写着两行简单的文字，如果翻译过来，那就是"海德堡大学文学与艺术学院"。

我没有走进那幢楼，也没有去摸海德堡之猴右手向外的手指，据说那样做的含义是"我会重来海德堡的"。但我在心里期盼着，重回海德堡大学；期盼着，走进那扇看似简简单单的门，而里面，则是我钟爱的一切。然后，此心足矣！

# 夏威夷或者旅行

## 远 方 ？

我出发，去做一次旅行，目的地是夏威夷，和小西同行。

我到了夏威夷，却没有进入远方。

尽管我们选择的是最漫长的转机方式——经行洛杉矶，然而再漫长也就是 20 小时。

20 小时，无法让人觉得去的是远方。

久久困惑，因为无法摆脱 20 小时对面的一切，距离"短暂"，使得所有的时空都很容易被叠加在一起，甚至梦境之中，上海的人与事都可以任意穿梭到当下的空间。

十天的期限，十天之后，需要飞快重回工作状态，十天之后的一切，也纠缠在十天之初。

我想，是否自己真的老了，无法摆脱，无法真正纯粹。

或者说，世界不再广袤，如亘古时分，如农业时代。

逝去的岁月，人们向着遥远的天际慢慢跋涉，个体很渺小，天地却会异常开阔。

那样的时候，是否更加容易割舍，或者顿悟？

以飞行的速度来到远方，故乡和他乡，就像是一张纸的正反面，轻轻一转，图像就叠加成某种意象，浑然一体，沾染成无法扯开的浓雾，弥漫心间。

除了时间的荒谬，还有神情。

一路所见，神情大抵相似。无数的电脑、手机，各个年龄段的过客，专注而奢侈地消磨着自己的人生。

全球化、后现代，并非外部的世界，而在于内心，感觉绚烂，动感，然而破碎、虚拟。

## 树 与 渐 悟

顿悟或者渐悟，注定要在树下。

终于到了海边，海边是黑色的火山岩石，与石上激起的鲜亮的白色浪花。黑色的海岸线，才是夏威夷的本色。而那些金色的沙滩，许多都是人为的经营。

本色当行，除了石头，便是树。

我惊讶这里的树，可以恣意生长、眺望于海边。可以散漫无边地向四周伸展，遮天盖日，枝叶婆娑；也可以孤注一掷地向天空独行，聚精会神，枝简叶少。

多数时光，我和树一起消磨在海边。

夜晚，看夕阳西下。人们三三两两，坐在海边的石头上，坐于树下，和太阳一起，沉入夜色；和树一起，凝成剪影。天光渐暗，每一分钟每一秒钟，光线与色彩都有变化。并非黑夜吞噬霞光，而是霞光渐渐渗入暗色，千丝万缕，千变万化，最终，融汇成金色的黑暗。原来，夜竟是灿烂的。每一分钟每一秒钟，都有错觉，觉得自己并非沉沦了，而是被另一种光芒照亮了。

天地开阔，无遮无挡；时光空白，无牵无挂。只是静静地看落日。很简单的事情，却如此奢侈。

看得久了，猛然抬头，看另一方天空，只是一小弯素色的月亮，与低处浓郁奢华的黑暗，形成对比。

突然想到：小的时候，同情树，觉得她们总在原处，单调乏味；现在才知道，她们的时光多么丰富，而奔波忙碌，才是真正的单调乏味。于是，渐悟渐静……

## 花　和　花

我们见到了花、草，我们最关注的花、草，没有什么不同，却非常不同。

蝴蝶兰，我们过年用的，买一盆，放置于客厅最显眼之处，很喜气，然而是一次性的，来年很难再开花。这里到处都是，刚进宾馆，就被戴上了一个碧绿的花环，竟然是无数朵蝴蝶兰穿成的。我们是一盆盆买的，这里是一大丛一大丛生长的，不仅生长在泥土之中，而且氤氲馥郁于女子的发间颈上，连衣服围巾箱包上面，都盛开得满满的。我终于也买了一朵素白的花，想要簪于发间，照镜、犹豫、取下，最后，轻轻别于衣上。细想却又何妨，屈子当年，不是遍饰香花香草的吗？

扶桑花，我家原先便养着一株，记得走的时候，和小西一起把她搬进家中，怕她冷。这种花很性情，整个摊开来开放，一点心事都不留的样子；但是很单薄，颜色有时也不太分明。到了这里，才知道她原本可以开得更加硕大，小西尽力摊开手掌，也无法和她抗衡。而她的颜色，竟是很果敢的红、白、黄，没有那么多犹犹豫豫。买的时候知道她是木本的，现在真切知道她是树，而非草。在这里，她是被用作绿篱的，树干粗壮，直上七八米的样子，而花则顺势烂漫开放。

烛台花，我不喜欢。叶子不像叶子，花瓣不像花瓣。一个冷红色的手掌伸出来，中间是鬼头鬼脑的一段蜡烛般的心。原来她的色彩，不是单一的红，而是朱红朱绿的天然渗透，花瓣上面有一层蜡的光泽，花心如玉。小西说要带一盆回去，后来不忍，怕把家里的那盆气杀。

芭蕉，我很喜欢。喜欢她衬着白墙的泼洒随意，总让我回到过往的江南。小西不愿意种，因为地方太小，更重要的是，到了冬天，就只剩下一堆破布头枯秆子了。他不管王维雪里芭蕉的空灵，也不想效仿李商隐，留破叶子听雪声。他最怕见到花草凋零。于是，我们没有芭蕉。而如今，芭蕉在热带雨林之中，一直遮蔽到天上去了，感觉整个江南都盛不下她们了，自然也不存在败落的烦恼，但是我想，小西是对的。长得好抑或不好，芭蕉都不应该属于我们的家。

蒹葭：于水边，凄迷清冷，似隔非隔；如雪如雾，惆怅无边。所谓伊人，可望而不可即。换了此处，所有惆怅顿收，亦不必去寻寻觅觅。总有两三米甚至更高，一路过去，密密丛丛，原野上山脚浓厚的一笔，油画颜料的狂野。

…………

我们穿行于她们的世界之中。她们色彩纯粹，映衬在同样纯粹鲜蓝的天空之中；她们千朵万朵，从天上流淌下来，完全遮掩了人家院落；她们没有暮春秋日，总是开放，漠视一切悲欢离合。

她们就是她们，人间成为点缀。

## 云 水 之 间

水是透明的，才能变幻出无尽的色彩。

天是蓝色的，海水就是蓝色的；天是灰色的，海水就是灰色的；太阳出来了，海水就是各种颜色的；太阳穿行于大朵云彩之时，色彩就不重要了，只是光线的乍明乍暗，阴晴不定。

阴天的海，是灰色的，远山是灰色的，巨大的浮云是灰色的，灰色是干净的，永远肃穆地流动着的，不管是海、远山，还是云。当然，主要是海与云，山是否有，很难确定，也不重要，要看云高兴与否。云与水，很容易就忽略山，汗汗漫漫、明明暗暗地融会在一起。其实，她们原本就是一体的。

晴天的海，如果天是蓝色的，海就会更加彻底地蓝。天是没有映衬的，海则会翻卷出无边的雪白来，让蓝色和白色更加分明纯粹。

晴天的海，如果岸边有各种色彩，蓝色就会分出各种层次来。在毛伊岛哈纳高速上飞驰，山回路转，变幻莫测。永远不知下一处转弯，会是怎样的景致。错错落落的黑色火山岩、浓郁无边的热带雨林、明灭于山谷中树树火红的花、接天接日团团圆圆的竹海、悬崖上旋转盛开的金色菊花、从高处跌落的山涧瀑布……于是海水就变幻出郁郁的暗蓝、鲜艳的蓝紫、澄澈的孔雀蓝，乃至明亮的碧绿、金绿，或者是所有的蓝色、所有的绿色，都荡漾氤氲在一起，让你错愕，无法言说，无法用镜头记录。

阴晴不定的时候，主要是云与光线。光线垂直降落于海面，海面骤阴骤阳。天空被云团分割成浅浅深深不同的厚度，云团涂抹出白、灰、金、黑的各种变幻。有的时候，各种白色、各种灰色、各种金色、各种黑色的云，顽皮地同时扯满天幕。于是，不消看水，只是看云。

就这么一天、两天、三天。总是在仰望天空，总是在水云之间。

夜深时分，我和小西仍旧流连在海边，那个时候，海水是深黑色的。天上只有半轮弯月，周边笼罩着一轮光圈，光圈占据整个天空，除此，看不见色彩变化，但是，有声音。

给多多打电话，没有告诉在什么地方，多多在电话那头突然说："爸爸，我听见大海了！"我和小西狂喜。

是啊，除了云，还有水。除了看，还有听……

## 安排或者邂逅

我们规划自己的日子，却永远没有安排好。

规划是一种令人焦虑的行为，焦虑是因为无法预期。

小西喜欢想多些，我不喜欢想太多。小西太忙，没空多想；而我貌似不忙，却想不多。

想还是不想，总得出发。

我们选择了最漫长的路线，在毛伊岛看完了看不完的树、云、水、花，我们同时后悔了。在夏威夷消磨到最后一刻再走多好，何必在洛杉矶停留两天半？

于是我们去洛杉矶，不情不愿离开夏威夷。

到了洛杉矶已经是下午，没有出门，只是待在旅馆中。

夏威夷到洛杉矶，五个半小时；抵达洛杉矶的宾馆到入睡，五个小时。我看书，看村上春树的《挪威的森林》，慢慢地喜悦开来……

其实一直深爱的是文学作品，曾经如此痴迷作品，如今却放不开手脚去看，总觉得时日迁延，有太多的专业书没有看；一直想好好写自己的文字，却觉得不务正业。

然而，只需要一句，我就着迷了。

"现在我总算懂得了。原来——我想——只有这些不完整的记忆、不完整的思念，才能装进小说这个不完整的容器里。"

一直想，生活犹如万花筒中的碎片，纷纷杂杂，单薄的美丽。就如我当下在写的游记，也用了拼贴的方式。然而，终有一些目眩神迷，是不可追忆，无须追忆的；而剩下来的，看上去不完整，却本非碎片，因为内心一直是执着地连贯着的，不管自己是否意识到，或者自己是否愿意去意识。

一些极其年轻的人，却被包围在死亡的阴影之中，试图用自己的生或者死，连接生或者死。抛弃生死念头的人，在红尘中成就；而认真于生死念头的人，被世俗扬弃。渡边从直子的疗养院中出来，却回头顾盼：

"我在途中几度伫立回头望，或者无意义地叹息。因我觉得好像去了一趟重力稍微不同的行星似的，然后想到这里是外面的世界时，心情就悲哀起来。"

直子死了之后，渡边日复一日，背负行囊西行、西行，却没有排解，只能于现实世界中重返现实世界。

我怦然心动。

就是这些难以言传的东西，如果用文字言传出来，即便是不完整的、碎片的，那又如何，因为内心是流淌着的……

后来的旅途，一发不可收拾，回上海的 14 小时，无须调整时差，连续看《红楼梦》，一直到下飞机。然后，明白了，文字其实是生命中最重要的，并非业余消遣之物。想起史铁生沉痛的话语："我的工作是生病，业余写一点东西。"是否，我们的专业才都是病态着的呢？

## 儿童书店和关于儿童的一切

洛杉矶的一个我和小西都满意的安排是儿童书店：Children's Book World（童书世界），在匹克大街上。一个小小的门，走进去是三大间屋子，满满三大间儿童的书。里面没有教材、教辅、速成，只是儿童的书，各种各样给儿童写的书，各种各样认真为儿童，或者为自己写的书。

原来最复杂的知识，不管是地理、历史、音乐，还是生物，都可以用最生动、最漫不经心的方式表达。

原来创造力是从小培养的。手工绘画一栏，每本书都煞费苦心地附上了各种美丽的材质，还有各种类型的笔。书提供的是无比的便利，剩下的是发挥自己的想象力。

我拿了一本 *Hand Art*（《手的艺术》）——所谓手的艺术，就是模仿书中的手势，用笔把手的轮廓描出来，然后用彩笔随意上色，可以画出小鸟、兔子、蜗牛、狗、猫、马、水母、青蛙、恐龙、蝴蝶等。书后附着彩笔，各种动物的眼珠，小小圆形的绒布。

小西拿了 *Pencil, Paper, Draw*！（《铅笔，纸，画！》），里面是一些步骤，最简单的图形，一步一步，慢慢组合成最后完美的动物形状。这么复杂的画，竟然这么容易完成。我也跃跃欲试。

小西拿了 *MAKE A WORLD*（《创造世界》）从一些简单的几何图形出发，可以组合出各种思路，可以绘画出整个世界。

后来小西又为我挑选了书，其实我早已跃跃欲试了。他挑选的是玻璃纸材质的，上面是非常复杂精美的各种图案，需要一点点去上色，需要动用自己对色彩的理解，最后完成的，会是艺术品。

我不由赞叹："他们怎么那么有想法，那么有创造力？"

小西说："那是因为他们从小就生活在有想法的世界里面，习惯了有想法。"

小西拿了一本书给我，每一页上面都是公主，几十个几十个公主。书中附着彩带、布头、小亮片、珠子。我摇头："多多已经是个公主迷了，我不喜欢这样的书。我不喜欢多多沉醉于公主之中。"小西说："我不这么想，就算她一直痴迷于公主又如何？以后她完全可以当一个设计师啊。"我望着小西，像是被洗脑了一样，原来还可以这么去思考问题。那么之前，我是否给多多造成了无形的压抑呢？于是后来，我们买了各种各样的公主给多多，既然她喜欢公主，就让她将公主进行到底！

第二天，我们到比弗利山漫游。小西随便在 GPS 上指定了一大片绿地，我们就出发。是一个高坡，坡上有参天的大树，树下有看书、练擒拿、发呆的人。我们走过高坡，是一大片金绿色的草地，非常开阔，足有几个足球场这么大。草地中间错落了几棵伞状的大树,无数闪闪烁烁的叶子,叶子间垂下嫩红的毛茸茸的花。草地上是一群孩子,在踢足球,或者说在练习踢足球。他们的教练,衣服后面印着:Sun,Fun,Soccer(阳光、乐趣、足球)的字样,原来是个阳光中的儿童训练营,家长们三三两两坐在大树下面。

真希望,孩子们都能在这样的阳光下,这样的草地上,踢足球,或者说,真正地玩……

## 快乐谷和亨廷顿公园

我们去买一些东西,送人。在去买东西的路上,忽略了导航仪的话语,于是走错了,走到山谷和乡村里去了,那一带叫作 Pleasant Valley。小西说那是快乐谷,我说那是宜人谷。

车子无声地滑行在乡村,边上是大片翠绿的田野——上海的一月,漫天飞雪;而洛杉矶,只需穿短袖即可。翠绿的田野外面,无数棵金色的橘子树。慢慢到来的,是静谧的山谷,是山谷中掩映的人家。人家都有大大的院子,一路鲜花盛开,一路古木婆娑。

我们爱上了这里,这不就是我和小西的理想吗?

阳光把路照得很宁静。

小西说:"你的选择不错,能路过这样的地方,即使不买什么东西,我也心满意足了。"

我很受鼓舞,自己的安排终于得到了认可,虽然那只是一次真正的偶遇。

于是继续安排,第二天想去个公园,做深度游。在百度上面搜索,很快跳出了著名的亨廷顿公园,照片上有亨廷顿伯爵的别墅、收藏的艺术品、日式风格的亭子、无边的植物园。我抄下了公园的地址。

一路开过去，路边是杂乱的小房子，小房子外面停着各种残缺的车子。院子里面经常供奉着十字架，上面套着银色的花环。有一个房间的窗外面，陈设着整整一圈瓷器的人像；有一个小院里面，一个胖而深沉的老人，坐在轮椅上面，一直抬着头，望着天空。心情无端压抑起来，是我不愿意进入的某种气场。

亨廷顿公园很难找，在这样的地方，要找一大片公园，似乎不太可能？我已经放弃了，小西还在努力找。

终于在一些小街的对面看到了。那边是个警察署，边上有一带围墙。我不想进去，小西一定要去。

确实是亨廷顿公园，亨廷顿是一个保护人民牺牲的警长，这个公园是为了纪念他而修建的，隔壁就是警署。公园里面有他的别墅，房子不大，锁着，艺术珍品也无法欣赏。一片很小的草地，一个陈旧的亭子。有一些小孩子在荡秋千，阳光萧索。公园的对面还有一个社区医院，一些护士在小屋子外晒太阳。

小西终于说："原来是个社区公园啊，真是深度游啊。"

我无语。又安排错了？查资料做研究其实大有风险。

小西说："以后你可以问美国通，你去过著名的亨廷顿公园吗？你去过全美国最安全的公园吗？"

我们相视而笑。

小西说："你知道吗，在地图上，这里只是很小的一点绿色。想去大的公园，只要寻找大片的绿色即可。"

是啊，我怎么没有想到？无论如何，这确实是真正的深度游。

于是后来，不查资料，只看绿色，终于看到了大片开阔的草地，还有那些自由自在地踢足球的孩子们……

## 结束：旅行还是人间

旅行需要交谈，没有机心的交谈。在自然中谈论人间，人间也会变得释然。

说得最多的是家，我们老了怎么样。简单的房子，大大的院子。小西说一天都要在地里面忙活，那么我去送饭？我一天都可以写自己想要的文字，我不停地写，小西却不看，或者不用看……

说得最多的是多多，下次一定要带着她，看水、看山、看树、看花、看云……当然，还有看书。以后我们老了，她就可以自己看水、看山、看树、看花、看云……当然，还有看书。

旅行的时候，就可以自由自在地提问，得到一些自由自在的回答。

我问小西："你有好朋友吗？"

小西："有吧。不过对我来说，严格意义上的好朋友不多。"

我："你觉得我有好朋友吗？"

小西："你当然有，一堆同样傻的人在一起，当然要好了。"——满意这样的回答。

我："你有女性的好朋友吗？"

小西沉吟："有吧。"

我："我想你肯定会有。"

小西：“为什么？”

我：“因为和你做朋友是件非常好的事情，你很真诚、很有义气。”

小西：“那么……”

我：“如果做夫妻的话，你太要求完美。”

小西：“那你考虑一下，我们不做夫妻，回去做好朋友，好吗？”

我考虑了一下：“算了，太麻烦了。就这么吧。”

我：“你现在想家吗？”

小西：“非常想。”

我：“我也是，非常想。”

于是结束旅行，一起回家，继续做夫妻，做父母，做儿女……